解開大台北地表塵封70年之秘

帝圖
DALET

紀彌恩 著

本書所述之地點與史料，斑斑可考。

自序

西元七百年間，唐朝詩人杜甫的詩作「文章千古事，得失寸心知」，總結了此刻出版首發的心境。回溯《帝圖》執筆的發端，則是西元二〇〇三年出版，美國作家丹布朗的暢銷作品《達文西密碼》（The Da Vinci Code）。

達文西密碼的成就，不僅是席捲的銷量和電影的炫風，在曲折情節下現身的每個景點，羅浮宮、西敏寺、聖殿教堂等，縱然已經存在於地表數十年甚至數百年，卻彷彿因達文西密碼而重生，獲得了空前的關注。一筆現代小說的印記，力道萬鈞的嵌入看似高不可攀的歷史與建築，這都拜西方昌盛久遠的宗教與藝術史、與丹布朗的神思鬼才之賜，缺少一個，即難成「千古事」。

鮮少有人提及，達文西密碼也創造了置入行銷的終極典範：蒙娜麗莎無法換成莫內拾穗、羅浮宮無法換成大英博物館、破解密碼筒的牛頓勳爵墓地，無法換成莎士比亞的長眠之所……丹布朗筆下所及的一切，都以錯綜複雜的情節縝密細綁。換個視角，當 007 情報員的 BMW 座駕，若換成 BENZ，也順理成章而毫無違和感時，就可明瞭這無可取代是多麼難以樹立的標準。

東方文明底蘊，凡五千年，何止能與西方分庭抗禮！浩瀚的文化資產，見諸於典藏史料，或躺在博物館的櫥窗，與庶民的距離，相去何其之遙？現代電影工業與達文西密碼模式，恰恰提供一道解方，讓歷史曾有的顯耀或隱晦，在當代重新華麗現身。

身為《帝圖》的執筆者，我定位自己正在進行一種努力、一項嘗試、甚至只是一個孤獨的召喚。這本書經歷了艱苦寂寥的創作過程，猶記得二〇一八年春節期間，在日本札幌酒店的洗手間，窩在馬桶旁寫破五萬字的光景；連續一百五十天，每日清晨五點半晨起筆耕的回憶，也恍如昨日。這本耗時超過十年之作，此刻回首，感謝稚翔，在《帝圖》仍處在虛無縹緲的概念之時，不吝呵護與鼓勵；感謝明蓉，作為台灣第一位讀完《帝圖》之人，她的見解，可以與此書等量齊觀；謝謝文偉卓越的網站技術，讓「帝圖」開啟了通往世界之窗；此外，論能透徹理解此篇自序之精髓者，除國清之外，應無第二人。

《帝圖》裡的主要人物角色，不論何種地緣關係，在故事中做了什麼、說了什麼，都不應該被歸類為正派或反派，他們身上共同的隱忍與暗伏，都是為了追求自己設定的人生目標，或許，我們可以在周遭找到類似的投射。另一方面，《帝圖》沒有任何宗教上的意圖、歷史上的影射，它也不期待任何文學上的歸類，精確來說，它只是一種「文化表達」的形式，如果能引來您的拍案叫絕，一切足矣。

二〇一九年秋　台灣台北

紀彌恩

楔子

古今中外歷朝歷代的文物，是帝王手中把玩的奇珍，當王朝覆滅之時，有的散佚於鐵蹄戰亂、流落民間；有的伴隨入土、長侍君側，直到盜墓者或考古研究員敲開夯璧，才能重見天日。

每件古物可能顛沛流離、可能身首異處、也可能粉身碎骨，它的命運始終與擁有它的人緊密相繫。

人與物皆有靈，人找物，物也尋主，只為了穿越千百年後的入手於握，或一眼凝眸……

一九三三年，一萬三千四百九十一箱中國歷代國寶運出北京紫禁城，開啟了人類歷史上最知名的文物遷徙，一九四八年，其中二千九百七十二箱國寶由兩艘軍艦與一艘商船載運，分三次從中國南京下關啟程運往台灣，過程幾經周折，最終成了台北故宮博物院的館藏。這批中國歷史皇朝的千年遺緒，總計六十五萬五千二百七十九件，包括古畫五千二百五十七幅、書法作品二千九百五十九件、銅器六千件、玉器一萬二千件、瓷器兩萬五千三百一十件，總價值難以估計。有好事者，以歷年在國際拍賣會上類似作品的成交價為依據，推估整個故宮院藏作品總值，上看二十兆美金。

歷經戰火轟炸與顛簸崎嶇長達十四年，官方文件紀錄顯示，這批國之重寶，竟無一損毀或遺失……

1

水裡冒出滾滾氣泡，這音量很適合深夜，沒有太多打擾。四周一片漆黑，月亮在水面上猛烈彈跳，水中的氣泡忽然變得又大又多，他知道接著會變小變少，為了掌握這個節奏與頻率，他自己曾經親自下水演練過好幾回。這老人比他年長將近五十歲，時間要再短一些，才會剛剛好。

最深的恐懼，是接近死亡邊緣，然後折返。

水面上的月亮，以優雅的姿態晃動著，輪廓漸漸清晰，右手所感受的扭動也愈來愈和緩，這一回合時間應該到了。他把手一鬆，手指揪住老人的頭髮順勢往上提出水面，在吸取救命氧氣的喘息聲發出之前，一把毛巾罩住了張大的嘴巴，留你命，不留你聲。

他使出兩手的力道控制九旬老人出水後的掙扎，不知道第幾次了，他把嘴巴湊到老人的耳邊。

「都怪你聯絡了蘇富比[1]，七十年了，你還不滿足？」

---

[1] 蘇富比（Sotheby's）以拍賣藝術品及文物著稱，一七四四年起，爲藝術收藏家搜羅世界級的藝術作品，一九五五年從倫敦擴展至紐約，成爲第一所眞正的國際拍賣行。蘇富比擁有強大的環球網路，共有九十個辦事處遍及全球四十個國家。

事實上，老人也演練了七十年，他只是不知道最終的死法是現在這一種而已，今天晚上所有的抵抗，都為了把祕密包裝得更逼真。以生命取信所有人，就必須做到徹底。時候到了，老人把頭微微後仰，讓被拉扯的頭髮支撐頸部以上的重量。

老人被推到池畔，在岸邊留下最後的遺言，他的動作遲緩，小心翼翼的確認每一個數字都精確，即使呼吸困難，池水冰冷，他把心中牢牢記住的數字，傳達到力氣逐漸放盡的指尖。

後來發生的事，他不容易記住，他只知道當手一離開池畔，池中激起如海浪的水花，他被拋到空中，車庫上方黑板樹的枝椏伸向天際，宛如鬼魅，皎潔的月亮離他好近，然後下墜，消失在黑暗裡……

2

「4:44」

岩川看著鬧鐘顯示的時間，他不去想剛好看見這數字的或然率有多少，死亡的隱喻，別再相信那些迷信的事了[2]。每天早上起床的第一件事是讀經，不過現在似乎也太早了些，床鋪的大半邊是空的，尤美去哪了？通往一樓的樓梯間夜燈昏暗，他刻意躡腳下樓，卻仍在轉彎處一腳踩空，和雕花木欄杆撞個正著，左膝蓋的陳年傷疤不偏不倚的挨了這一撞，小學三年級大隊接力比賽，衝向終點時跌了四腳朝天的記憶，經常在兩腳不協調時閃過腦海。岩川蹲在樓梯間等痛感消去，起身走向父親同浩的房間，房門竟然沒鎖，從半掩的門望進去，房內只看見一張空床。

或許在一樓的廚房吧，岩川心想。今晚的廚房格外明亮，與戶外庭院相隔的門板不見了，岩川看著門柱上脫落的金屬鉸鏈，破碎的木條有被撕扯過的痕跡，鬧鐘上那組數字滲出血來，直衝他的腦門。走到戶外庭院，游泳池裏駭人的景象，讓岩川的背脊發涼，身體強烈顫抖。

[2] 中國人「4」的發音，是死的諧音，所以4經常被視爲不吉利的數字。

父親，死了，紅色的池水，漂浮著一塊門板，同浩的胸、腹、下腹各插著一把刀，整個人被釘在門板上，三刀六眼，中國民間幫會處決叛徒的手法。三把刀的刀刃露出在門板外面，筆直的指向天空，屍體兩側、門板邊緣用利刃所刻的字模糊難辨。

岩川無心辨識，看著門板沉甸甸的吃水，他在池畔伸長了手卻搆不著，最後身體失去平衡，狼狽的掉進池中，雙腳在水裡踩空，嘴裡吃進一口帶著濃濃血腥味的池水，他抹去厚重鏡片上的水滴，把手伸出水面，摸著了門板，經常不聽使喚的雙腳，在水中移動更顯吃力，他把門板先推向池邊的入水鋁扶梯卡住固定，接著兩手奮力橫移門板，試圖借力翻轉推上岸邊。試了好幾次，池水和著血水濺得滿臉，最後才精疲力盡的把門板推移上岸。

他爬出水面，眼前的景象模糊難辨，他看著父親的屍體，眼睛微睜，但表情沒有太多痛苦，洛杉磯聖馬利諾社區[3]高聳的黑板樹，在微亮陰暗的清晨，像張牙舞爪的惡魔，吞沒了岩川的痛哭吶喊。尤美呢，一閃而過的念頭，止住了岩川的淚，他站起來，發狂似的四下張望，距離他大約十五公尺處的庭院灌木叢裡，伸出一截蒼白的手腕。

「尤美！」

灰黑的天空裏，枝葉飄動如鬼影，癱軟的岩川奮力朝著庭院角落衝去，他以彆扭的姿勢爬進矮叢，看見尤美的手腕壓彎了長草，從漆黑的樹枝間伸出，他一寸一寸的緩慢挪移，忽然間，他的膝

---

[3] 聖瑪利諾（San Marino）位於美國加利福尼亞州洛杉磯郡，是一個富裕而保守的小城市。根據二〇一〇年全美人口普查，該市共有13,147人，逾半數是亞裔人口，其中又以華裔佔大多數。

蓋掃到了一只硬物，是尤美的手機，與尤美的手掌僅有一寸左右的距離，她曾試著打電話求救？岩川拾起手機，放入自己的上衣口袋，順著尤美的上臂，將上半身探進樹叢，發現了臉上有數道血痕的尤美。

半跪半蹲的岩川，大腦不知如何指揮手腳使力來移動尤美，以彆扭的姿勢拖拉，費盡折騰才將尤美移出灌木叢。顫抖的手，輕拍尤美的臉，低聲輕喚。

「Amy……Amy……」

半晌，尤美聞聲蹙眉，沉咳不止，露出脖子上一道紅腫的痕跡。

岩川伸手掏出口袋裡的手機，按下第一個撥號鍵時，突然被一道力量制止，尤美的手抓住岩川的手腕，眼睛半開半闔，喉嚨很吃力的試圖擠出幾個音節……

「No……9……1……1……」尤美舉起食指，在岩川面前吃力的左右擺動，奮力的擠出唇形，阻止他報警。

非法移民！這四個字閃過岩川的腦海，結婚多年以來，每當與政府單位有關的事務，他們倆都一直保持高度戒慎的態度，尤美和他結婚，竟然仍是非法移民的身分，岩川一直把這段往事，當成他與尤美情史所留下的瘡疤。看著受傷的尤美，往事又激起心裡的懊悔。然而，父親被虐殺，原因不明，太太尤美看來傷勢嚴重，岩川握住手機的手顫抖著。

「我……怎麼……能不報警……」

「G……G……」尤美奮力地發出喉音。

「Jennifer？」岩川看著吃力發聲的尤美，「好，好，我知道了，我們先去醫院……」，夫妻共同生活二十年的相知與默契，岩川湊進尤美耳朵旁回應。

Jennifer 是尤美的姐妹淘，多年前尤美子宮外孕，情況危急，在醫院服務的 Jennifer 出面相助，從此兩人成了無話不談的閨蜜，至於非法移民的身分，如何就醫，就交給已經位居護理長要職的 Jennifer 了。

岩川打開尤美手機的通訊名單，激烈運動後的熱氣，罩上了深度近視的鏡片，他以左手間歇塗抹出短暫的透明，吃力地尋找，撥號之後，幾秒鐘後迎來一連串巨變中唯一的幸運。電話瞬間接通，Jennifer 剛好值大夜班。

「尤美出事了……」

「什麼？」Jennifer 口氣吃驚。

絕望中聽見熟悉的聲音，彷彿找到宣洩的出口，岩川在死狀甚慘的父親旁邊嘶吼著，他不知道該不該往下說。半意識的尤美拍拍他的手，搖搖頭，示意他止住情緒，岩川知道，尤美不想讓外人看到池畔的慘狀。

「拜託你……拜託你……你快派救護車來，快！」

他吃力的抱起尤美，身體劇烈顫抖，完全沒有把握能否走到車庫外面。

3

洛杉磯蒙特利公園市[4]South Atlantic Blouvard的Yoshinoya，走出一名男子，壓低棒球帽簷，走進停車場一輛老舊的TOYOTA Tercel，黑頭髮的東方人，理所當然的會出現在亞洲餐廳，整個晚上的折騰，讓他飢腸轆轆，即使在美國生活了數十年，東方口味仍是他的最愛，至於開這輛破車的原因則非他所願，低調是合約的一部分。發動車子時，他思緒想念著自家車庫裡，發動車輛時那股渾厚的引擎聲。

軟弱僅得塵土，而非地底礦藏（The meek shall inherit the earth, but not the mineral rights.）。男子在心裡覆誦著金句，車子搖搖晃晃的起步。這智慧格言的原創者J. Paul Getty[5]，曾被財星雜誌（Fortune）與金氏世界紀錄（Guinness Book of Records）列為全世界最有錢的男人，儘管他已離世多年，但財富所創造的影響力，仍在加州馬里布美麗的太平洋海岸線上發光，收藏了44,000件古希臘

---

[4] 蒙特利公園（Monterey Park）是美國加利福尼亞州洛杉磯郡的一個小城市，位於洛杉磯市東面。根據二〇一〇年人口普查，該市共有60,269人，亞裔占逾三分之二，其中絕大多數爲華裔。蒙市在美國華人主要聚居城市中佔有重要指標地位。

[5] Jean Paul Getty（一八九二—一九七六），Getty石油公司、藝術博物館的創辦人。一九九六年，根據他所擁有的財富與當時GNP的佔比推算，是美國有史以來排名第六十七位富翁。

羅馬藝術品的Getty Villa，被男子視為人生的座標，看到這座知名藝術博物館的指引路牌，代表不到十分鐘的車程就會到家。

從Pacific Coast Highway下交流道，接South Surfview Drive，再右轉進入Sea Breeze Drive，爬到緩坡盡頭，再來個大右轉直駛進巷底的車庫，車庫門開啓時，一輛PORSCHE CAYENNE露出了流線的車尾。

他對PORSCHE車頭閃亮的盾牌微笑，從車庫上樓，進入開闊客廳前的挑高氣派玄關，有一只三公尺高、內嵌在牆壁裡的透明櫃，裡面只擺放一件藝術品——一只由紅銅鑄造、色澤深沉的龍首鑄像，一百五十多年前，它在圓明園海晏堂前噴水[6]，我曾經如此接近人生的終極夢想，不料，二〇〇九年一場無疾而終的巴黎佳士得拍賣，激起中國曾受外侮的民族情感[7]，讓這只最受矚目的收藏，只能棲身於此。

---

[6] 圓明園西洋樓建於西元一七四七年至一七五九年間，海晏堂是西洋樓中最大的一棟建築物，樓前的扇形水池中央，有一座噴水台，南北兩岸有十二座石台，台上立有表示十二時辰的十二生肖紅銅雕像。南岸分別爲子鼠、寅虎、辰龍、午馬、申猴、戌狗；北岸分別爲丑牛、卯兔、巳蛇、未羊、酉雞、亥豬。這些肖像皆獸首人身，頭部爲銅質，身軀爲石質，中空連接噴水管，每隔兩小時，代表該時辰的生肖像，便從口中噴水，龍首的噴水時間爲辰時，即早上七至九時。

[7] 二〇〇九年二月二十六日，圓明園鼠首與兔首，在法國巴黎大皇宮拍賣，最後以2800萬歐元落槌，引發中國國家文物局高度關切，買家不明。三月二日，神祕買家廈門商人蔡銘超終於現身，表示拒不付款，以抗議中國珍貴文物被掠奪。

走進客廳，用力拉開落地窗簾，眺望Getty Villa壯觀狹長的中庭，這是他每天要做的事，規律到如同晨起的禱告讀經。*我要成爲中國的J. Paul Getty。*日日夜夜，男子經常站在這裡，遙想著九百六十萬平方公里的中國、四十萬餘處無人看管的歷史遺跡，只要擁有一件稀世珍品，就足以讓他翻身。他還不滿足於現狀、他要無所不用其極，寸寸接近命定的人生目標。*更好的機會已經靠近。*

每天早上，他都會固定沉浸在這莊嚴儀式裡，強化與鞭策自己持續向前。從離開聖馬利諾開始，手機一直悶悶作響，他完全不予理會，他堅持先回到家。更何況，當山雨欲來，電話是接聽還是回撥，是一門藝術。今天凌晨，他擅自做了一個決定，這究竟會不會是一場風暴，他盤算過，他只做有勝算的事情。

客廳牆壁上有一排掛鐘，其中一個標示著「上海，22:38」。時候到了，他拿起手機，決定回撥那數不清的未接來電，發話人是同一個。

對方永遠不曾寒暄、搶著說話、語氣又冷淡得出奇。

「尚里先生，你破壞了天命，我需要一個解釋！」

對方直呼其名，再加上先生的稱謂，禮貌中隱含著憤怒。

「我在洛杉磯掌握最新的資訊，必須立刻展開行動。」尚里回應。

「你也是神的子民，一定知道七十年在聖經中是完整的回歸週期，我們只要做好服侍與懺悔，何須魯莽行動？況且，我們都等那麼久了，你違逆的不只是我的老闆，還有偉大的神！」

「我想和你的老闆說話！」

「我的老闆也正在聽。」

「那好，請埋解我如果不行動，所謂的天命，可能就是你要去蘇富比參與競標。」

對方再度拉高了音量，「你完全踐踏作為子民該有的謙卑，神聖的話語天天提醒著我們，不論發生什麼事，都是神的旨意，只有神才能預言！」

尚里有信仰，但不想被信仰束縛，馬上提出反駁，「我一直盯緊這個老傢伙，這個老人沒有社交圈，但最近忽然很反常，有兩個人開車到家裡拜訪他，我查了車牌，發現登記在蘇富比名下。我忠於您委託的任務，透過所有可信賴的管道清查，發現這個老傢伙的某些東西，正進入蘇富比的拍賣程序。」

尚里繼續解釋凌晨不經預告、展開行動的原因，「拍賣落槌三十五天之後，賣家就會收到蘇富比寄來的付款支票，然後拍拍屁股走人，情勢很明顯，我忠於您委託的任務！」

電話那頭，停頓良久，尚里一度以為斷線，再度聽見聲音時，口音變了，「真是一件藝術品啊，尚里先生……」

尚里當然認得這個聲音，整起計畫的幕後金主，他們過去幾年，透過視訊反覆的沙盤推演。

「可不是嘛，尊敬的代也先生」尚里回道。

血腥的藝術！今早天未亮，尚里創造了一件傑作。三把利刃，穿透門板朝天直立，各自相距十八公分，活體被舉起後，要精準向下拋擲，才能讓利刃穿過軀體，分毫不差的在正確位置露出來。手勁要能自由駕馭的負重，至少須是活體的三倍，而整個過程，洛杉磯與上海全程直播。無預警的提前啟動計劃，仍然公開直播，幕後老闆代也親眼目睹了一切，從錯愕與轉折，終於在這通電話回應尚里。

「……我一直相信神命定的週期，七十年一到，所有中國失去的終將回歸，距離那一天，還有四年……」代也說。

尚里與代也有相同的信仰，他當然知道聖經中七十年所代表的宗教意義，但接下來他所聽到的，讓他不得不高聲讚美主。

「四年之後，已經是二〇一九年，所以我一直認為，七十年週期的起始是一九四九年，這一年從中國到台灣，發生了人類文化史上最大規模的國寶大遷徙，可是，仔細思考整件事的源頭，起始年應該是一九四五年……」

二〇一五年！尚里看著牆上電子鐘斗大的顯示，今年剛好滿七十年。他先斬後奏的行動，竟然也是天意。他想起代也曾經說過那段一九四五年發生在上海的遠因。

「從現在開始，擬妥的計畫不再是紙上的劇本了，否則殺了那老頭，只是發洩而已，我們還有許多事要做！」

尚里對代也轉入正題，興致相當高昂，「他在斷氣前，用手指在池畔寫下一串血密碼，我很樂意和您談下一階段的交易。」

電話那頭冷笑了幾聲，「那當然，否則在現場何須如此大費周章。」

尚里想到門板上的血腥文藝，哪首詩的字句，也在事前演練過無數次。

「在既定的目標下，我們心靈相通，按照約定，另外百分之五十在一分鐘後，將匯入Wells Fargo PACIFIC PALISADES的大水窯[8]。」

「用財富來迎接一天的開始，這樣的人生真美好。」尚里看著溫潤的朝陽，恰好掛在Getty Villa的上空。

我要的，不只於此，尚里心裡迴盪著，此番周折證明，天命與我站在同一邊。

「不過，你覺得血密碼的意義是？」尚里盡量讓這試探，埋在你來我往的對話裡。

在一連串打鬥之後，入池處決之前，同浩滿嘴鮮血垂死掙扎時，在池畔留下詭異的血密碼，是整個過程最令人起疑之處。

對話凝結，尚里看著牆上時鐘的秒針在空轉，後來，他感覺對方沉沉的吐了一口氣。

「你知道Metadata嗎？」

又來了！尚里已經很習慣、但還是很嫌惡這有意無意的賣弄，每次觸及關鍵環節，對話主題都會突然狀似天馬行空。

「中文叫做元資料，你進圖書館要找一本書，這本書的相關資訊，包括作者、摘要、標題、章節、出版時間……一點一點的形成這本書的背景，元資料是有人刻意為之，來方便大家找到書，反過來說，如果有人不想讓我們找到書，但他還是編了一串元資料，那麼……你覺得那組數字的意義是什麼呢？」

---

8 中國祕密結社青幫的暗語，「大水窯」指銀行。

牆上的秒針繼續空轉，這回換尚里沉默。

「我只能說有些寶物並不在台北故宮，」代也帶著掌握全局的自信，「今年是第七十年，神的意旨，現在，這一池死水已經攪動，我們的下一個目標，就是要找出所有祕密，接下來的行動，就是針對他。」

尚里答道，「是的，我們送出的訊息已經夠清楚了，就如同先前的盤算，他們會聚在一起的，我們鎖定的下一個目標，將面臨雙倍的恐懼，一場臨終的電擊……」

「我很珍惜你非凡的身手，當真是進門檻[9]的！」

「你有眼光，才會找到相家[10]。」

「明天凌晨飛往台灣的單程機票，已經放在樓下的信箱。」

---

[9] 中國祕密結社青幫的暗語，「進門檻」指的是入幫。

[10] 中國祕密結社青幫的暗語，「相家」指的是有本領的人。

4

一大早就到醫院出任務，鬍渣散亂的肥肚腩警探看起來有點無精打采。幾分鐘前，護理長 Jennifer 只是轉身打個內線電話，急診櫃檯剛到班的菜鳥，一見到傷患，竟主動報警，護理長 Jennifer 很不喜歡在醫院看見警察，尤其是常在附近溜達的這一位。

溜達是有原因的，為枯燥的巡邏找些趣味是最好不過了，至於早上七點就甘願上工，這任務內涵肯定是樂趣十足。外觀美豔的 Jennifer 提供了完美的動機，雪白的醫師袍、波浪的金色捲髮、桃紅色的豐唇，完全吻合肥肚腩警探的情色想像，寓工作於娛樂的聊天打屁，是精神上的意淫，穿上警察制服更是如魚得水，他很享受吐一口氣，別人就敬畏三分的存在感。

報警被尤美阻止、把父親遺體留在池畔，匆匆趕來醫院，卻又陰錯陽差面對警察，六神無主的岩川，只想知道一件事：是誰對父親下此毒手？或許他對眼前的警察吐實，很快就有答案，然而，他實在不能不顧慮尤美。

對肥肚腩警探來說，眼前坐著這名男子，何嘗不是插曲，他一大早來醫院，不是來做筆錄的，他的眼光不安分的搜尋著 Jennifer 豐滿的軀體，心思與嘴巴並不同步。

「你匆匆忙忙送太太來醫院，你確實檢查過家裡沒有財物損失？」

岩川很努力的讓自己脫離現實，「家裡一切都很整齊，和昨晚就寢時一樣！」

「如果有人凌晨侵入了你的住宅，沒有偷走您的財物，只……打傷了您太太……那麼，這只剩一種可能，是你或你太太與人結怨！」

「我們的生活很單純，一般辦案的推理，恐怕不適用在我們身上，警察先生。」

「我們的當事人永遠都會這麼說，不過你相信我，這個世界因為有仇恨而完整，否則哪需要警察呢，呵呵。」

肥肚腩警探的眼角飄向病房，房門半掩，尤美躺在床上戴著氧氣罩，氣若游絲。岩川很想終止對話，他從病房的玻璃門上，看見自己散亂的頭髮，找不到頭頂那道個人標記的旁分線。

「你是做什麼工作的？」

「我是專職翻譯，」岩川答得簡短，精確來說，他的工作是高難度的即時口譯，不過話到嘴邊就收了回去。即時口譯是一般人很陌生的詞彙，為了避免沒完沒了的對話，翻譯兩個字最容易理解，「中翻英還有英翻中都有。」岩川補充。

「你太太呢……」

護理長 Jennifer 玲瓏的身軀，突然出現在門縫，他正與病房內的一名男醫師交談，神情嚴肅。

「你太太是做什麼工作的！」肥肚腩警探的思緒飄進了門縫，無意識地重複了問句。

「我父親年紀很大了，我太太全職在家裡照顧他。」

話一出口，岩川額頭迸出了汗水，暗忖這警探千萬別繼續追問父親的事。

「你父親幾歲了？」

「今年……剛過九十七。」

「啊，九十七……，我昨天剛好看到一個報導，美國人的平均壽命是七十七歲，中國人的平均壽命是多少給你猜？才七十二歲耶！所以九十七，你是開玩笑的吧，哈哈……」

警探得意的賣弄了一下「網路學問」，岩川的頭低垂，眼角撇見警探的大肚腩笑得抖動起伏。

「警官！我必須把醫師的會診情況讓您知道一下……」Jennifer 從病房走出，直朝肥肚腩而來，眼睛卻看著岩川。

「你的電話。」Jennifer 把手機遞給岩川。

這是尤美的手機，發話人要找我？岩川心想。轉身離開座位，往前走了幾步，背對著兩人。

「岩川，同浩出事了，他出事了，對嗎？」對方聲音非常急促，「我是上村！上村！你叔父……」

父親同浩的親弟弟，上村叔父，怎麼這時候打電話來？

「叔父……你……你……怎麼知道爸爸的事？」岩川刻意放低聲量，不讓警探聽出蛛絲馬跡。

「我知道我是下一個目標！」

「什麼？叔父，你在說什麼？」

「門板上的那首詩有暗示……」

門板上的詩！對了，父親被釘死的門板上，有帶血的筆跡，當時慌亂，岩川甚至沒有仔細瞧它第二眼，但是，洛杉磯與台北相隔十三小時的時差，為什麼遠在台灣的上村如臨現場？

「叔父，你人在台灣，為何看得見現場？」岩川的聲音顫抖。

「我在傍晚六點左右，收到一封簡訊，裡面有好幾張照片，我看到同浩……」

電話那頭陷入長長的停頓，岩川轉身，從病房門縫發現肥肚腩警探站正在尤美的床沿，而 Jennifer 卻不知去向。他必須趕快結束對話。

「岩川，我是下一個目標肯定錯不了，我已經幫你訂好回台灣的長榮班機，洛杉磯時間中午過後 12:50 直飛台灣，我們必須盡快見面。」

下一個目標？病房忽然傳出來高八度的人聲對話，是 Jennifer 的聲音，他忘記是如何掛掉手上這通電話的，他的腳步移向病房，最後在房門前停了下來。此時牆上的時鐘，剛好指著上午七點。

「長官，您真的愛說笑啦，從搶劫聯想到家暴啊，我和他們夫妻熟得很，你不知道他們有多恩愛，手機都是他們倆恩愛的照片呢？」

岩川聞言，低頭看著手裡尤美的手機，手機桌面上，是一張尤美的頭像，燭光映著他的燦笑，岩川當時坐在她對面，為他留下歡度生日的珍貴瞬間。一個早上的混亂，岩川此刻才勉強擠出一絲笑容。

岩川下意識點開了手機的照片檔，進入眼簾的第一張照片，卻讓岩川汗毛直豎。

病房門忽然開啟，Jennifer 領頭走出病房，警探尾隨在後，Jennifer 閃個身把房門帶上時，門板重重頂了警探的肥屁，推得警探向前墊了一步。

「我會繼續觀察病患的情況，如果病人適合表達的時候，我會再告知您前來的。」

「嘿嘿……你有需要，我一定隨傳隨到啊，哈，我們也不能常常坐在辦公室啊……你知道的……提高見警率對治安很有幫助，一九七四年美國堪薩斯市做過見警率的實驗，竟然說見警率與犯罪率無關，見鬼了！其實針對犯罪率高的熱點加強巡邏很有必要啊，看誰還敢造反！……」

大鬍子警探的賣弄慾又起，仍在使勁的滔滔不絕，Jennifer 決定使出這招。

「對了，留一張您的名片給我，我有事可以方便找您啊。」

美女開口要電話，警探的動作快速且殷勤，一張名片恭謹的遞上 Jennifer 面前。Jennifer 抽走名片，腳往出口方向帶了幾步，終於攆走了這惱人的警探。走回病房時，Jennifer 狠狠瞪了急診櫃檯的菜鳥一眼。病房外，岩川還盯著尤美的手機。

尤美的手機照片，是岩川沒看過的游泳池現場，池水在月色下看來正常，但卻不見父親的人影，唯一與慘劇有關的，是那塊漂浮在水面的門板。照片的取景角度歪斜，有三分之一的前景被草皮的末梢擋住，顯然尤美當時已經倒地，以極困頓彆扭的姿勢拍了這張照片。除了門板、除了這偏差的鏡位，一切如常，忽然，岩川發現池畔似有一行水痕。他以兩指滑動，試著看清楚照片的局部，他看見了池畔，水痕混雜著血跡，這是一串數字。

從粗細不等的水痕來看，這是以手指沾水所寫，數字的方向，顯示手寫的人當時正在池中。

「是父親……的遺言！」

同浩命喪游泳池，尤美失蹤，岩川當時在慌亂中，完全沒留意命案現場，竟然有此訊息，從照片取景的彆扭角度，岩川猜想尤美在拍照時被兇手發現，才引來兇手攻擊。

這是父親在被虐殺前所做的最後一件事，寫下這行數字，看起來非出於自願，這數字究竟如何解釋行兇動機？岩川吃力的端詳這串數字。

6264492742。

岩川反覆念著這串數字，百思不得其解。

Jennifer 走進的腳步聲，仍沒有打斷岩川的思索。

「這是警探的名片，上面有他辦公室的專線電話，熱心的他……」，Jennifer 當然知道大鬍子警探的熱心是針對誰，「還留了他在 Pasadena 的私人電話，你有急事可以聯絡他。」

岩川的沉思被打斷，無意識的收下 Jennifer 遞過來的名片，但翻譯的本能開始解譯名片上的訊息……

「Jeff Rodrigerz」，拉丁族裔，辦公室在聖馬利諾，本區屬於他管轄，從 Pasadena 住家跨區上班，車程大約三十分鐘，住家電話是……

岩川的注意力停留在名片上電話數字的區域碼！

626

他再次拿起尤美手機，看著池畔的密碼……

6264492742。

冥冥之中如獲至寶！

「我必須打個電話！」

岩川將池畔密碼輸入手機，按下撥號鍵，話筒傳來應答……

「Thank you for calling the USC Pacific Asia Museum ……」

5

台灣台北市的林森北路，與中山北路知名的「條通商圈」[11]連成一氣，有傳統小吃、平價旅店、高檔料理等各種美食，流連夜生活的玩客八方匯聚，都可以在這裡找到滿足。林森北路底的薇閣汽車旅館，更是率風氣之先，把台灣汽車旅館經營成特殊風情的約會熱點，九十間客房，規劃成六大主題、三十二種風情，極盡奢華。薇閣有一種消費型態名為「休息」，消費客群每次限二小時，已經足夠讓恩愛的情侶們翻雲覆雨，因為「流動率」高，所以薇閣的入口，常見小轎車排成長長的車龍，等著穿過門口的登記櫃台，進入卿卿我我的兩人世界。

時間剛過晚上七點，薇閣入口來了一輛黑色廂型車，強行擠入排隊車陣，引來後方喇叭齊鳴，開九人座的巨無霸到汽車旅館約會，還真罕見。

輪值晚班的接待小姐小曼，照例笑容可掬，迎接每一對前來一夜風流的男女，豈料門口來了台龐然大物。廂型車的電動車窗精準地搖下三分之一，裡面的人頭帶黑色棒球帽，小曼的眼神朝內一探，車內一片靜默，目測深不見底，一個黑影像風一樣直直竄出，貼在小曼的眼前，是一本護照。

---

11 台北市中山北路的條通文化源自於日本統治台灣時期，街廓裡的各式日式小吃店、酒吧是許多日僑及觀光客喜愛光臨之處，異國情調從日據時期延續至今，至今仍保有濃厚的東洋情調。

小曼從鼻尖三寸之處拿下護照，她擠出招牌微笑，來此風流、形形色色的客人她真的見多了，她悠悠的轉身進櫃檯，翻開護照。

「該死，是英文！」，國中英文課考零分被罰站的事浮現腦海，她吃力的翻著，從僅認識的二十六個英文字母，拼湊著殘存的記憶，此時，桌上的電話響了。

「喂！快放行門口的廂型車。」

小曼朝著天花板監視錄影器裡的房務經理猛點頭，手閃電般的按下柵欄鈕。汽車輪胎刺耳的摩擦聲中呼嘯而過，小曼倒抽了一口氣！

****

櫃檯在住客登記後，就會立即開啟入住房的鐵捲門，門上的燈亮起，指引住客驅車直入。廂型車在迷幻繽紛的車道燈飾中，往邊角疾駛，快速開入「浪漫地中海」，自動鐵捲門應聲而下。

從離地三十公分的門縫中[12]，廂型車的滑門開啟，先看到一雙軍靴跨出車外，接下來再一雙、又一雙，車的另一側，再一雙……黑壓壓的軍靴，幾乎擠滿了停車空間，從車身晃動中，幾個大型沉重的鐵箱不斷落地堆疊。

[12] 台灣消防法規規定，汽車旅館的鐵捲門不能完全關閉，以防止一氧化碳中毒。

小曼看著車道閉路監視器，這是他第一次在汽車旅館看到如此款式的廂型車，他也看到了這一筆住客的電腦登錄資料，住客已經付清房資，小曼不敢相信自己的眼睛，貼著電腦螢幕……

住宿期間：五十晚。

6

從接到同浩死亡現場的照片之後，平靜的茶花莊園開始暗潮洶湧。上村萬萬沒想到，移民美國多年不見的親哥哥同浩，竟然會用這種方式告別。然而，過去幾個小時事態的發展，由不得上村停留在悲傷之中，他知道山雨欲來。啜了一口意竹剛砌好的東方美人茶，七十年前的一幕幕在腦海中浮現，骨瓷杯的杯盞在指尖慢慢轉動，桌上的手機告訴他，十五個小時之後，岩川將從美國回台，八角窗外的茶花怒放著，上村若有所思。

上村的眼神，在高齡微皺的眼皮後方，隱藏了情緒。滿頭茂密的白髮，從頭頂紛亂的直竄耳際，錯落的瀏海掛在佈滿皺紋的前額，此刻，年輕時的英挺飄逸已成追憶。

跟在上村身邊服侍多年的意竹，聞到空氣中漂浮著某種怪異的味道，她讀懂上村的心，畢竟上村膝下無兒女，她視上村如親父，沒有人比她更懂這位九旬老人，當然，眼前的危機，也沒有人比她更有膽識築起一道堅強的防衛。人如其名，意竹外表看似柔弱，內心卻如竹子一般，強韌與生俱來，修長的髮絲斜掠俐落的柳葉眉，伴著靈動的雙眼與隨性綁紮的馬尾，增添了少許女人味，但很少人見識到，偏瘦身形下，蓄積著一股超乎想像的爆發力。

「從狙殺的照片看來，釋出很多訊息，身體被固定在門板上，刀子貫穿了胸、腹與下腹三處，這祕密結社處決叛徒的手法，行話叫『三刀六眼』。」

「同浩背叛了什麼！我這哥哥一輩子就只做過一件事，一名定居在洛杉磯的老頭，用這行兇手法，未免也太高規格。」上村說。

「既然同浩叔父一輩子只做過一件事……難道這與故宮國寶從內地到台灣的大遷移有關？事情發生都超過一甲子了，這場殺戮會不會來得太遲……」

「那場大遷徙傳聞很多，為了躲避戰火而離開北京紫禁城的國寶，在中國內地移動，經過千山萬水，根據當年的造冊與事後的紀錄影像，所有押運者都聲稱各式文物無一遺失或毀損，甚至傳出古物有靈、自我守護的說法。」

「這麼多稀有文物，在烽火連天的情況下移動，最後分批來到台灣，還能毫髮無傷，那真是奇蹟。」

「但這件事現在針對我而來……」

意竹說，「門板上面的詩，究竟說了什麼？」

上村把手機照片推向意竹，是同浩血淋淋的命案現場，除了三刀六眼的處決法之外，那片漂浮的門板上，兇手以利刃刻上了凌亂的字句。

「中國古籍『左傳襄公二十九年』有句話：夫子之在此也，猶燕之巢於幕上。這句話說的是，燕子如果把牠的窩做在帷幕上面，代表處境非常危險。」上村說。

意竹轉動手機，從門板上辨識出第一行：風聲雨落燕巢幕。隨之第二行也映入眼簾：柳暗花明游山西。

上村的表情超乎尋常的平靜，繼續說，「門板上的第二行字，出自宋朝詩人陸游的作品，原句是『山重水複疑無路、柳暗花明又一村』，陸游的本意，是形容在山水的盡頭看到極美的風景，眼前的溪谷與斷崖，看起來像是阻擋了遊人的前進，但是中國江南蜿蜒的水道與曲折的地形，旅人會在山巒重疊、流水迴繞之間，很快發現下一個令人驚喜的風景，也就是柳暗花明又一村的說法，但是後人把山窮水盡引伸為走投無路的意思。」

「但是，『柳暗花明游山西』這句話在字面上的意思好像……」意竹臉上露出困惑的神情。

「這首詩的名字叫做『游山西村』」上村說道。

「游山西村，沒有『村』！」意竹大驚。

「燕巢幕上，沒有『上』！」早已參透的上村鎮定接話。

「這首詩把走投無路的意思包裹其中，而且刻意少掉了兩個字：上村。」意竹完全意會了門板上的訊息，同時，她也聞到血的腥味。在同浩被處決的現場，即時傳來這幾張照片，矛頭竟直接指向上村。

「恕我直言，您口中如此單純的叔父，卻遭到中國祕密結社的高規格處決，我實在懷疑，同浩叔父是不是有哪些事情，是您不知道的？」

當年國寶啟運的過程，上村扮演什麼角色，他自己心知肚明，只是從來沒有想到，有朝一日必須重提往事。

「當年，國寶分三次運來台灣，第一次是軍艦，第二次因為戰火延燒，只好協調招商局調一艘商用船，第三次則是一艘老運輸艦，啟運當天，碼頭工人還罷工，當時高層的壓力下來，你叔父同浩打電話給我，我連夜找了工會的核心幹部協調，最後用錢解決。」

您在下關的影響力可眞大……意竹在心裡讚嘆。

「在碼頭工作的人，以前的說法叫做負責漕運，這是有歷史背景的，可以上溯到清朝時期，掌握漕運的就是中國赫赫有名的青幫，組織非常嚴謹，入會條件與幫規戒律非常嚴格，在清末民初的時候，這個體系必然存在，才能在一九四九年間兵荒馬亂的時候，暗中協助完成國寶搬運。我當時在下關碼頭工作很多年了，我知道青幫的幫眾與漕運有相當關聯，甚至……」上村欲言又止。

當年的上村，人稱村哥，不只在下關呼風喚雨，整個江南水鄉的漕運，透過人脈連結也八方通達，地下結社青幫的威力簡直無遠弗屆。

「甚至您與青幫等祕密結社也有關聯，是嗎？」意竹補充，「什麼恩怨可以歷經七十年仍未撫平，叔父一輩子只與國寶這件事有關，我大膽假設，難道……」

上村看了一下意竹說，「意竹，你相不相信，這批國寶真的毫髮無損？」

意竹聞上村此言忽然愣住，上村繼續說，「負責第三次國寶運送的運輸艦叫做崑崙艦，當時軍心浮動，許多軍人帶著眷屬上船，導致裝箱的文物放在碼頭上，幾經協調，還是有部分文物上不了船。開航前，高層又來了指示，表示有四箱日本天皇退回來的寶物一定要上船。」

「聽起來這軍艦已經滿艙了……」

「是的，很多人都知道，最後拆了官兵寢室與辦公室挪出空間來存放。」上村說。

「所以，大多數的人都關注在遷徙的過程寶物有無減損，至於這臨時增加上船的國寶，應該是想都沒想過吧，不過，我還是不明白，那股看不見的勢力，現在為何要針對您而來呢……」

「我和同浩，當時就在船上！目睹了所有寶物上船的過程。」

意竹覺得晴天霹靂，但更驚訝的在後面。

「同浩當時任職中央圖書館，他代表出來押運文物，從當時戰火的情況判斷，他告訴我應該不會有第四次文物運送了，所以我們上船的時候，已經打定主意，再也不會回來。」

意竹睜大了眼睛，仔細聆聽上村的回憶。

「崑崙艦有既定航程，它離開南京下關之後，並非直航台灣，第二天先抵達上海，並在江南造船所維修了好幾天，第三段航程到浙江定海，第四段航程到福州馬尾，最後才到台灣基隆。從南京下關航向上海的當晚，同浩很嚴肅的來找我，我們擠在船在一處偏僻的角落談話，他說，他有幾箱家當，來不及從下關運上船，希望我能協助他。我當下沒有問他，究竟是什麼家當，自己的哥哥開口了，我照辦就是。這件事，也只有我能做到。」

「我算了一下航程，覺得在江南造船所停船維修的時候最有機會，沒想到同浩早就有相同的盤算，讀書人心思細密，我真是佩服。更吃驚的是，他早就把所謂的家當，遣人先運至江南造船所，上船之後再向我開口，可見他對我有多麼信任，我這個當弟弟的，也絕不讓他失望。」

所有突發的安排，都要等船靠岸的時候開始協調，考驗著上村在漕運界的實力，當然也是廣布天下的青幫幫眾發揮實力的時機。

「我這樣問有點不禮貌，但是……」意竹欲言又止，但只停頓了一下，「您知道叔父要運上船的家當是？」

「說實話，我當時有點好奇，但做為晚輩，講禮數，有尊卑，我實在不方便過問，不過，這事還真費了我好大的勁……」

上村啜了一口微涼的茶，「家當竟然比我想像得還多，兩米寬、一米高的鐵箱子有好幾十個，非常重，同浩愛看書，我就當箱子裡裝的是書吧。但最特別的是一個長度超過五米的鐵箱，但寬與高不足一米，總共有兩個，尺寸實在太特別，我想不出來有什麼家當是這種規格。船在上海一靠岸，我才知道原來家當有這麼多，首先是調集人手，一切要低調進行，最頭痛的是，已經滿艙的軍艦，要從何挪出空間，幸好我們靠岸是為了修船，我只花了一個晚上，就在底艙的輪機房把事情搞定。」

「感覺這批家當，比日本天皇歸還的寶物還多。」

「是的，那當然！」

意竹感受到上村廣大人脈的實力，但也不免好奇，「可是這批突如其來的家當，到了台灣如何下船呢……」

「我在江南漕運一呼百諾，到了人生地不熟的台灣，考驗相當大，當時有一批文獻要存放在桃園楊梅，比較受矚目的故宮寶物直送台中。」

「這批隨船的鐵箱呢？」

上村臉上飄過一抹神祕的笑，「其實我一直在等候指示，直到船停靠在基隆港的最後一天，所有國寶已經全部運下船，同浩才讓我知道，午夜會有一輛三點五公噸的小卡車來到碼頭，我很清楚該做什麼，不該多問什麼。」

意竹拉回正題，「這件事有多少人知道？」

「鐵箱子裡面裝什麼，後來去了哪裡，我並不知道，但是否有其他人知情，只有同浩明白了。這麼多鐵箱子從上海上船到基隆下船，我只能盡量讓知道與看到的人愈少愈好。」

意竹抽絲剝繭，提出了大膽的推測，「我想，您所面臨的殺機，很可能與這幾個鐵箱子有關，而且，對方一定認為，你知道鐵箱裡裝了什麼……」

「衝著我來的人，應該知道我當年在下關碼頭的實力，甚至有可能也掌握江南造船所還有物品運上船，這箱子裡裝的東西，肯定有很大的玄機……」

「現在同浩叔父已經遭到不測，我們只能寄望他生前有告訴岩川，否則，這答案豈不永遠石沉大海？」

上村沒有回應，以一種奇怪的眼神望向八角窗外，意竹也探頭朝外一看，十名莊園的工人，戴著斗笠、包著頭巾，在入冬時分正修剪茶花的枝葉，忙碌與穿梭的身影，準備迎接即將到來的旺季。意竹看著心事重重的上村，內心也不禁陰鬱了起來，當年與上村第一次相遇，意竹把那一天訂為他的生日，內心早已視他為親生父親，滿三十歲那年，看著上村的白髮，他的第三個生日願望，是永遠不要與上村面臨死別，沒想到死別的大限這麼快就來到，然而，眼前這個威脅，無關生老病死，意竹認為他有辦法應付，毫無所懼！

上村忽然開口。

「今天莊園到班的有幾位？」上村說。

「十位，都是老手。」意竹負責工人的調度，領班必須向他日日回報人員的姓名與工時，以便月底支薪，當然也為了莊園的進出安全管制。

「十位？」

意竹倚著八角窗，掃視整個莊園，看到十名工人有的低頭掃拾枯葉、有的側身枝芽之間調整樹型，由於工作裝扮，無法辨別男女，但是，意竹很快發現事有蹊蹺！

7

「Thank you for calling the USC Pacific Asia Museum[13]……」

岩川掛斷之後，再撥……

「Thank ycu for calling the USC Pacific Asia ……」

一連打了五次，岩川低下了頭，手指深深埋入了濃密的黑髮。病房內，Jennifer 正在為尤美調整點滴流量，注意到岩川的舉動。

敲門聲忽然響起，一張黝黑的臉龐，出現在門框的玻璃上，門隨之開啟，走進來的是一位看似非洲裔、身穿白袍的醫師。岩川見有人來訪，快速收起尤美的手機，關機前，把血密碼的照片傳送到自己的電子信箱。

13 亞太博物館（USC Pacific Asia Museum），成立於一九七一年，是全美現有四所專門致力於推廣亞洲和太平洋群島藝術的機構之一，也是南加州唯一以此爲目的之機構。館藏珍品時間跨越五千多年，包括日本江户時代（一六〇〇——一八六八）的繪畫和素描，中國和東南亞的陶瓷和紡織品，日本民俗畫作，以及亞洲佛教藝術。

「Dr. Hernandez……」Jennifer 刻意壓低音量，眼神瞄向躺在病床上、眼皮微微跳動的尤美。Hernandez 向護理長表示必須盡快安排電腦斷層掃描與其他檢查，以確定傷勢。Jennifer 一直點頭回應，顯然不想多談，示意病人正在休息，領著 Hernandez 醫師一直朝病房門口移動。

Jennifer 走出病房後，尤美翻了身，表情痛苦，岩川理順了點滴線，看著尤美半開的眼有一顆空洞的眼球，無意識的左右移動，直到兩人四目相接，一顆淚珠倏然而出。兩人臉貼著臉，半晌說不出話。

「爸爸他……」尤美虛弱的張口。

這三個字讓岩川的眼眶含淚，尤美瞬間有了答案，身體陣陣抽搐，這場橫禍，岩川還沒理出頭緒，爸爸的遺體，現在還躺在游泳池畔。從現在起，他們彼此成了唯一的親人。三十年前，尤美是來自中國的留學生，在一場中美關係研討會上，與擔任口譯的岩川相識，岩川則是在台美斷交當年，由父親同浩帶著台灣所有的家產，舉家移民美國。尤美與岩川婚後，甘心放下高學歷，在家照顧岩川高齡的父親，岩川非常感念，如今目睹朝夕相處的公公同浩慘遭虐殺，自己也遭到歹徒攻擊，生理與心理的衝擊自是難以想像。在尤美面前，岩川實在不忍回憶這些片段，但是，他卻身不由己……

岩川抹去眼角的淚水，輕撫著尤美的臉頰，「你的喉嚨部位受傷了，但是有件事我必須問你，我很想聽聽當時發生了什麼事，如果你無法說話，也可以點頭或搖頭讓我了解，不然……」岩川從側背包裡拿出工作隨身的筆與筆記本，「你也可以寫下來……」

尤美抬起下巴、閉上眼，情緒激動的想點頭回應，岩川連忙扶著尤美的肩。

尤美打著點滴的右手微微抬起，岩川趕忙筆和紙迎上。看著尤美微顫與虛軟的手，以非常緩慢的速度，一筆一畫、歪七扭八的寫著，但卻不是岩川渴望的答案。

「警……來了……？」

「是，剛才有一位警探來過了，不過我沒有與他多談，剛好那位警探也……」岩川止住，不想浪費唇舌與時間在無謂的描述上，「我很想讓警方介入，協助查明行兇的原因，不過……」尤美立刻吃力地搖動頭部，傷勢部位的劇痛，讓她忍不住喘息，岩川自責得彷彿闖禍一般。

「……我知道，是我對不起你。」

尤美仍以非法移民身分滯留美國，岩川一直覺得內疚。當年兩人的熱戀，一直延續到畢業，尤美有意馬上結婚，但岩川卻志在千里，想闖出名堂，很快就決定到洛杉磯翻譯學院，展開為期半年的專業訓練，此舉澆熄了尤美成家的想望，於是負氣從岩川生活中消失，岩川儘管錯愕，還是把心思放在學習。半年之後，他們在一場研討會再度重逢，岩川後來知道尤美沒有找到工作，也不曾離開美國，一場沒有及時結成的婚，留下了非法移民身分的殘局[14]，那半年究竟發生了什麼事，成了彼此都不再追問細節的真空。結婚之後，尤美專心照顧家庭，沒有求職，這非法移民的身分，就這樣陰錯陽差的維持至今。

---

[14] 根據一九九六年美國移民法的規定，非法逗留美國一百八十天至一年者，有三年不得再入境美國，即使要轉換合法身份，也需要離境辦理。若這發生在夫妻關係的其中一方，將使兩人被迫分居兩地，而且無法預期何時會有結果。

尤美眨眨眼，提筆寫下：

「爸的……恩……怨……」

岩川努力從歪斜的筆畫，去辨識並確認他所見的字。一個九旬老人，在美國深居簡出，幾乎沒有朋友，能與誰結怨？岩川捧著筆記，看著瞬間毫無動靜、宛如睡去的尤美，覺得這問題太複雜，應該先就此打住，因為，有更重要的事必須釐清，他必須把握尤美可能隨時會耗盡的體力。

岩川拿熱毛巾輕輕擦拭尤美的額頭與耳後，小心翼翼地閃過紅腫的頸部。尤美嘴唇緩緩蠕動著。

「我在你的身邊發現你的手機，手機裡……有一張照片……」

岩川的手已經在側背包裡，握著手機，我要拿出來嗎？岩川低頭看著自己的手，陷入兩難，這實在很殘酷。

「爸爸在游泳池畔……留下了一串奇怪的數字……」

岩川一字字吐出，希望降低尤美所受的刺激，突然，他發現尤美的眼皮瞬間全張，直瞪著天花板，全身僵直。岩川被這反應嚇到，只見尤美的眼球緩緩轉動，看著岩川那隻伸進側背包的手。

別無選擇，岩川需要真相。手緩緩伸出側背包，點出手機相簿，把畫面轉向尤美。

尤美盯著螢幕，眼睛瞪大，插著氧氣管的鼻孔不自主的抽動，她瞇著眼睛，強忍著頸部的傷勢，發出短促的喉音，示意岩川把手機拿近一些。

她仔細端詳著血密碼，從表情看來，近乎愣住，岩川不明白這幾個數字，為何尤美思考這麼久。

「這是電話號碼！父親臨終前，留下了這支電話號碼。」

岩川說，此時尤美的眼神看著他，「你拍這張照片的時候，爸爸與歹徒有什麼對話？」

尤美直直的看著岩川，面無表情，他的手仍然握著筆，岩川低頭凝視著筆尖，但始終沒有動靜。

「我撥了電話，這電話是位在帕沙迪納的亞太博物館，知道了又如何，我完全沒有頭緒。」

尤美再度看著那張照片，然後筆尖微微動了。

。

她在紙上畫了一個小圓，岩川看著這個不起眼的圓圈，依舊不明所以，忽然，筆尖又動了。

C

第二個圓，出現了開口，岩川狐疑的把手機拿到面前，再看一次照片，發現數字的最末端，確實帶著一個小點，夾雜在污漬斑斑的游泳池畔。尤美兩次動筆，第一次提醒岩川，數字旁有個圓，第二次點出這個圓有個開口，尤美一定在現場聽見了什麼，岩川覺得答案好像呼之欲出。

筆尖又動了，岩川的眼球，一直看著緩速移動的筆跡，尤美正在寫字母，這個有破口的圓圈，是一個字？當第四個英文出現的時候，熟捻英文的岩川，心裡已經浮現了答案，只是他難以置信，逼自己沉住氣，直到確認最終的筆畫完成。

8

茶花莊園內，八角窗所在的位置，是整個莊園的最高點，位在隆起的斜坡高處，可以綜觀整個莊園的動態，工人們簡稱這裡叫「辦公室」，寒冬來時，滿園茶花怒放，八角窗前是最美的瞭望地點。從辦公室到莊園的石徑，鋪設著大塊不規則、且表面不完全平坦的石磚，這是上村的刻意安排，走出八角窗辦公室，就一路直下緩坡，藉由放慢腳步，來調整賞花的步調。

辦公室閃出的一道人影，正越過顛簸的石徑如履平地，朝莊園工人的工作區而來。

意竹的眼神，從八角窗發現異狀的當下，到現在飛奔在窄小的茶花石徑上，從未離開那雙與他四目交接的工人身上，他是今天的第十一位，頭戴著一樣的斗笠，臉包著一樣的碎花頭巾，他是剛才唯一一位望向八角窗的人。

意竹的身手，來自五歲起的艱苦鍛鍊，十六歲時，上村正式收養意竹，這小女孩就已經是八極拳高手。中國武術是手、眼、身、法、步的綜合訓練，在快速移動中，不必有眼睛輔助，足下可以貼地因應顛簸。意竹正閃電般的靠近目標物，她緊盯著第十一位，正站在一盆「賽牡丹」茶花旁，彎身下腰，狀似取水桶，然而，他再也沒有起身，意竹來到十尺之外，那個人早已經不在原地，工人們看見大小姐這般雷霆而來，大為震驚，紛紛放下手邊的工作。

「大小姐，怎麼了？」帶頭的領班阿寶急問。

意竹沒有答腔，從剛才第十一位工人的站立處，鑽入周圍的茶花盆，在一盆「賽牡丹」旁，發現一只孤零零的水桶，這些舉動，看得工人們不明所以。不知何時，意竹已經悄然來到領班身後。

「你說今天上工的有十位？」

阿寶被來無影去無蹤的意竹嚇得魂飛魄散，急忙轉身應答。

「回大小姐，和往常一樣，今天十位。」

「今天有找代班的臨時工嗎？」

「回大小姐，沒有。」

「阿寶，聽好，這件事很重要。」

莊園裡最資深的阿寶，三十五歲那年，來到莊園從臨時工幹起，身材結實，短小精幹，身穿寬鬆工作服，頭臉包覆花布斤時，難以辨別是名女性，一雙丹鳳眼，讓陽剛氣又增幾分。小時候因為在家裡幫忙農作，力大無窮，很快在茶花工中被注意到且慢慢委以大任。意竹初次見到阿寶時才二十歲，阿寶忙著茶花工作，意竹就在莊園裡練功，即使相處時間很久，阿寶還是謹守主僕分際沒有逾越。這幾年意竹逐步接手莊園事務，但是意竹如此嚴肅認真的說話，阿寶倒是頭一回聽到。

「第一、從現在開始，缺工不必找臨時工代理，幾人報到，就幾人上工，每一個都必須是熟面孔。」

「是，大小姐，我知道了，但您剛才這樣衝出來，是發生什麼事嗎？」

意竹沒有回應領班的疑問。

「第二、現在已經入冬，陽光不常露臉，所以您們工作的時候，除了斗笠之外，從今天起就不要包花布頭巾了。」

阿寶聽了更是納悶，斗笠下的花布頭巾，向來是莊園工作的基本裝扮，頭巾除了遮陽，還能擦汗，這指示還真聽不出道理。

「是，大小姐，我會交代所有人照做。」阿寶低頭接話，不敢提問。

意竹手搭上阿寶的肩說，「阿寶，一定要記得。」

阿寶覺得這件事情真的非同小可，等他抬起頭時，意竹早已在十盆茶花之外，走向莊園出口處。

「風月禪堂」的招牌高掛，莊園所在的位置非常隱蔽，從周邊小徑上山，還要走三十分鐘的蜿蜒山路才能抵達，慕名而來的遊客，大多要靠車用導航或沿途問路才找得到。莊園有百分之六十靠植栽畫地為界，其餘百分之四十是水泥砌牆，由於茶花是高經濟的作物，所以莊園四周的監視器宛如戒備森嚴的崗哨，遇有轉彎處或林蔭遮蔽，就會加設監視器解決死角問題。當初這套防護茶花的設備，如今卻成了關乎上村生死的防線。

意竹從莊園入口，沿著樹籬步行，檢查架設在枝葉上端的攝影鏡頭，他太熟悉這裡的地形地勢與一草一木。佔地四十五畝的莊園，從跨入莊園起，就受到嚴密監控，三十一部攝影機，利用各制高點隱匿其中。莊園外圍另有二十三支攝影機，以不同角度對著山路監控來車，高解析度可輕易判讀車牌號碼，甚至車上的人臉動態。

意竹繞行外牆圍籬，不斷來回踱步，她再三確認自己沒有數錯，二十三支，她默念著。天色漸漸昏暗，每一部攝影機上顯示正常運作的紅燈隱隱發亮。

隔著唯一的聯絡道路，莊園對面的鳳梨田邊，電線桿上熾白的燈光自動亮起，光線從銀色的燈罩向下反射，灑得路面一片通明。燈罩上緣，一顆微型鏡頭取得絕佳視角，正對著莊園，夜幕下只剩一個小紅點，顯示正在運作中。這是第二十四支攝影機，不在莊園的掌控之內。

9

太陽越過了頭頂，向西微偏，岩川從天未亮一直折騰到現在，不但滴水未進，也沒有進食，在Jennifer協助下，安頓好了尤美，一串神祕的血密碼，讓他不得不增加一趟自己也無法解釋的行程。

車子停進亞太博物館的停車場，岩川看著牆上的藝術彩繪和綠色屋瓦的中式飛簷，很難想像這裡和血淋淋的命案扯在一起。他察覺到自己很虛弱，或許臉色看起來像流浪漢，褲子還留著髒污的血跡，雖然是這般狼狽的狀態，他還是必須解開父親臨終前所留下的線索。

Curator

亞太博物館的入口是一座白色雕花拱門，再穿過一段長廊之後，就可直通中式的中庭花園，從花園盡頭的樓梯右轉直上二樓，就是館長辦公室了。岩川對這裡十分熟悉，甚至閉著眼睛就能走到。長廊靠近拱門右側的接待辦公室裡有個售票櫃台，岩川猶豫了一下，我需要買張票？還是告知櫃檯小姐來意？岩川想像櫃檯小姐拿起電話，接通館長辦公室，中午時分，電話可能沒人接，或是響很久才有人接聽，最終他還是必須解釋自己為何是不速之客……心中演完這段模擬劇，岩川決定直接穿過長廊，進入中庭花園，憑他與館長的幾面之緣，就算被攔下，也不應該在門口。

中式的庭園造景，對華人來說總是最熟悉的樣貌，即使身處異鄉美國，場景依然熟悉。一潭池水，白色雙曲橋橫跨其上，橋頭是一對石獅，放眼望去，小巧精緻的花園裡，點綴幾顆枝葉繁茂的樹，中式庭園造景常見的太湖石聳立其間。圍繞中庭四週兩層樓高的建築，以口字型包覆這處庭院。亞太博物館的歷史，最早可上溯一九二四年，由收藏家與企業富豪 Grace Nicholson 創立，有超過一萬五千件的館藏，在洛杉磯華人雲集的帕沙迪納，是一個讓美國當地人士瞭解東方文化的重要據點，岩川因為工作的關係，經常受邀來此工作，最近一次是在兩個月前，以特約口譯的身分，為一場美中藝術研討會擔任即時口譯，那段期間的頻繁互動，因而對館長辦公室所在地瞭若指掌，沒想到這段經歷，兩個月後可以拿來當敲門磚。

庭院最深處，樓梯一左一右通往二樓，中間的牆面，掛著一面仿青銅浮刻的銘文：

IN MEMORY OF
GRACE NICHOLSON
HER VISICN MADE THIS BEAUTY
POSSIBLE FOR ALL
BORN 1878　DIED 1948

「……made this beauty possible for all」岩川覺得這句話用來形容一生參與國寶護送的父親，實在非常貼切，然而期望有塊牌匾來紀念父親的功績，完全是奢望。

「STAFF ONLY」的告示牌沒有阻擋岩川前進，他轉向右側上樓，扶著仿漢白玉欄杆上面的壽桃向上走，他突然覺得強烈的飢餓感，更糟的是，現在的他一身狼狽，褲子還布滿了水漬與血跡，岩川拉了拉側背包試圖遮掩，不必考慮那麼多了，他想。

岩川登上二樓，不論如何，他必須找到館長，其實他並不確定館長是否在辦公室，他走向一扇土耳其藍的古典雕花門，中間掛著一個銅環，門板沒有任何標示，父親慘死的眞相，難道就在裡面？岩川正要敲門，門卻忽然開啟，迎面的是一名白髮紳士，雪白的襯衫包覆著肥厚的肩膀，兩條肩吊帶掛著寬大的棉質褲，銳利的眼神從鼻樑上的黃銅金屬框眼鏡，射向岩川。

「法……蘭克？法蘭克！你……你在這裡幹嘛？我們……我們有約嗎？」

館長瞥見岩川的身後，漢白玉階梯沒有半個人影，他竟然一個人長驅直入！館長上下打量著他，當然，岩川也在觀察表情吃驚的館長，他是看見不速之客，還是心中另有隱情？

「我們沒有約，但我有事情需要你的協助。」岩川鎮定地回應，他決定來個開門見山、單刀直入的測試，「這件事關於我父親！」

「Howard 怎麼了？還好吧！希望 Art Council 的演講沒有累壞他。」

岩川並不知道父親有參與這場演講，這是線索。此時，館長伸出社交的手迎向岩川。

岩川極為熟悉館長的口氣、用詞和語調，每次為他擔任國際場合口譯的工作，一直是最駕輕就熟的事，岩川為了維持與亞太博物館的合作關係，對館內文物收藏曾經做了一番徹底的瞭解，做為館長的「國際代言人」，自然也必須對他的口語表達習慣瞭若指掌。但是，此刻岩川感覺他的手，不自主的被拉著晃動，這一握，讓他感覺相當不自然，覺得有股難以言喻的蹊蹺。

「他狀況很糟……」岩川此話一出，立刻感覺社交氛圍的微妙變化，「他病了，而且病得很重」。岩川說了謊，靜靜的看著館長。

「哎呀，這真是壞消息，像您父親的年紀，應該凡事小心，把身體照顧好。」館長拉著岩川的手，另一隻手搭著辦公室的門，「來，我們進來談。」

岩川仔細看著館長臉上的每一處肌肉，他似乎藉著轉身進門的動作，技巧掩蓋了他的表情。

館長辦公室小巧玲瓏，藝術品的陳設比預期少，舉目所見，研究文獻堆得到處都是，岩川一直認為，這個館長應該身兼研究員的工作，規模不大的博物館，經費難免短絀。

館長打亮了桌燈，背對著岩川說，「不過，他昨天看起來很好。」

「什麼？我父親……昨天來過？」岩川難掩震驚的口氣。

館長轉身，「是啊，昨天，就是我剛才說的 Art Council 演講，主題是關於中國繪畫，這場演講真轟動，你知道的，你父親真是個行家。」

游泳池畔血密碼！不到二十四小時前同浩竟然來過這裡！岩川認為父親臨死之前指引他來這裡，一定想告訴他重要的訊息。

「是的，他確實很有研究，不過……昨天……你有發現他有什麼異常嗎？我的意思是，你有覺得他哪裡不對勁嗎？」

「你的意思是？……我不知道你為何這樣問，不過他昨天看起來很好，只是，今天發生一件事有點怪……」館長直視著岩川，臉上飄過一絲怪異的神色。岩川覺得渾身的血逐漸沸騰。

「你父親一定不知道你今天要過來這裡，是吧？否則，他幹嘛今天早上還派人到這裡借東西呢。你是他兒子耶，呵呵。」

「你說什麼，今天早上？」岩川錯愕。

「是啊，就在三十分鐘以前……」

三十分鐘前，岩川還在醫院，和尤美在病房內看著血密碼，三小時前，父親已經在游泳池畔遇害，殺手在三十分鐘前來過！

「來的人是男的還是女的？」

「是男的，他說是你父親辦公室的同仁，還拿了一封您父親的親筆信……」

岩川不可置信，父親一人獨處，足不出戶，哪來辦公室，又何來同仁。

「……而且信上面還有您父親的親筆簽名，我知道那是真的，我還特別把他參加 Art Council 演講前的簽名調出來核對，您父親要向我借一幅書法。」

「書法？」

「事實上，這幅書法是我辦公室重新整修之後，你父親送給我的禮物，你應該也知道，我非常喜歡中國的書法，我收藏了很多作品……」

談到自己的喜好，館長開始滔滔不絕，岩川忍不住打斷了他。

「為什麼我父親要把書法要回去？這究竟是一幅怎樣的書法？」

館長聽出岩川的口氣急了。

「Frank，你的問題我也很好奇，事實上，這書法是您父親寫的，他送給我的時候，我們就在這辦公室拍了張照，我就趕著參加整天的會議，老實說，我都還沒有好好的看過那幅書法呢……」

「照片？你說你、我父親、和這幅書法一起合照過？」

「是啊，所有捐贈都會展示在我的私人收藏室裡，包括照片。」

「館長，我有個請求，我想要看一下那張照片。就我所知，我父親很久沒有寫書法了，你是少數願意讓他再次提筆的朋友，我真的很好奇他寫了什麼？」

「哈，我也想知道這書法的意思，我記得你父親提了一下，這書法有四十個字，有你這位專家在，我剛好可以請教請教……」

館長打開電腦，在相本的第一個資料夾中，點開一張照片。館長與父親就站在岩川現在所在的辦公室裡，兩人緊握的雙手下方，是一幅五呎高、六尺寬的書法，裱在繁複線條紋飾的金色木框裡，照片中同浩的臉有點蒼白。

那幅書法字，只有四十個字，確實是熟悉的父親筆跡。

10

「浪漫地中海」房內所有典雅家具與精緻陳設，包括舒服鬆軟的加長型大床，全部被移到牆角，立起堆高。五米寬的檯面橫貫了原本情趣盎然的空間，兩層監視螢幕，分成三個區塊，密密麻麻的直抵天花板。每個區塊的最上方，各安置一只數字顯示的電子時鐘，上面分別標記著：台灣、蘇州、洛杉磯。房間內一盞華麗的水晶吊燈，被甩在有著血紅數字的電子時鐘後面，現場充滿違和感。

滿屋高科技的監控設備已經組裝就位，唯一沒有被移動的，是房間靠牆的一張貴妃椅，一名頭戴貝雷帽的男子坐在上面，盯著洛杉磯的監視螢幕。

「開始上傳」，坐在監控台的操作者，頭戴著耳機大聲覆誦。

標示洛杉磯的監視螢幕中，一名戴著護目鏡的男子，手持發著藍光的金屬探測器，沿著一幅書法的金色木框掃描，細膩的刀工，讓繁複的刻紋呈現出和諧的對比，儀器繞著木框四周轉了一圈，男子對著鏡頭搖了搖頭。

監控台的操作者回頭，看著貝雷帽男子。貝雷帽男子直盯著螢幕思索。

「好，現在照我的話做……」貝雷帽男子下了指令，「兄弟，小心卸下宣紙，把木框切成絲」，銀幕裡的男子摘下護目鏡，不可置信的看著鏡頭。

「還有……確認所有的畫面同步到蘇州現場。」

監視螢幕顯示現場動了起來，兩名戴著白手套的助手，把裱框書法翻面，以螺絲起子卸下背板，小心翼翼地取出薄薄的宣紙，以夾子晾在一旁的橫桿上。另一名助手推入一台移動的機具，靠近僅剩空架的弧形紋飾木框。

機器啟動的嘈雜聲從監視器傳出，貝雷帽男子緊盯著畫面裡，木框一寸一寸的被刨成絲，其他的助手以放大鏡仔細檢視每一根木絲與撥弄掉落的木屑，整個工作進行了超過一個小時，貝雷帽男子一動也不動，監視器裡每一個人的動作，他無一遺漏。

電話聲響起，貝雷帽男子幾乎在不到半秒內接聽，監視器裡的畫面仍然繼續。

「我想看看宣紙……」冷靜而低沉，標準北京腔的聲音傳來。

貝雷帽男子戴上通話耳機，一邊指示把宣紙攤在強烈的光照之下，小型LED手電筒，循著文字筆跡，緩慢移動探照，仔細觀察每一寸宣紙的紋理，書法文字的一筆一畫，在揮灑之間，顯現出層次不一的濃淡墨色。整個檢視的過程，手機與現場都鴉雀無聲。

光點走完了所有文字，包括字距與行間，均無所獲。

「媽的，這個老狐狸！」貝雷帽男子出聲咒罵。

「快要一百歲的老人，玩不了太超乎你想像的科技花招。」

「老闆……你的見解是？」

「他是文人，我也是，我想關鍵應該就在這四十個中文字。」

鏡頭慢慢拉開，那首四十字的五言詩，完整的出現在監視器上。

11

岩川看著書法照片，這四十個字是以怪異的文體所寫的兩首五言絕句[15]，但毫無韻腳與對仗，很難理解父親同浩的文化素養，竟會寫出這樣架構散亂的作品。

「Frank……Frank……」

岩川忽然發現館長起身，正在注視著他，臉上帶著不悅的神色。

「我們談了這麼久，我想問，你究竟為什麼來找我呢？」

岩川必須擠出一個理由。

「我的父親發現，最近有不明人士假冒他的名義，做一些我們想不到的事，動機不明，由於他身體不好，所以希望我一一打電話，最好是親自拜訪他的朋友，提醒朋友們要特別謹慎。」岩川突然很佩服自己的臨場反應。

「假冒他的名義？你們是不是發現了什麼不尋常的事？」

[15] 五言絕句是一種中國文學裡「詩」的體裁，每首四句，每句五字，共二十字，被認爲近體詩中最難寫的體裁，因爲它字數最少，表達的意思不可太多，要言簡意賅。

「有！事實上，我的父親作為一名中國古物的研究者，他一直是以電話接受各方的邀約演講，這個電話，就是家裡的電話，也就是說，我父親沒有辦公室，更沒有所謂助理或員工！」

「天啊，所以……」

「所以，我父親並沒有派人向你借墨寶，那封有父親親筆簽名的信是假的。」

「我要報警！」館長的反應，好像竊賊闖入博物館，搬走了大批收藏一樣。

岩川聽見警察，馬上想起尤美的叮嚀，還有血肉模糊的命案現場。

「館長，我有個見解，您聽聽看，」岩川的手，壓著電話的話筒，「不管您私下對中國書法有多麼熱愛，或是，您想要收藏一些創作，未來要開設自己的藝廊，我認為您身為亞太博物館的館長，我父親又是 Art Council 的成員，私下接受餽贈，不論物品價值多少，可能不見得是件好事，就算您心裡坦蕩，總是很難防止別人說什麼……」

館長啞口無言，臉上有一絲微慍與懊惱。

「不過您別擔心了，您借出的這幅畫，必定是有去無回，」岩川從側背包裡摸出一個隨身碟，遞給館長，「不情之請，您這張照片，就留著給我紀念吧。」

語畢，岩川背包裡的手機震動著。

「不好意思，我接個電話。」岩川看著館長把隨身碟插入電腦。

「你現在人在哪裡？還好嗎？」是 Jennifer，解開血密碼時，岩川留下尤美，匆匆離開醫院趕來找館長，並沒有知會 Jennifer，岩川很難說明眼前正在進行的事。

「很好，我在帕沙迪納處理一件重要的事情。」岩川看到館長豎耳聆聽。

「沒事就好，你等一下回來醫院，我向你說一下尤美的檢查報告。」

「情況怎樣，你現在大概先說一下。」岩川著急的問。

「已經完成電腦斷層了，尤美的傷勢不只是頸部，還有左腦的外傷，短期來看，可能會有一點點後遺症，但還要進一步觀察。」

「什麼樣的後遺症？」顧不得還在館長辦公室，岩川很想知道結果。

「可能說話會有點障礙，但智能正常，四肢活動不會受影響……」

「aphasia？」岩川回答出一個字，兩年前他隨著華人醫療訪問團前往丹麥，擔任國際醫學研討會的口譯時，這是一場簡報的主題。

「對，失語症，你真內行，」Jennifer 作為尤美的閨蜜，早有耳聞岩川因工作而博學，「管理語言產生的布若卡氏區 Broca's area 與管理語言理解的韋尼克區 Wernicke's area，受到傷勢的影響。」

岩川看見館長握著隨身碟，手停在空中等著他。

「好，我知道了，還好活動沒有問題，先這樣，我馬上就回去。」岩川只能這樣安慰自己，掛掉電話，伸手接過隨身碟。

「代向您的父親同浩問好，我覺得……很遺憾……沒有好好保管他送我的禮物。」

「別放在心上，難得詐騙集團對我父親的作品有高度興趣。」

「我希望我可以動用我能使用的資源，瞭解一下究竟怎麼回事。」

館長送岩川至行政大樓門口，陽光灑進花木扶疏的中式庭園裡，岩川沒有閒情逸致欣賞，他的腳步愈來愈急切，他必須趕快解讀那首詩。

來到停車場，他已經開始小跑步，衝進車內，拿起座位旁的筆電，插入隨身碟。

「該死！」螢幕視窗出現只剩百分之二電力的提示，岩川的動作沒停，他點選隨身碟，再雙擊照片檔，他略過館長與父親的身影，快速放大至木框裡的四十字詩。

天下共一門　鑿角中軸線
乞顏部舉賢　馬鬃納謀士
日月見三寶　明君現八方
泥金化龍藏　才德惟孝莊

大部分都是常見的詞彙，但岩川有種直覺，這四十個字，文字組合隱隱的透露著更深沉的意涵，似乎帶著一絲絲的歷史或地域的關聯。反覆默唸了半天，實在無法進一步參透文字的意思，直到斗大的汗珠滴落在鍵盤上。

岩川發現，他匆忙地鑽進車子之後，沒有打開空調，洛杉磯的太陽，久曬已經有點燠熱，他發動車子，躺在駕駛座上，眼睛始終沒有離開電腦螢幕。

岩川父親同浩生於上個世紀初，雖然成長過程中國飽經戰亂，生活十分困頓，仍然刻苦自習，不負書香世家的名聲，整個家族裡最顯赫的讀書人叫做李濟，是父親的遠房堂哥，在中國是相當有名的人類學與考古學家。父親延續書香門風，習得一手好字，且擁有相當的歷史博學與詩詞文采。眼前的四十字詩，最特別的是用兩種字體寫成，第一行是草書所寫，字的行氣連貫通達；第二至第四行是小篆體，這種字體源自中國歷史上最有名的秦始皇，有系統的把全國文字標準化，兩千兩百年後仍然流傳，不論草書或小篆體，乍看之下不太容易辨識。岩川的視線，隨著父親同浩的運筆，在濃淡粗細之間流轉，欣賞與想像筆尖在雪白的宣紙上飛快揮灑出橫豎勾點，最後更在金色的木框下，更顯得貴氣恢宏。

金色木框……

如果這一幅看似尋常的墨寶，有任何貴氣可言，那麼金色木框應該是關鍵。一直試著解讀四十字詩的岩川，放大照片，一寸寸的檢視木框。

連續彎曲的線條，不斷延伸排列，構成木框的主紋，像極了中國青銅器上的蟠螭紋裝飾。蟠螭相傳是龍與虎的後代，具有龍的威武和虎的勇猛，在古代軍隊的軍旗、印章與兵器上常常出現，是一種祥獸。細細的凹線，陰刻布滿整個木框，線條在木框轉角處的銜接也十分流暢。

夕陽西下，車內的數字時鐘閃爍著五點，岩川躺在駕駛座上，渾身疲累，看著幾條飛機留下的高空凝結雲，劃過洛杉磯無雲的天空。飛機！凝結雲！岩川跳了起來，感覺身體在發抖，糟了，我錯過了中午飛台灣的班機！

他從椅背上坐起來，掏出手機，從美國到台灣國際電話線路的接線等待，讓他覺得度秒如年。電話終於接通，立刻傳來了上村的聲音。

「喂……喂……莊園內……有……奇怪……意竹……」

糟糕的通訊品質，讓上村的聲音聽來感覺有點急促，從幾個勉強聽得見的字，岩川猜測上村提過的威脅，似乎已經展開，岩川內心一怔，原來，錯過班機只是小事，全面的計畫，已經按部就班的啓動執行，電話斷訊，岩川難以辨別電話是通訊上的原因，還是上村掛掉重撥。

幾秒鐘後，電話再度想起。

「……不過你放心……意竹在……你……怎麼……」

雖然沒有完全聽懂上村的問題，但岩川決定還是回話，祈禱他這一方的通訊，能維持起碼的品質。

「……因為尤美的原因，我在美國沒有報警，爸爸在游泳池畔留下一連串數字，我一直追查，所以錯過了班機，我發現這件事與一幅他寫的書法有關，總共有四十個字，爸爸臨死前竟然留下線索，交代我來看這幅書法……」

岩川一口氣在幾秒鐘內講完重點，這麼多事完全不像是在過去幾個小時內發生的。

「書法？什麼書法？……你……心思……不是表面……什麼……告訴……看看……」

該死的訊號又再度中斷！岩川這次無法抓住上村回應的脈絡，但確認的是上村聽見了書法，於是他從手機登入電腦郵件信箱，把那張四十字詩的照片，傳給了上村。

幾秒鐘後，電話又響起，這回訊號回溯，兩人的聲音交疊在一起……

「叔父……我不知道你有沒有聽清楚……但是……」
「岩川……聽我……說……」
岩川停下來，他終結了回溯，電話裡傳來上村的聲音，一字一句……
「這書法，一模一樣的我也有一幅，就在我眼前！」

12

同浩命喪白宅後第十九個小時，岩川坐在長榮航空商務艙裡，看著窗外塔台與在航廈間來回穿梭的各式飛機，LAX是非常繁忙的國際機場，停機坪上的景象分分秒秒都在變化。

上飛機的最後幾小時，岩川在醫院與尤美話別，父親死前的刻意布局，消失的墨寶，無疑是條重大線索，不報警是一個艱難的決定，回一趟台灣，卻是解開血案之謎的唯一方式，更何況，叔父上村又被捲入風暴之中。岩川雙手緊握著不能說話的尤美，兩人眼神對望，碰觸臉頰話別時，彼此感受到一股濕潤。以語言翻譯為業的岩川，第一次感受到無聲的衝擊，他壓抑著悲傷，因為他不知道尤美的失語，何時會有轉機。

唯一讓岩川放心的，就是尤美在醫院有閨蜜Jennifer就近照顧，但離開醫院之後所做的事，再度讓岩川痛徹心扉——他回到家中，那個令他心碎的游泳池畔。

關上停車場電動門時，岩川小心留意了周遭的動態，San Marino住宅區，綠蔭參天，除了早上有附近鄰居晨跑經過，白天經過的人不多。停車場的一側，是一個貯藏室，幾年前岩川著迷於海釣時，買了一個六呎的大冰櫃，已經久未使用，岩川抹去了上蓋的灰塵並插上電源，他聽到馬達的驅動聲，打開上蓋，裡面的照明燈亮起。

當他把父親的遺體從滑板車移入冰櫃時，這是入殮？兩行熱淚滴入了開始結凍的空間，誰也不知道，同浩會在裡面待多久。他為父親穿上保暖的冬衣，不想讓父親受寒，當然，那一層厚厚的棉襖，也擋住了岩川最不願意面對的三處致命刀傷。

「各位旅客，再過五分鐘，我們就準備起飛，請耐心等候，造成您的不便，請見諒。」空姐的廣播，把岩川從陰鬱的記憶中拉回，過去一個小時，機上的廣播一再公告跑道調度延後起飛的訊息，希望這最新的起飛動態不要再有差錯。他按下關閉閱讀燈的按鈕，頭頂上方3K編號的小燈熄滅，距離大約兩公尺外的5K座位，閱讀燈仍然亮著。

「Cabin crew, door check.」

「各位旅客，飛機即將起飛，為了飛航安全，根據民航法的規定，請將您的手機與行動裝置關機。」

亞洲航空公司特有的年輕空服員出現在走道上，負責商務艙的Alice拉了拉衣襟之後，開始做起飛前的最後準備工作。她走到5K的座位前停了下來，以慣用的口吻提醒。

「王先生，飛機要起飛了，請關閉您的手機。」Alice面帶職業笑容。

5K乘客沒有相應，另一隻手看似正點擊某個檔案，更令Alice惱火的是，她發現有一條細白線，直通他的耳後。

什麼，竟然還在通話！Alice提醒自己，臉上的肌肉線條保持柔和，「先生，請您關閉手機！」

「同浩幾天前去了一個地方，看起來很合理，其實不太尋常……」5K乘客仍氣定神閒的說話。

「王先生，請您配合！」Alice覺得他的笑容正在消失，他撇見5K乘客手機螢幕裡的中國書法，哼！這個時候還在搞文青。

飛機已經滑進加速跑道，Alice索性站在原地不動，5K乘客的手仍未離開手機，左手虎口上，有個非常美麗的刺青，乍看像隻狗，但看起來非常兇猛。

「說到這吧，要起飛了，到台灣再說，老闆。」

13

洛杉磯的秋天，有一股淡淡的蕭瑟，落葉在街道隨風紛飛，即使在太陽剛剛昇起的破曉時分，也為聖馬利諾增添了些許詩意。高大的黑板樹，不敵十月的秋，枝葉泛起一片黃，但強壯的樹根依舊挺立，準備迎向即將來臨的冬天。

一名晨運跑者，頭頂盤著髮髻，配上窄邊遮陽帽與黑色口罩，一身黑色運動服，手戴薄絲絨霧面手套，肩膀下方的上臂處，有一個狀似鳳凰展開雙翅、隱而不顯的標章，一條耳機線從領口竄出連接至耳朵，腰間掛著一只鹿皮棕色小腰包，身上最明顯的標記，是運動鞋上一條極細的反光帶。這是黑衣人今天早上，第六次跑過黑板樹附近，她必須確認行動當下，沒有人看見她的行蹤。

這次黑衣人放慢速度觀察四周，狀似左顧右盼，在黑板樹旁一處車庫前停下腳步，輕輕的甩手抖腿，立定上身前彎，做伸展舒緩的動作，向車庫緩步接近，看了看手腕上的錶，伸手按了按耳機，棒球帽緣與口罩之間，射出一雙銳利的眼神，掃向附近的左右街道。

「Phoenix……Welcome Back，任務時間只有十分鐘，務必要回到 Pasadena，黃色接應車，車牌號碼，2YUU824，Action！」耳機裡的聲音響起。

Phoenix是稱謂還是任務代號，已經無人細究，有時甚至直接會以「鳳凰」呼叫。她足蹬車庫旁的矮牆，單手扣住牆頂端的帶刺玻璃，手套薄絲絨的質感，原來是細軟的鋼絲，她引體向上，再一躍而下，身軀非常流暢的落地，從牆內的縫隙向外窺探，手按著耳機說了句。

「Clean」

黑衣人顯然做過功課，對宅院地貌極為熟悉，她快步走向豪宅內的游泳池畔，看見暗紅色的打鬥痕跡，和一塊丟棄在草地上、有三個穿刺洞的門板，她彎下身，把頭貼在地面上觀察草的紋路，然後抬頭轉向天空，看著一條橫越游泳池上空的懸空電線，眼神順著電線的方向，移動到一處電線桿，電線桿上的精巧夜燈仍然亮著，她對著夜燈旁邊的一個小紅點舉起食指，朝著廚房入口走去。

「Roger，you are welcomed」耳機回應。

她走進廚房，快步走向二樓樓梯，在第一個轉彎處停下來，握著同浩房間的門把，從腰包掏出兩根金屬鉤子插入鎖孔，不費任何力氣即進入，她輕輕的掩上房門，拉開腰包的長拉鍊，把裡面的兩條背帶向上提，腰包瞬間變身成一只背包。

「Attention. 現在十號公路塞車，撤回時必須改走平面道路，要多花一分鐘，所以任務縮短為九分鐘，No delay allowed.」

「Roger that」，聽著耳機的指示，她按下手腕上碼表的提醒功能。

同浩的房間，房門始終深鎖，岩川基於尊重父親的隱私，幾乎沒有進來過。裡面的陳設簡單得讓人吃驚，一點也不像聖馬利諾的豪宅格局。房間內僅有一扇外窗，遮光窗簾半掩垂掛，窗戶旁邊的牆面上，掛著一幅破舊的中國地圖，房間正中央有張寬大的陽春書桌，桌沿有一捆寫書法用的宣紙，紙面覆蓋住大半個桌面，宣紙旁放置著掛毛筆的架子。距離桌邊最近的牆壁，有一個直上天花板的落地書櫃，裡面擺放各式精裝書冊，尺寸由小至大、由上至下整齊排列。角落有一扇小門通往浴室，三件風乾的衣服掛在浴缸上方的簾幕拉桿，房間內不見衣櫃，僅在床鋪下面有一只皮箱，裡面放著其他季節的衣物。

短短的九分鐘，近乎枯燥的陳設，黑衣人先從牆上那張完全不起眼的世界地圖開始，把臉湊近，仔細端詳。地圖上的中國邊界，被以紅色粗線塗畫數次、書櫃裡有二分之一都是厚重精裝書，最下層有一本「故宮大全集」，書背的字跡斑駁脫落，模糊難辨。黑衣人抽出來，快速的從頭翻閱到最後，只要瞥見有提筆註記的地方，就會停下來仔細查看。

書櫃最上層，有另一本夾著黃色便利貼的薄書，吸引了黑衣人的注意力，此時，耳機傳來急促的聲音。

「Hold it. Check downstairs」

黑衣人快速移動，彎身緊貼著窗戶下緣，仔細聽著樓下的動靜，車輛的引擎聲十分靠近，從聲音判斷，已經在車道口，接下來是關車門的聲響，和愈來愈靠近的腳步聲，黑衣人把手伸入後背包裡，抓住一硬物，準備因應狀況。她的視線越過窗台，看見白色頂的車子，身體再站高一些，看見車身的標誌。

「Shit」聲音從耳機傳送出去，黑衣人也整個在窗邊站起，看著樓下一個胖嘟嘟的臃腫郵差，已經從車道往回走，她鬆了一口氣，兩手把遮光窗簾向中間一拉，完全阻擋了黎明的陽光——同浩房內的唯一光源。

突然，牆邊那張世界地圖完全變了樣，上面出現了許多雜亂的夜光線條，還有許多不知名的標記符號。黑衣人從後背包掏出一只迷你手電筒，把光線調至最弱靠近檢視。地圖上，中國北方邊界上方約十公分處，向外畫了許多放射狀長短不一的箭頭，指向中亞，最遠的箭頭畫向歐洲的位置。另外，在中國東南沿海，畫了七條箭頭，從內陸指向海洋，朝著東南亞方向延伸，最遠到達現在的非洲位置。

「8 minutes」耳機傳來提醒，黑衣人不為所動，他注意到地圖上還有兩個被螢光筆繪製的圖騰，一個畫在中國國界的東北位置，另一個畫在西南位置，兩個遙遙相望。

黑衣人以嘴巴咬著手電筒，掏出手機，在最適的距離拍下這張帶著神祕符號與線條的照片，並以附加檔即時傳送出去。

「7 minutes」

黑衣人移動至長條書桌旁，手指滑過平整的桌面，米白的宣紙平鋪其上，她突然停下腳步，彎身蹲下，發現長桌下方最右側的角落，有兩個懸吊抽屜，而且分別上了鎖。

「Toy Lock」耳機傳來嘲笑的評論。

黑衣人從背包拿起螺絲起子，仔細卸下其中一個抽屜的鎖，發現裡面只放了一樣東西：一台筆電。

「6 minutes」

14

岩川推著行李推車，走出機場大門，迎面襲來一股熱氣，不到幾分鐘，額頭就汗滴涔涔，十足秋老虎[16]的威力。他解開大衣的扣子，薄長袖胸前的圖案露了出來，蝙蝠俠，這是尤美去年接待他的中國友人到洛杉磯環球影城時，順道為他買的禮物。

好多年沒回到台灣，岩川還知道台灣的計程車清一色是黃色，他上了一輛排班的計程車，車子在停車場迴轉準備進高速公路前，他看到停車格內有一輛外型怪異的 OPEL 汽車，車頂上有一座高塔，塔頂安裝了一具八角形的金屬容器，裡面光亮的玻璃，看起來像是拍攝鏡頭，Google 街景車，岩川在美國對 Google 這服務創舉早有耳聞，但第一次這麼近的距離親眼目睹這神奇的科技，竟然是在他土生土長的台灣。

[16] 秋老虎是指中國農民曆的時序在「立秋」以後短暫回熱的天氣，一般發生在八、九月，原本時序進入秋天，但人們卻感到炎熱難受，故稱秋老虎。形成秋老虎的原因，是西太平洋副熱帶高壓控制下晴朗無雲、日射強烈。

計程車最靠近街景車的時候，岩川隔窗看著駕駛座，他很好奇駕駛 Google 街景車需要什麼專業、通過什麼測試。街景車在發動狀態，但車窗黝黑，無法看清車內動態，岩川目送街景車從旁而過，他想到該給上村打個電話，告知他已經順利抵達台灣。

街景車上，兩名男子坐在前座，駕駛座的男子緊盯著儀表板前的即時螢幕，副駕駛座的男子，眼前有一具顯示聲音波形的儀器。

「尚里老大，歡迎回國，您的行李可真少。」駕駛座男子對著隱藏式的頭戴耳麥說。

「你們的工作很無聊，肯定要說點廢話，否則會悶死是吧。」耳機裡傳來另一名男子的聲音。

「下面這句就不是廢話啦，老大，那隻小蝙蝠剛剛經過車子旁邊。」

「他走哪一個方向？跨區連線的事情要做好。」

「遵命！我們隨時向您報告，不過，老大，您手上那隻豺狼的刺青，真是愈看愈好看哪。」

15

代也昨天剛過完九十七歲生日，子孫滿堂，齊賀高壽，在他心中，不知何謂風燭殘年，年輕時還沒完成的夢想，在他的體內如同一把火炬，仍炙熱燃燒。根據調查，二〇一五年，中國十三億人口中，九十歲以上高齡的老人大約有二百萬，代也的心理年齡，稱得上是全中國最年輕的老人。

昨晚祝壽的歌聲仍在腦際，此刻，代也看著清晨波光粼粼的湖面，他拿下老花眼鏡，耳朵聽著規律的湖水拍岸聲，嘴上叼著中國名煙「紅河道」，溫潤的湖風，拂上他的皺紋與白髮。他的住處，位於江蘇金雞湖東南邊的金姬敦公園附近，環湖二十二公里的步道周遭，不是已成綠地，就是做商業開發，這處私宅絕無僅有，離水岸不到二十公尺，且得地利之便，朗朗晴天坐在庭院裡，金雞湖[17]畔每處地標，左起李公堤、東方之門、金雞湖大橋、蘇州文化藝術中心、巍峨聳立的 IFC 國際金融中心、直到右邊的摩天輪樂園，全部盡收眼底。

---

[17] 金雞湖是位於中國蘇州工業園區的淡水湖，是中國面積最大的內城湖泊之一。湖面面積一萬零七百六十八畝，水深平均二點五至三米，爲一淺小湖泊，有河道與周圍水系相通，湖心有大小兩座人工島。

他坐在簡約風情的院子裡，身後是一幢西式風格的華宅，整個壁面貼著刻意錯落的石板。直指天空的假煙囪，與許多在金雞湖畔的現代化建築，標示著古城蘇州的天際線，與今非昔比的現代中國。

金雞湖周遭一日一日的改變，象徵著現代化中國的來臨，代也來此地養老，目睹一切。這座中國面積最大的內城湖泊，興建中的摩天大樓「東方之門」拔地而起，這棟號稱中國結構最複雜的超高層建築，出現在古樸溫婉的蘇州金雞湖畔，代也並不覺得有違和感，過去無數個初春、盛夏、深秋、寒冬，他都在這裡，看著蘇州這個地處中國一隅的古城，一年復一年上演翻天覆地的改變，遙想著年輕時未完成的事——那個無關於一己之私，心繫國家民族的夢想。

不管外面的世界如何改變、不管二〇一五年的當下，中國已經具有競逐世界的國力，代也堅持要實現他年輕時未竟的願望！他手上的手機螢幕裡正在告訴他，夢想即將成真。

「老爺，眼睛歇一會兒，喝口茶吧，剛到的杭州龍井，早上的時候，我刻意沒泡濃。」中年管家親切的招呼著。他叫利葛，身高一米九，蓄著濃密的八字鬍，源自蒙古血統的體格，胸腹與四肢結實渾厚，伸長的五指宛如爪釘，這名隨侍在代也身旁的力士，細膩的心思，迥異於外型。

利葛深深知道代也的習性，早上習慣喝淡香的茶，過了中午，代也如果不歇息，就要改成濃茶。泡茶是門巧功夫，與利葛小時候在蒙古喝茶的習性人不相同，他願意了解並熟習漢人的茶文化，完全是為了回報代也的恩情。

代也沒有應答，頭仍盯著手機螢幕，過去幾個星期，不，甚至好幾年了，這件事是這位九十七高齡老爺子的唯一懸念，一次又一次密集的視訊開會，利葛非常佩服老爺骨子裡的那把勁，很少人在這種年齡，還如此熟悉新的通訊科技。家大業大的江府，只要有心，沒有什麼新事物學不會的，長輩吆喝一下子孫，啥事也能搞定。代也出身自中國赫赫有名寧波商幫，從接掌家族企業的上一代起，就一直在江滬地區做買辦生意，現在的說法叫做轉口貿易，累積了龐大的財富，代也十年前把棒子交給家族的年輕人，從此不問世事，只在棘手時出面調和鼎鼐。

利葛用眼睛的餘光，看了一下代也的手機畫面，四分割的畫面中，左上角是代也自己的影像，左下角正在播送一台行駛中的黃色計程車，右上角是一張靜態照片，看起來是一幅中國書法，右下角是「神祕的第四幕」，出現訊號的時間不多，當畫面漆黑時，正中央出現一個鳳凰的標誌，代也時常盯著它若有所思。

「利葛，你跟在我身邊也這麼多年啦，你知道我平常也沒什麼喜好，對五千年的中國文化可是著迷得緊，用現在年輕人的話來說，我一輩子就是中國的粉絲啊……」

「是，老爺，您打從骨子裡，期盼中國能強盛立足於世界，您這份心，可是經年累月啊。而且中國文化在您身上的薰陶，我的感受比所有人都深刻。」

「不敢說讀通，我也算是讀遍了中國的詩冊典籍，看遍了器物書畫，但這一幅書法，其中的道理我還在琢磨……」

利葛發現代也手機右上角那幅中國書法，已經被放大到佔滿手機全螢幕，代也布滿皺紋與風霜的手，正緩緩移動著螢幕，仔細端詳書法裡的每一個字。

「這帖子的字句，實在相當隱晦。」代也把手機遞給利葛。

天下共一門　鑿角中軸線
乞顏部舉賢　馬鬃納謀士
日月見三寶　明君現八方
泥金化龍藏　才德惟孝莊

利葛把手機湊近端詳，代也舉起放在茶几多時的杭州龍井蓋杯，啜飲了一口，臉上的線條稍微舒緩，眺望著遠方帶著薄霧的湖景。利葛知道代也不是想單純的分享或閒聊。

「就通篇的文字結構來說，中國的五言絕句，有二十個字，這字帖是兩個五言絕句湊在一起，這樣理解，似乎也產生不了什麼意義，而且，這字帖總共用了兩種字體，也頗不尋常，不過，」利葛似乎突然有什麼發現，「老爺，這字帖的其中一行，我應該可以談一些。」

代也打開蓋杯，這次將茶湯含在口中，這樣入喉之後，會有較長的濃郁回甘。

「太好了，你不但是讀書人，也是文化人，真是不辜負母親的遺訓。來，說說你的看法……」

代也與利葛本來只是主僕關係，但親近程度，甚至已經超越家族裡的任何血親，不明究理的年輕晚輩，甚至把利葛當成代也的長子。代也心中有份七十年的懸念，利葛是唯一知之甚詳的人。說起兩人的緣分，利葛的故鄉遠在蒙古，當年利葛的父親，因為生意糾紛命喪蒙古烏蘭巴托，祖籍陝西的寡母，帶著小利葛流浪到上海代也家族的買辦附近，被代也收容，並視如己出的栽培。利葛本名叫「岡卓力格」，蒙古語的意義是「鋼鐵般的勇氣」，他的母親過世前為他改名為「利葛」，一方面懷念為了生計喪命的家父，二方面也隱含著對孩子的期待，希望此生不要再和死去的父親一樣因利糾葛，故取其諧音，以利換力，以葛代格。當年那個小男孩，如今已經成為代也的得力助手。

「不知道是不是巧合？」利葛放大畫面仔細看著。

代也叼著來自雲南的頂級捲菸「紅河道」，眼神穿過白色煙圈凝視利葛。

「『乞顏部舉賢，馬鬃納謀士』這句話，前三個字的意思很鮮明，所有蒙古族裔都了解。蒙古有許多傳統部落，像伯爾赤金、巴蘇德、浩日金等等，乞顏部就是其中一個部落，是蒙古聖山的所在地。」

代也接話，「因為是成吉思汗的家鄉！」

「是的！」利葛欽佩代也的博學涉獵，一聽到成吉思汗四個字，利葛眼裡閃動著鋒芒，那是故鄉永世不變的驕傲。

「成吉思汗的家族，就是屬於蒙古乞顏部，他的父親就是乞顏部的領袖，當年成吉思汗發跡的時候，兵強馬壯，戰士們驍勇善戰，個個都有乞顏部的淵源。我聯想這應該就是乞顏部舉賢的意思。」

「然後，下一句『馬鬃納謀士』是不是仍與上一句有關？你有想起什麼脈絡嗎？」代也小口呑服嘴中的茶湯，嘴角上揚。

「我很早就離開蒙古，沒有機會經歷蒙古男子二十歲的成年禮，但這傳統，在蒙古綿延起伏的乾草原上已經流傳了幾百年……」，利葛想起父親生前口中的家鄉，「每一個蒙古的成年男子，都是兼具戰士身分的牧民，滿二十歲的時候，就會從最好的牡馬身上割下一綹綹馬鬃，繫在長矛刃口的矛桿四周作為纓穗，蒙古語稱為『蘇勒德』，也就是戰士的靈旗。每到一地紮營，就將靈旗插在營帳入口外以表明身分。靈旗向來留在戶外，在蒙古人所崇拜的『長生天』之下飄揚，捕捉了風、上天、太陽的力量，靈旗會將這得自大自然的力量傳給戰士。據說，馬鬃旗引領著戰士一生的命運，戰死那一刻，靈魂會永遠活在馬鬃裡。」

利葛沉浸在乾草原的回憶裡，也為代也解開了「馬鬃納謀士」的意涵。

「這未免也太巧合！」代也突然從利葛的描述中抽離，「你是蒙古人，這字帖裡剛好涉及蒙古？」

利葛不知如何應對這突如其來的問題，他再次看了這一行字句，篤定地說，「老爺，『乞顏部』這三個字，我看再無其他意義了。」

代也的手機響起短促的提示音，利葛把螢幕湊近代也面前。神祕的第四幕。

代也瞧了一眼說，「走，這很需要進屋子裡面看。」

16

林森北路薇閣汽車旅館，閘門開啟，一部黑頭車沒有減速，順著幽暗的車道直接駛入車庫，鐵捲門立刻緊貼著車尾直下。

壯碩平頭男先跨出駕駛座，恭迎尚里跨出車外。狹小的車庫擠滿了守候的眾弟兄們，紛紛迎上前來握手，隨即登上樓梯，平頭男斜背著狀似高爾夫球袋的重物尾隨在後。一行人進入二樓，魚貫進入大型監控螢幕後方的空間。典雅的吊燈懸掛在房間的中央，燈下有三張皮面沙發排成馬蹄型，牆壁貼著灰格菱形、米黃底色的壁紙，唯一的樑柱連通天花板，上面有大型的拼貼石頭造景，一直延伸到地面，四名弟兄選擇兩張沙發，面對面落座。

尚里來台與眾兄弟會面，就近選在薇閣，以免耽誤分分秒秒都在進行的即時監控，他捲起食指逐一和兄弟們握手[18]。現場的四名弟兄，江湖上個個都有名號，他們第一次與傳說中的大哥見面，心理頗有英雄惜英雄的味道。

---

[18] 青幫弟子在與人握手時，食指必須內扣、拇指微彎，餘三指伸直，俗稱三一九手勢，以便青幫弟子互相辨識身份，早期是爲紀念三月十九日自縊的明朝崇禎皇帝。

「謝謝青幫，讓我們有淵源聚在一起，也謝謝華青幫，為我們搭起重要的橋樑。」縱橫黑白兩道的尚里，一開口就點出了在場各路人馬錯綜複雜的關係，從美國遠道而來，他對台灣的幫派生態並不陌生。

美國認定全世界第四危險的組織竹聯幫，與台灣本土最指標的幫派天道盟，即將共同攜手合作，接下來是尚里的破冰開場。

尚里招了招手，示意剛才隨他上樓的平頭男子，把沉甸甸的袋子放上三張沙發中央的大理石桌。尚里站起來俐落的拉開袋子拉鍊，兩手順勢往左右一翻，金屬碰撞桌面發出巨大的聲響，整個袋子完全攤平時，現場寂靜無聲，但空氣中瞬間有一股難以言喻的震動。

「請大家來做事，沒有理由自備工具，所以我把傢伙都備齊了，」尚里隨手拿起袋子裡的一把小玩意兒說，「sig sauer，這把是 allround，」尚里握著槍把，熟練地轉動，銀色的不鏽鋼槍身閃著寒光，「P226 常見的 decocking lever，allround 也有，但它還有內置式保險裝置，專門用在 IPSC 實戰射擊。」

SIG 是德國知名的槍械公司，這款 P226 是一把軍用型的半自動手槍，並有多種的延伸款式，全世界有高達六十六國的軍警與特種部隊，都採用 P226 與相近機型為配備。許多知名的電影，例如即刻救援（Taken）、007 系列電影、不可能的任務（Mission Impossible）也都有 P226 的身影。

被邀請坐在這房間裡的人，底細都被摸透。在座四位平均年齡不到四十歲，雖然尚未成為一方之霸，但已經有一批死忠的兄弟相隨，難能可貴的是，許久未聞的江湖道義，在年輕的這一輩再度被看見。這次任務最特殊的地方是兼具鬥智與鬥力，眼前的這個組合，也同時考量了幫派背景的比例與平衡，實在非常完美，當然，最終還是利益的結合，巨大的利益！尚里很清楚，國寶文物海外拍賣洗錢的利益，傳統幫派覺得非常新鮮好奇，當然，尚里本身的成功，扮演關鍵的說服力。

坐在尚里右邊的男子，戴著亞洲當紅流行款 Gentle Monster 半框太陽眼鏡，招牌貝雷帽下，深褐色微亂的瀏海蓋住前額，兩片薄薄的紅唇更添氣質斯文，隔著難以看透的鏡片，對著滿桌的槍械點點頭說。

「好傢伙！」

尚里把 P226 遞到男子的面前，笑著說，「墨寶被五馬分屍，雖然沒有什麼發現，但是那場三地連線做得真漂亮，你辛苦了，所以讓你先瞧瞧好東西。」

他叫隆介，竹聯幫父執輩的淵源，讓他受到刻意栽培，具有電子資訊專業，是幫內少見高學歷、講謀略的年輕世代，在竹聯幫極速擴展台灣以外的勢力時，曾穿梭於台灣、上海、廈門、南京等地。他的槍械知識滿腹經綸，和電子資訊本科一樣有深度涉獵，跟在他身旁的兄弟，從未看過他開槍駁火，但沒有人懷疑他扣下板機的膽識。幫內甚至有諸多傳言，一些轟動社會的槍擊事件，都有他涉入的痕跡，只是最終都有幫內的小弟出面扛下。薇閣房內所有監視螢幕的視訊連線，宛如工藝品，都是出自他之手。

隆介靈巧地握住槍，忍不住讚嘆，「2013 年剛推出，P226，真是難得一見的好槍，這是手槍界的勞斯萊斯啊。」槍把與虎口的貼合近乎完美，他開心的把槍枝遞給左邊，身穿 Yankees 短 T 恤的阿愁。

阿愁接過手槍，撫摸不鏽鋼平滑槍管上 X-Five 的蝕刻字樣。道上的人所稱呼的阿愁，是指不管誰踩了他的底線，其兇狠程度，連鬼看了都發愁，愁的中文發音和醜相近，了解他過去的人都知道，其實阿醜才是他的本名。青少年時期一場幫派尋仇事件，他被一群人持鐵棍圍進了死巷，最後只有他站著走出來，但卻身受重傷，從此左眼失明。他的左眼框凹陷，臉部比例失去平衡，大小眼成了他的英雄印記。由於長相怪異，只要多看他 眼，就會激起他的敵意，整個人不只不怒而威，直逼不寒而慄。

桌上數十把琳琅滿目的槍枝，有很多經典名槍，甚至只在電影裡看到。阿愁放下 P226 之後，開始把玩一把美製 spike 步槍，5.56 口徑，每分鐘可發射七百到九百發，每秒射速高達八百到一千公尺，威力強大，最特別的是塑料彈夾，不但防摔，也能躲避電子儀器的偵測。

「只有聰明人，才知道怎麼使用好傢伙，最笨的人就是槍拿起來瘋狂掃射，消了自己的心頭恨，然後開始跑路，我們是出來做事，不是出來練槍打靶，是吧，呵呵。」尚里的餘光，掃視房間裡每個人的表情，「所以，這次的任務，槍和子彈一定不缺，但是我相信在座的人都會知道怎麼用。」

在座的兄弟們點頭會心一笑。

「這麼多傢伙，弄進來不是太容易吧？」阿愁的眼睛沒離開桌上的槍械，好奇一問。

「這要都感謝我的拜把好兄弟，伸郎，」尚里的眼神移向左側沙發，最靠近他的男子，身著紅衣、右耳有一排金色耳環，從耳廓整齊派列至耳垂上方，兩側的鬢角修得整齊乾淨，「出貨到貨，一點也不拖泥帶水。」

仲郎看著房間內的夥伴，尚里為他所做的自我介紹，非常風光，「以我大哥在華青幫的分量，絕不能漏氣的。」

尚里與仲郎同屬華青幫，華青幫在台灣成立美鷹會時，仲郎靠尚里金援，坐穩了地下幫主的位置，仲郎是個謀略型的梟雄，後來在幫內靠著自己的實力扶正，美鷹會後來與台灣本土黑幫天道盟勢力整合。靠著尚里在美國的實力，讓仲郎在台灣黑幫地下軍火庫之名不脛而走。

「如果連這點事也辦不好，哪有資格坐在這裡。」坐在仲郎旁邊的人開口說話，身體舒服的陷入沙發裡，嘴上叼了根煙斗，不斷冒出煙圈。

「這位是道長，」尚里說，「年紀很輕，手上已經有很多事業，在台灣，你可以不認識總統，但是不能不認識道長啊。」

道長被捧上天，笑得樂不可支，他的事業體深入工程、殯葬、保全、與機械租賃，與尚里跨國合作業務多年。道長的江湖稱謂名符其實，旗下專門吸收退役軍憲警，甚至不乏特種部隊背景的成員，把幫派訓練軍隊化，組織紀律嚴明。

道長說，「我什麼生意都做過，但好兄弟尚里真是讓我增廣見聞，這花花世界真是有趣，我沒念過什麼書，如果有一天能發發文化財，那實在比圍勢還過癮哪。」

「今天請大家來，不是來談打打殺殺，那是鱉三的玩意，我們混跡江湖，盜亦有道，大家都知道，一九四九年有大批國家寶藏，從大陸運來台灣，當時的局面很亂，混水之中，有人摸魚，至少有兩件國寶，沒有被登錄在名冊，卻被挾帶來台，政治上的掠奪，回到政治解決，如果是私下的盜竊，那遇到我們這群愛國的漢子，算他倒楣。」尚里一口氣傾吐心中的俠盜情結。

語畢，尚里招呼平頭男子打包桌上的槍枝，把一台 regina 顯示的平板電腦放在大理石桌上，「混江湖要混得有道義，接下來我要講這次的任務：一個背叛的故事，」尚里點開了幾張照片，「首先，當然來看一下叛徒的下場。」

在場四位面面相覷，平板螢幕上，顯示著一具遭受三刀六眼處決的屍體。接下來的二十分鐘，全盤計劃讓這個房間的人聽得鴉雀無聲。

「你可能會問，擺什麼場面，搞得這麼麻煩，這明明是一槍就能解決的事啊！」尚里冷笑，「槍的功用，絕不是發射子彈用的，重要的是過程，要不要扣下板機，給當事人決定，要留命，還是留著祕密。」尚里把手比成手槍的姿勢，指向自己的太陽穴，「用槍指著頭，每一句告解，都會是真話。」

道長會心一笑，「真有你的，這才是真的會用槍！」

習慣開門見山的阿愁，問題很直接，「你剛才說的工作確實是大事，難怪需要弄今天這種場面，而且你還遠從美國來到台灣，這國寶的價值一定不是開玩笑的，才值得大家這樣賣命，但是遊戲不是人人玩得起，是因為有你，我才坐在這裡，可能有人和我想的一樣，平常在地方處理事情，只要圍圍事，頂多我說一句話就搞定，搞得定，兄弟才會跟著，所以，我要確定我玩得起啊。」

尚里的笑聲爽朗，「想看國寶就去故宮買張門票，至於不在故宮的，隨便拿個花瓶說它值一億，大家看了也是笑一笑，事情愈單純愈好，這世界有兩件事讓我很快樂，一是遊戲，二是交易，我相信阿愁哥會懂我的快樂……」

尚里從平板電腦點開一張檔案，放在四個人視力所及之處，震驚的表情頓時全寫在臉上。那是四個人平常最常往來的銀行帳號，且全部不是以個人姓名為戶名，尚里對每個人旗下最賺錢的事業，瞭若指掌。

「八位數，只是今天的見面禮，請笑納。」

17

黑衣人打開電腦螢幕。

耳機傳來聲響，「密碼，需要再提醒你嗎？」

黑衣人不發一語，雙手已經在鍵盤上打入1234。

「九十幾歲的老人了，還能設什麼密碼，是吧？」耳機傳來陣陣竊笑。

電腦的效能不算頂尖，黑衣人在開機的過程中，再彎身看了另外一個上鎖的抽屜，扣環上掛著一只密碼鎖，他想起「防君子不防小人」這句話。

成功開機的音效聲，把黑衣人的注意力帶回電腦，他看見雜亂的電腦桌面，排滿了一個又一個的資料夾，完全是數字編碼，沒有文字檔名，無法辨識該資料夾放了什麼。

「呵呵，這老人的習慣真差……」

黑衣人不理會耳機裡的閒扯，他進入檔案總管，依照數字檔名重新排序，發現這些資料夾建檔的邏輯：第一個資料夾取為一八八四，最後一個資料夾顯示二〇一四。

黑衣人隨意點開其中一個資料夾，名為一九三七，發現裡面有好幾張看起來像剪報又像研究論文標題的掃瞄檔，貼在文書處理軟體中，大標題寫著：「成吉思汗——下落不明的征服者」、「靈旗的尺寸與構件」、「烏蘭巴托市地圖」，最後面有一個檔案，看起來像是盒子的設計圖，盒子長度極長。

「5 mins」

「God damn it.」黑衣人逼得快速瀏覽文字檔，一邊咒罵。

「Attention!」耳機忽然下達一個急促的指令，「打開一九四九的資料夾。」

關掉一九三七，打開一九四九，裡面是密密麻麻的檔案。黑衣人不知從何下手，於是隨機開啟。

1949.2

崑崙艦抵達基隆港……

「4 mins. 把握時間，離開之前，拷貝帶走所有資料。」

既然如此，就不必花時間仔細瀏覽，黑衣人跳躍式打開另一個資料夾，裡面有好幾張縮圖，他逐一打開，每一個檔案都是書籍的封面，書名是 *Secrets $ Mysteries of the world*、*Prophecy: what future holds you*、*Spiritual Connections*……另一個名為一九五九的資料夾，裡面有大量的往來書信記錄，書籍作者與書信往返都指向同一人：Sylvia Browne。

黑衣人迅速從背包摸出一只隨身碟，插入電腦 USB 插槽中開始進行下載，還剩最後幾分鐘的時間，她至少還有一件事要做。

她鑽到桌板下，掏出一把德製老虎鉗，扣環應聲斷裂，密碼鎖滾落在地。打開抽屜，有一個黃色的牛皮信封，裡面裝著很多頁泛黃陳舊的紙張，塗寫著一些怪異的符號，不是英文，也不是中文，有一張看起來像撲克牌的紙牌夾在其中，特別引人注意，牌面中間有三個同心圓，最外圍的邊線上，又出現八個怪異符號，同心圓的右下角，有一隻紅色異獸，狀似揹著同心圓，同心圓左側是一條蜿蜒的蛇，上方是一個拿著長劍的獅身法老王。牌面的四個角落，有四個造型奇特的動物，左上角是人形、右上角是老鷹、左下角是牛，右下角是獅，共同點是這四種動物，除了老鷹之外，都帶著不合現實的翅膀，而且，每一隻動物的身上，都拿著一本書。唯一可以理解的就是牌面下方的英文字：

WHEEL OF FORTUNE.

「3 mins」

「這就是了，就是它了……」黑衣人的指尖滑過紙牌，喃喃自語。

黑衣人拔出下載完畢的隨身碟，把桌上的文件掃入後背包中。彎下身，在視線與桌板水平的高度，檢查桌面有無殘留物，臨走前，她刻意打開窗戶，掃視環顧整個房內，帶上房門時，轉身起腳踹歪了喇叭鎖。B計畫，故布疑陣闖空門。

「快，接應已經抵達。」

黑衣人回到車庫旁，鑽進一台計程車。

18

「浪漫地中海」豪華客房，已經很難辨識出浪漫。

標示著台灣現場的監視螢幕，有一部黃色計程車，行駛在蜿蜒的山路，陷在車陣裡走走停停，中間標示蘇州的監視螢幕，是一幅靜止不動的書法，最右邊洛杉磯的監視螢幕，不斷激烈晃動，因為攝像鏡頭裝在一名跑者身上，該名跑者最後鑽進車內。尚里在房間後方的貴妃椅上坐定，聲如洪鐘，房內氣氛緊繃。

「右邊的畫面是怎麼回事？」監視器前所有目光都同時轉向右側，只有伸郎鎮靜的轉頭看著尚里。

「這是剛才最新的洛杉磯現場，不過，蘇州的老闆正在線上……」

最新的洛杉磯現場？尚里納悶著，洛杉磯是他的「主場」，主帥不在營，怎麼還會有戲？蘇州的螢幕晃動了一下，書法消失，出現一位面帶微笑、端坐在太師椅上的老人，紅木茶几放著一只青瓷蓋杯。

「飛機再快，都追不上事情變化的速度啊……」代也的口氣，聽得出心情愉悅，「剛才那張書法，竟然和那狡猾的老傢伙臨死前留下的血密碼有關，不過，還不完全清楚他在玩什麼把戲……」

從洛杉磯飛回台北，血密碼竟然變成了一張書法，尚里一時腦塞。

「雖然過去十幾個小時，你都在天上飛，我卻要把這一切的功勞，都算在你頭上。過去幾年，你建立的情資非常精確，完全摸透了同浩的一舉一動，從血密碼到亞太博物館，完全不費吹灰之力。你在飛機上的時候，我調出過去幾天，你提供的同浩行蹤記錄，覺得有一天很可疑，牽涉到亞太博物館，所以馬上調動人馬去把這幅書法弄到手。」

未告知而獨立行動！尚里心想，這個急性子的老人，都等了七十年，連十個小時也耐不住？尚里聯想到他未經預告襲殺同浩，如今代也在洛杉磯，他的地盤上調兵遣將，這是代也對他的暗示或警告嗎？此時，他發現洛杉磯監視器畫面，晃動已經停止，場景裡出現一些穿著白袍的人，「準時抵達，over」，訊號隨即中斷。

尚里感覺事情的進展，變得很陌生，於是要求再看一次墨寶，希望找回失去的節奏，代也立刻應允。尚里逐字看完後，面無表情，血密碼怎麼會變出這麼多字？

「老闆您有什麼見解？」尚里藏起心裡的雜念，他從來不會坐以待斃。

「照著這文字的結構看似單純，但是語意十分艱澀。」代也不想多談。

「看起來是故布疑陣。」

「你已經打開了潘朵拉的盒子，如果沒有後續，豈不是只剩殺戮？這不是我要的，盒子裡面還有我要的祕密，必須愈快完成愈好。你雖然料到了警方不會介入命案，但總是夜長夢多啊，是吧……」代也的眼神，如一把刀，隔空射進尚里的腦門，「我關心的是國寶的下落，同浩在過去幾十年間所做的事情，要趕快做完整拼湊，七十年了，屬於中國的一樣也不能少。」

旁邊的管家走近，為代也加了茶。尚里想起代也和他第一次見面時，提到這次的任務與七十年前的恩怨。尚里很清楚，如果只剩殺戮，他只是一名殺手、拿錢辦事的傭兵，他的人生豈是如此格局？

「代也先生，你應該會有興趣看看這個的。」尚里要拿回主導權。

眼前的三個監視螢幕，台灣的監控畫面，清楚的顯示岩川已經到莊園門口，代也瞄了一眼。

「這是同浩當年抵達台灣之後所蓋的莊園，你要的答案就在這，你應該會有興趣聽聽的。」

然而，洛杉磯傳來的最新監控畫面，顯然更吸引代也。

「等等，我們還要繼續完成這個計畫，有些事讓你知道也無妨。」

洛杉磯現場正在發生的事，代也親自為尚里解答，尚里聽完，心中暗自做了一個決定。

19

岩川在計程車上，因為時差的原因，昏昏沉沉的小睡片刻，一個緊急煞車，讓整個人飛離了座位，他反射式的伸手撐住前座以穩住身體，看向窗外，車子正在一處蜿蜒的山路上。

「媽的！這麼不懂規矩，你還配上山賞花啊……」司機暗暗咒罵著。

計程車卡在一處髮夾彎，動彈不得，前方一片車海，車後接著綿延的車流，一輛車頂上有高塔狀攝影機的車子，也擠在車陣之中。Google的地景車真密集啊，岩川心想。

「你不趕時間吧，假日大家都要上山賞花，天氣又好。」一面對惱人的塞車，司機情緒轉換真快，「其實不遠了，就差兩個彎。」

岩川想著逐漸接近的莊園，最後一次來到此地，他年紀還很小，他只記得在一盆盆的茶花之間，和另一個小女孩大玩捉迷藏，父親同浩和叔父上村兩兄弟，永遠有談不完的話題，印象中，他們的表情始終嚴肅。

車子來到綠色圍籬邊，這處同浩一手打造的莊園，幾十年來沒有太大的改變，「風月禪堂」的匾額，高掛在灰色的瓦片下方，朝內望去是深不可測的濃濃綠蔭。入口處有一排遊客的車子，正在等待購票進入莊園參觀。此時，有一名女子表情嚴肅，環顧四周的車陣，靠進岩川所搭乘的計程車。

是意竹！

當年玩捉迷藏的記憶湧進腦海，那個小女孩身手矯健，總是在很短的時間就躲得老遠，不論伏地或上牆都難不倒她，在莊園裡要找到她真是吃盡苦頭。

女子臉上掛著笑容，示意計程車搖下車窗，「岩川，好久不見哪，你下車，我帶你走。」

五部車之遙的 Google 地景車上，監視螢幕顯示一對男女走進莊園，鏡頭切換，該對男女走進石梯步道，傳來依稀的對話聲……

「這是你父親的心血……」

「家父……」男聲口氣忽然停頓，「我們去美國超過三十年了……你們把這裡照顧得真好……」

「同浩叔叔真是個有才的人，我們在這裡住久了，才知道他的心思，莊園不論坡度、排水、日照、動線等等設計……周到……非常幸福……」

監視畫面顯示他們走近一棟八角窗的建築物，訊號超過了接收範圍，過了幾秒鐘之後才恢復。

「……真的一模一樣？這實在不知道如何解釋。」男聲有點喘。

「……我們一個字一個字研究了很久……覺得……字面……綁住……其他……」

「Fuck!」地景車內的男子抬頭從車窗望向莊園，看著一男一女走進建築物內。

「找一個位置停車。」男子對著駕駛座喊著。

「只好和這些來賞花的搶停車位啦。」

****

岩川與白髮蒼蒼的叔父上村激動擁抱，意竹在旁眼眶濕潤。游泳池畔的顫慄景象，是不得不觸碰的話題，岩川想起廚房門板上的詩，覺得局勢十分凶險。

「叔父，這個威脅……你覺得……我們應付得了嗎？」岩川藏不住憂懼。

上村兩手交握端坐，氣定神閒中，還留著剛才一絲激動的餘溫，他明白岩川在想什麼，「我當年在南京下關碼頭，上至仕紳、下至粗人，不同圈子的勢力天天在角力，鬧事尋仇或糾紛就像家常便飯，範圍說大一點，整個槽運青幫的勢力範圍，包括上海華洋混雜的租界區，公安巡捕我們怎麼不熟，不管遇到什麼麻煩事，我也從來沒請他們出來幫我主持個道理，公安說穿了就是另一圈勢力，只會把事情搞得更複雜。」

意竹與岩川雖有耳聞，但無法親眼見識上村當年在江南一帶的叱吒風雲，當時青幫幫眾的數量與嚴謹的幫規，是面對各方角力仍能挺得住局面的關鍵。岩川對暗處的敵人步步進逼，還是難以釋懷。

「所以，我們……不考慮報警？」岩川終究還是直言。

「去年莊園遭小偷，領班打電話報警做了筆錄，警察竟懷疑是我們自己人幹的，把莊園內的長短期雜役全都找去問了一遍，這還不打緊，連曾在莊園工作過的也一個不漏，結果呢？小偷人在哪還不知道，莊園的工人都不想幹了！」上村眉頭一直沒有鬆開，一口氣把話說完。

意竹知道這件事，上村當時發了頓脾氣，和管區派出所的主管針鋒相對，這件竊盜事件無疾而終，被偷的東西沒有找回來，莊園後來多了三十二支監視器，還要花時間做雇主與工人之間的信任重建。

又不報警！岩川放棄了，只能尊重長輩上村的決定，他更相信上帝冥冥之中自有安排。

他接著打量這間父親打造的辦公室，八角窗的位置，不偏不倚的正對著一幅以圓弧狀陳列的清明上河圖，空間的牆面構造，每間隔兩米，就有一處一百二十度的轉角，八卦陣，這是易經的基本概念，代表一切自然現象的動靜狀態，岩川佩服父親的巧思。辦公室中央有一張八邊形的紅木桌，搭配八張紅木太師椅，呼應著空間的八卦陣。最後，八角窗窗台下的一幅裝框的書法墨寶，吸引了岩川的視線。

岩川快步趨前，這是他在洛杉磯亞太博物館看到照片之後，第一次近距離看見作品的真跡。

「你看，完全一模一樣，這一定是你父親生前刻意的布局，看樣子花了很久的時間，他確實想告訴我們什麼，這也是我請你要馬上回來的原因。」

岩川聽著上村的低語，來到墨寶前面，他發現有一個現象，比照片的感受更深刻。一幅書法，兩種字形。

天下共一門　鑿角中軸線
乞顏部舉賢　馬鬃納謀士
日月見三寶　明君現八方

這幅書法字，總共有四十個字，前十個字是草書，後三十個字是小篆，岩川過去所見歷朝歷代、甚至民間文化界的字畫，幾乎沒有見過這種情形。

「從字面上看，有幾個比較直白的字句，透露出中國特定的朝代或是意義，第一行用草書所寫，語意非常撲朔迷離，用小篆體字所寫的三行，只能推敲幾個關鍵字，例如『乞顏部』，這三個字並不常見，我特別請意竹查詢，發現是蒙古帝國當時在大草原的發跡部落，下一句『馬鬃』，似乎也與蒙古族的遊牧有關，如果一行十個字，是一個完整的敘述，那麼，剩下的兩行，代表還有兩件事，我推敲裡面的字句，覺得比較直白的應該是最後一行，孝莊……，清朝的孝莊皇后？」上村說。

上村坐在太師椅上侃侃而談，坐在對角的意竹，桌上蘋果電腦的標誌閃著微光，這個位置面對著八角窗，她必須一心二用，隨著探看窗外的動靜。

「孝莊皇后？……清朝第一個盛世，康熙皇帝的母親……」意竹看著螢幕上的搜索字串，隨後耳邊就響起岩川的補充。

「清朝是中國最後一個王朝，康熙、雍正、乾隆是清朝的三大盛世，國力到達高峰，政治經濟文化都高度發展，滿清是關外民族，入主中原之後，孝莊皇后禮遇漢人，又對西方知識極為尊重，對康熙皇帝是非常重要的啟蒙。接下來的兩個皇帝，她也有輔佐的功勞。歷史記載，清朝在開國之前，曾經出現最高領導人的紛爭，幸虧孝莊皇后以巧妙靈活的手段，才穩定了新的繼承人。所以她的影響，幾乎擴及整個清朝的重要階段。」

「所以『才德惟孝莊』，是評價孝莊皇后的貢獻，」上村說，「那麼『泥金化龍藏』應該怎麼解釋？這句應該也和孝莊皇后有關吧。」

「可是除了這點之外，歷史上對他其他評價或事蹟好像不多……」意竹的手，在電腦鍵盤上始終沒停過……

岩川疲憊的眼睛忽然精神起來，「泥金化龍藏！」意竹抬頭盯著岩川。

「作為關外民族，來到中原可以成功統治漢人，孝莊皇后在這個階段所做的就是尊重各族，也就是剛才說的禮遇漢人，她有一件最大的功績！」岩川轉身來到八卦桌旁，對著意竹與上村解釋。

「佛教當時在中國是很重要的民間信仰，釋迦牟尼所說的話，都被抄錄成語錄，讓信徒默念與傳誦。孝莊皇后在宮廷庫房中，發現了一部在明代抄寫的釋迦牟尼佛語錄，因為年代久遠，破損不堪，覺得很可惜，因為自己對佛教的虔誠信仰，所以就下旨，命康熙皇帝派人重新抄寫。」

「我查到了！這真是一件很特別的事……」意竹看著電腦，唸出搜尋結果，「在康熙皇帝大力支援下，由一百七十一名喇嘛進宮不眠不休抄寫，歷時一年半才完成，總共一〇八函，高三十三公分，寬八十七點五公分，厚三百到五百餘頁不等，重約五十公斤，被絲質袱包與五彩經繩包裹，最外層有經被保護經函。整個抄寫過程，孝莊太皇太后投入了大量心血，才完成了這部佛教史上非常重要的經典之作，重點是……這部經典不是用清朝的滿文所抄寫的……」

岩川轉頭回望著墨寶說：「它是用藏文抄寫的，所有參與抄寫的僧人，都是藏族的喇嘛，高高在上的滿族孝莊皇后，棄滿文而就藏文，真是十足尊重他族！」

「這對清朝開國之後的政局穩定相當有幫助，清朝隨後出現的百年盛世，真是有跡可循。」上村深有所感。

「那……『日月見三寶，明君現八方』究竟是什麼意思？」意竹的眼神快速望向八角窗外，再回到電腦螢幕，有點困惑的對岩川說，「如果我們剛才理解的訊息沒有錯的話，同浩叔父是想要告訴我們什麼呢？」

儘管從幾個關鍵字，參透了中國境內幾個民族的事跡或重要事件，但同浩究竟想暗示什麼？他垂死前，以血密碼所連結的這幅墨寶，只是想說歷史故事？

岩川頓時覺得，目前推敲的這一切都毫不真實，忽然，他在最後一句「才德惟孝莊」附近，發現了一個從未察覺的怪異徵象。

「這裡有放大鏡嗎？」岩川在墨寶前蹲了下來。

意竹看著岩川的臉，貼著墨寶僅有幾寸的距離，很認真的端詳著，她起身打開「清明上河圖」畫作下方的一只邊櫃取出放大鏡。

岩川把放大鏡貼近這幅書法的落款處，就在『才德惟孝莊』這句話的右邊，有一個不起眼的小紅點，在高倍放大鏡下現形。

「戚」

20

這個怪異的字，顏色血紅，疑似以硃砂所寫。中國民間習慣把硃砂當作鎮邪之物，其實它的成分是硫化汞，屬於六晶系礦脈，採集過程不易，提煉成純礦更是困難重重。粉末狀的「水飛硃砂」，一般用來寫字作畫，或在道符上批字使用。岩川瞇著眼睛，試圖確認字形。

「看起來是個古體字。」，岩川說，這已經是這幅書法出現的第三種字體。

意竹說，「以這個字落款，不但字的大小不對，也完全沒有道理。」

岩川刻意遠離墨寶三步之遙，靜靜看著父親的最後遺作，他有種強烈的感覺，儘管字句隱晦難懂，但是父親真正的意思，絕對不是藏在文字之間，他忽然覺得剛才從關鍵字的推敲太流於表象。他閉上眼睛，試圖讓一切歸零重來，從不明所以的硃砂字往回推想：這幅書法字有一模一樣的兩幅、另一幅出現在洛杉磯的亞太博物館、池畔血密碼暗指電話⋯⋯

岩川把手機拿出來，放在八卦桌面上，叫出那張池畔血密碼的照片再次端詳，上村與意竹是第一次看到這張照片，血密碼已經被岩川局部放大，不見游泳池等其他景物，但還是引起上村的不適，意竹連忙扶著他坐下，招呼上村喝口茶歇息，不過她似乎看出了一些端倪。

「這幅墨寶用草書與小篆兩種字體書寫，但是我們始終沒有探究，父親為什麼要這樣做？」岩川直指大家視而不見的關鍵。

同浩書法底蘊深厚，中國文字的楷體、狂草、行書、篆體等不同字型，不必臨帖，提筆當下就可以信手捻來。但岩川心裡想著，這個本事，為何要用在同一張書法上。

意竹回應：「而且，不同字體所區隔的內容也不符合比例，草書寫了十個字，篆體寫了三十個字，同一幅書法，採用不同字體非常罕見，如果真的要如此，視覺感受上，二十個字對上二十個字，比例應該是最協調的……」

岩川覺得差異字體的呈現，實在非常刻意，如此明顯的徵兆，必定有重大的含義。他摘下厚重的眼鏡，撫著前額坐了下來，時差的疲憊，難題一樁接著一樁，岩川感覺自己的大腦效能正在逐漸減弱，他很慶幸還沒當機，腦海中的血密碼、不同的字體、怪異的戚字流動交錯……他忽然靈光乍現。

「中國歷朝歷代，有誰是戚姓？」岩川天外飛來奇問。

「這個姓……很少。」上村立刻接答。

「最有名的是戚……戚……戚繼光！」意竹的音量，感覺有了驚天的發現。

「戚繼光……」岩川精神了起來，朝著墨寶那個小紅點緩緩靠近，「明朝抗倭名將戚繼光……」

這個名字，難不倒精通中國文史的岩川。三年前他在洛杉磯擔任一場資訊安全研討會的口譯，戚繼光這個八竿子打不著的名字，出現在一位華裔教授的報告分享上。在滿場0與1的資訊語言裡，簡報上竟然出現一位中國古人，身著大紅色官袍，前胸與膝蓋繡滿了金絲蟒龍、頭戴著黑色官帽，此照一出，非常吸睛，台下金髮碧眼的與會者一片譁然。

「我們今天在這裡談現代資訊安全，資訊加密技術一直是重點之一，容我先介紹這個人，他才是世界密碼學的始祖！」蓄著白鬍子、身形魁梧的華裔教授，眼睛深邃、五官立體，乍看之下不會直接聯想是亞洲人，不知道是否如此，在台下來自美歐的各國資通訊專家面前，提高了說服力。

岩川坐在會場後方的即時口譯區，戴著耳機，一字一句的把這位中國古人出現的意義譯成英文，傳送到每個座位上的接收設備上。當說出「中國是世界上最早使用密碼的國家」時，岩川聽到場內的笑聲，不久，他可以清楚感受到場內氛圍的改變。

戚繼光所發明的密電碼，叫做「反切碼[19]」，和現代的密電碼原理完全一樣，最大的不同，是以漢字取代阿拉伯數字，比現代密碼更難破譯。

投影片秀出了戚繼光發明的密碼本，文體是兩首中文詩歌：

第一首：

柳邊求氣低，波他爭日時。鶯蒙語出喜，打掌與君知。

第二首：

19「反切拼音法」出現於中國東漢末年（西元一八四—二二〇年），用兩個字（上字與下字）爲另一個字做發音，上字取聲母，下字取韻母，即可切出另一個字的發音，反切拼音法是反切碼的重要基礎。文中華裔教授以現代注音方法進行破譯說明，與反切拼音法的原理相同。

春花香，秋山開，嘉賓歡歌須金盃，孤燈光輝燒銀缸。之東郊，過西橋，雞聲催初天，奇梅歪遮溝。

華裔教授說明第一首要挑出「聲母」，第二首要挑出「韻母」，加上發音的四個「聲調」，構成了一組加密情報數字。

台下各國代表聽得一頭霧水，有人忍不住舉手提問，「這兩首詩歌的用途是什麼，密碼呢？」。

華裔教授切入重點，「舉例來說，如果情報員提供5252這個數字，從這兩首詩歌，就可以破解出一個字。」

好奇，寫在台下每一位來賓的臉上。

「第一個數字5，所以要從第一首詩歌挑出第五個字，就是『低』字，注音符號[20]是ㄉ一，聲母注音符號是「ㄉ」。

「那麼，第二個數字是什麼呢？5252這串數字，有這兩種分割方法：5-2-52、5-25-2，第一種分割法，表示破解的人認為第二個數字是2，那麼，接下來的數字52，就會讓他找不到聲調，所以他

---

20 注音符號，原名注音字母，簡稱注音，是標準漢語標音系統之一，一九一二年由中華民國（台灣）制定、一九一八年正式發布，一九三〇年改爲現名。經過百年演變，現有三十七個字母（聲母二十一個、介音三個及韻母十三個）。中華民國（台灣）以此爲國語的主要拼讀工具，也是小學國語教育必修內容。中華人民共和國自一九五八年在中國大陸推行「漢語拼音」後停止使用注音，學校一般不教注音符號，民間也不會使用注音符號，在臺灣，小學生學習漢字前，必須上十週的注音符號教學課，也有不少幼兒園提前教授。日常生活中推廣相當普遍，包括電腦中文輸入。

就不是合格的情報員了。」教授說明，引來台下一陣竊笑，「所以，第二個數字是：25，也就是應該採用第二種分割法，也就是 5-25-2」。

破解流程繼續，從第二首詩歌挑出第二十五個字「西」，注音符號ㄒㄧ，取其韻母注音符號「ㄧ」，最後一個數字 2，表示是四個聲調裡的第二聲，注音符號右邊的標註要朝上，得到的注音符號是「ㄉㄧˊ」。華裔教授在電腦上秀出破解後的注音符號，下一秒，他切換投影片，出現了這個注音符號的中英文訊息。

「敵 enemy」

台下響起一陣歡呼，夾雜著竊竊私語，「這是全世界最難破譯的加密技術，中國人是世界密碼學的始祖！」岩川帶著激動與興奮的口氣，對著麥克風翻譯了教授這句結論。

岩川在多國籍成員參與的研討會上，是幕後的靈魂人物，他的任務是讓不熟悉中國文化深度內涵的人，也能透徹理解這段內容。剛才這段「反切碼」的介紹，台下即使是來自中國的來賓，也未必完全理解其破解方式，因為「反切碼」的破譯，是以「注音符號」為基礎的，中國在一九五八年之後，已經採行了「漢語拼音」法，多年以來已經成為華人世界的主流，目前還在使用「注音符號」的，全世界只剩台灣。而岩川來自台灣的背景，讓這段即時口譯顯得駕輕就熟。

「我查到了，原來如此！」看著電腦螢幕的意竹，臉上寫著突破迷霧的驚喜。岩川回頭一看，發現坐在意竹身旁的上村，也出現不可思議的神情。

「中國古人的智慧，實在太精彩了。」上村讚嘆著。

「但是，加密情報數字是什麼？根據反切碼，我們不能只有這兩首詩啊！」情況就和當年華裔教授舉例時一模一樣，我需要的是數字密碼，岩川心裡想著。

線索愈來愈多，簡直消化不完，快要讓人窒息。旁觀者的抽離，有時會帶來意外的效果，岩川發現意竹這時候起身，默不作聲，一步步朝他走過來，岩川原本不以為意，直到兩人非常靠近的時候，岩川抬頭看著意竹，發現意竹的眼睛並不在他身上，只見意竹的手，伸向了岩川放在桌上的手機。

「密碼？」意竹說，岩川沒有會意過來，「密碼啊？」，岩川看著手機要求輸入密碼的畫面，不禁啞然失笑，但是鍵入密碼解鎖手機之後，岩川發覺自己的背脊發涼，血液如千軍萬馬般直衝腦門。

血密碼！

岩川從一開始，就認定血密碼是電話號碼，事實上它確實也是！它指引岩川前往亞太博物館找館長，現在回到台灣看著眼前的這幅墨寶，不就是這「電話」所隱藏的訊息！

意竹靜靜的看著岩川，她似乎沒有完全意識到，作為一個旁觀者，意竹發現了一直存在的重要蹊徑。

「血密碼，它就是反切碼的密碼？」意竹問。

「是，它是！」岩川恍然大悟之後非常篤定的回答。

空氣中瀰漫的沉寂，一下子擾動起來，三對眼睛看著手機。

八角窗外，遊客熙熙嚷嚷，在每一個轉角，駐足驚呼著茶花的嬌豔。意竹走進窗前查看，三三兩兩的遊客，近在咫尺，稍遠的茶花盆，有另一群的遊客正在拍照嘻戲，她的眼神快速搜尋，看不見領班與莊園內的其他人員，意竹回頭，對岩川做了一個噤聲的手勢，隨後抽出一張白紙，岩川會意，把同浩臨死之前，在池畔寫下的血密碼謄寫在上面。

6264492742。

戚繼光發明的密碼本，是由兩首詩編成，墨寶上兩種不同的字體，是最好的辨識。

第一首詩十個字：

天下共一門　鑿角中軸線

第二首詩三十個字：

乞顏部舉賢　馬鬃納謀士

日月見三寶　明君現八方

泥金化龍藏　才德惟孝莊

「第一個數字是6，是第一首詩的第六個字『鑿』，注音符號ㄗㄠˊ，它的聲母注音符號是ㄗ……」

意竹把它寫在白紙上。

「第二個數字是2，是嗎？喔，不，如果是2，那麼下一個數字是6，注音符號的聲調只有輕聲、第二聲、第三聲與第四聲，所以不可能是6……」岩川謹記當年華裔教授所言，他應該有資格當一名合格的情報員。

「所以第二個數字是26！」意竹扮演關鍵推進的角色。

「沒錯，第二首詩的第二十六個字是……『才』，注音符號是ㄘㄞˊ，它的韻母注音符號是『ㄞ』。」

意竹在ㄗ的下方寫上ㄞ。

「26後面的數字是4，表示聲調是第四聲，注音符號右邊的標註要向下！」

意竹在紙上加註了聲調的註記，第一個字呼之欲出，但中文字有同音異字的屬性，所以還無法馬上寫出這個字。到目前為止，整個過程令人振奮，上村緊張的來回搓手踱步。

根據第一個字的破解過程，岩川很快的把血密碼，根據反切碼聲母、韻母、聲調的邏輯，拆解成三段。

6264-492-742。

492，第一首詩的第四個字是「一」，所以聲母是ㄧ，第二首詩的第九個字是「謀」，韻母是ㄡ，聲調是第二聲。742，第一首詩的第七個字是「角」，聲母是ㄐ，第二首詩的第四個字是「舉」，韻母是ㄩ，聲調是第二聲。

ㄗˋㄞ　ㄧˊㄡ　ㄐˊㄩ

從拼音來看，這三個字毫無懸念，岩川的手顫抖著在白紙上書寫。

「在郵局」

出現這三個有意義的字，岩川頓覺石破天驚，但瞬間又陷入迷霧。岩川與意竹看著上村，發現上村視線還在白紙上，難以分辨是無法置信還是若有所思，半晌之後緩緩抬頭。

「當年同浩剛剛移民美國的時候，常常給我寫信，信一寄出，他就會捎個訊息讓我知道，印象中，大概過了五年吧，次數就慢慢變少了，比較特別的是，信件不是寄來莊園……」

意竹專注的聆聽，一面查看八角窗外探看的人影。岩川知道，上村已經有了頭緒。

「移民美國前，待在台灣的最後幾天，他來找我話別，把一個常用的郵政信箱託管給我，一方面是請我留意代收有沒有他的信件，他也會利用這個信箱和我書信往來。郵政信箱每年的租金，他已經支付了，聽起來像是買斷……」

上村在回憶中拼湊線索，語調愈來愈緩慢，岩川插話。

「郵政信箱都要鑰匙才能開啟，鑰匙呢？」

「我已經寄還給他了。」

「什麼？寄去美國？」

「……真的好久好久了……有一年冬天……莊園裡茶花盛開，訂單很緊，所有人都忙得不可開交，包括意竹。同浩忽然來電，說他有可能要回一趟台灣，他想找我拿鑰匙，去停掉這個郵政信箱，因為行程安排的關係，停留時間不長，或許無法來莊園找我拿，一度約在台中市國立公共資訊圖書館面交，後來又臨時取消，他為何要停用這個信箱，我也沒有多想，直覺是寫信的次數很少了，為了這一把鑰匙，我還找了一會兒。」

「郵政信箱一定是『在郵局』這個訊息的關鍵，父親當時要求寄回，一定有原因的。」岩川口氣激動。

「那個郵政信箱在哪？」意竹問。

「在台中，可是沒有鑰匙也沒用，而且，這個郵政信箱不知道是否已經停用。」上村說著。

岩川再次把注意力放在墨寶上，他在墨寶前蹲下來，這回眼神專注在墨寶金色的木框上，上下左右的掃視，「叔父，我父親是何時寄這幅墨寶給您？」

上村的眼角微顫，這個問題彷彿雷擊，由於停頓太久，引來岩川目光，等候著答案。

「五天前！」上村回。

岩川回頭定睛看著墨寶，他快速翻轉看著框的背面，薄木板沒有上底漆，露出木板原來的紋路，左右兩側有兩個旋轉的卡榫，固定住承托墨寶的木板。岩川徒手摸著每一處細節，從上到下，由左到右。

「給我一把螺絲起子！」岩川把墨寶完全平躺，大聲喊著。

墨寶底部的九十度轉角，茶花框的接合處有不平整的縫隙，岩川把螺絲起子插入縫隙之中，用力撐開，看見半截金屬小圓柄，另外半截，看起來是被強力釘入木框裡，岩川抓住小圓柄旋轉拉扯，使勁抽出。

是一把鑰匙！

聲母	ㄅㄆㄇㄈ ㄉㄊㄋㄌ ㄍㄎㄏ ㄐㄑㄒ ㄓㄔㄕㄖ ㄗㄘㄙ
介音	ㄧㄨㄩ
韻母	ㄚㄛㄜㄝㄞㄟㄠㄡㄢㄣㄤㄥㄦ

21

利葛跟在代也身後，亦步亦趨，兩人從對話的湖畔庭園起身往室內走，西式外觀的華宅，有一扇面湖的大型落地滑門，進入之後，空氣中迎來淡淡的木頭香，室內與室外的風格，大相逕庭。天花板下方，是仿古的原木樑柱，精雕的祥獸盤據在柱間的斗拱上，樑柱下的壁面，懸掛工筆風格的山水與花鳥古畫，室內氛圍呈現閩南古風，舉目所見，都是代也從年輕時期開始的收藏，每次搬遷，未曾散佚，最終在金雞湖畔的這處宅邸，集其大成。

最巨大的反差還不是西式外觀與中式內裝，目前整個室內空間，被四個巨型的平板螢幕，與控制台上紅黃閃爍的燈號佔據，成排的高科技設備在這個場景中突兀現身。

利葛一走進來，右下角的監視螢幕，是黑衣人專屬，與代也手機隨時連線同步，鳳凰的標誌不見了。利葛扶著代也，坐進一張鋪著軟墊的半躺椅上，以便看清楚畫面裡的訊息。

「七十年了……七十年了，這是失而復得嗎……」螢幕上目前出現的是一張照片，代也看得完全入神。照片裡是一張撲克牌大小的卡片，上面畫有帶著翅膀的怪異動物、同心圓與不明符號。

「幫我放大一點。」代也說，利葛熟悉的操作面板，瞬間撲克牌佔滿了整個螢幕。

「老爺，難道……這就是你一直提到的傳家之寶？」眼前這張不明所以的牌，竟然帶著七十年的懸念，甚至是怨念，利葛聽著代也述說好多年，始終無緣一見，直到現在。

「是傳家之寶，也關係著國之重寶啊，它是命運之輪，中國的命運之輪。」長期服侍代也，利葛深深知道，在代也心中，國族意識遠遠超過家族，「這裡面究竟隱含了什麼訊息？」利葛問。

代也摘下了厚重的老花眼鏡放在腿間，背往後靠躺，雙手揉了揉佈滿皺紋的前額，也搓亂了九十七高齡依舊濃密的白髮與粗眉，心緒隨之回到七十年前。

「一九四五年十二月，一架美國空軍運輸機出現在上海的上空，機上坐的是美國總統的特使，五星上將馬歇爾將軍，這段歷史大家都知道，當時第二次世界大戰剛結束，他奉令前來調解中國內戰。」利葛從監視器螢幕的倒影中，發現代也的眼睛輕輕闔上。

「這架專機降落在江灣機場之後，機上的貴賓立刻上了迎賓車隊，一路開到上海外灘的和平飯店，馬歇爾將軍就開始了他在中國的任務。隨車有一名同行的女性友人，在和平飯店下車之後，被一部私家車接走，一路開到徐家匯的東亞同文書院。東亞同文書院剛剛被當時的政府關閉，整個校園空空蕩蕩，沒有警衛管制，在事先的安排下，這位女士與一行人，進入校內的一處辦公室。」

「這位女士搭特使的軍機到中國，並在和平飯店脫隊，身分應該很特別。」利葛說。

「她是猶太人，她曾說她還能活著，要感謝中國人，一位中國人。」代也面露微笑，似乎也感到自豪，「二次大戰期間，德國在歐洲迫害猶太人，猶太人為了避免被抓進集中營，所以只能選擇逃離歐洲，當時成千上萬的猶太人，奔走在各國使館之間申請簽證，當時一張簽證就代表一條生命，因此被稱為『生命簽證』，可是美國、加拿大、澳洲、紐西蘭等三十幾個國家，拒絕接受猶太移民，除了一個地方……」代也輕咳。

「老爺，喝口熱茶吧。」潤喉之後，代也整個人走進時光迴廊。利葛豎耳傾聽，但眼睛仍留意著其他監視畫面的動態。

「中國駐維也納大使館，是唯一向猶太人發放簽證的地方，消息傳開，成千上萬的猶太人在領事館大排長龍，許多名流仕紳，例如維也納愛樂樂團首席小提琴演奏家格林伯格（Heinz Grünberg）、後來的美國財政部長布魯門塔爾（Werner Michael Blumenthal）等無以數計的知名人士，都是因為得到中國大使館的生命簽證逃到上海，才得以倖免於難。」

「包括剛才說的那名女士？」利葛側身回看代也。

「是的。」

「她的真實身分是？這次為何用這麼特別的方式來到上海？」

「她叫做 Lily Tarson，是在一九三八年間，逃到上海的兩千名猶太人之一，後來輾轉去了幾個國家，最後落腳美國。因為生命簽證的淵源，與中國民間人士一直頻繁通訊往來，幾年之後，她在美國政商關係相當良好，潛心鑽研的靈修領域也有所成。一九四五年，她隨著總統特使專機重回上海，是應中國一個愛國青年社團的邀請，算是來報答中國人的恩情。」

「報答？什麼意思？」

代也點燃一根菸，從漂浮的白色煙圈中悠悠的說，「這是一趟祕密行程，參與的人不多，除了 Lily Tarson 女士，還有兩名中國青年代表。當時見面的場景，就像現在一樣，滿室煙霧……」代也吐出一口煙，監視器螢幕被遮上一層白，「現場沒有翻譯，全都以英文交談，Tarson 一坐下來，就先感念生命簽證的往事。」

「我代表猶太人，謝謝中國人為我們所做的一切，因此，我才接受你們的邀請，透過我靈修的專長，看看能否為中國做些什麼。」

「Tarson 大師，您從機場到酒店，再從酒店到這裡，中國的大城市上海，剛剛結束將近百年的租界恥辱，我們這一代中國青年實在難以忍受中國神聖的領土，竟然變成他國的領地。」穿中山裝的青年慷慨陳詞。

比肩而坐的另一名瘦削青年接著說，「中國有5000年的輝煌歷史，從清朝末年起算，到現在不知何時能停歇的中國內戰，已經超過半世紀的積弱不振，我想問的問題是，中國究竟怎麼了？中國還有未來嗎？」

一道長長的煙霧，從 Tarson 嘴裡幽幽吐出，兩名青年模模糊糊的看見一頭深褐色的大波浪捲髮，深灰色的眼影下，眼睛半闔，看似進入冥想狀態，在迷濛的斗室裡，更顯神祕，半晌之後，Tarson 開口，「就如你所說，中國有五千年的歷史，你問的問題，答案就寫在歷史裡……」

兩位青年交換眼神，無法理解的看著 Tarson 女士。她從容的從他蓬鬆的大衣中，掏出一只紙盒放在桌上。

「……天地之間的感應，也會給出更清楚的暗示。」Tarson 女士打開紙盒，抽出一疊撲克牌，單手輕巧的將整疊撲克牌在桌面上由左向右滑開，撲克牌瞬間一張張排成一道完美的扇形，然後，他示意其中一名青年抽一張牌。

中山裝青年掃視著每張花紋圖案都一致的扇形，猶疑了幾秒，伸手抽出一張牌。Tarson 女士接過之後，紅色蔻丹的修長指甲輕撫了牌面，翻面之後，臉上浮現一股意料之中的從容。兩名青年努力的從煙霧中看清楚牌面：有四隻長翅膀的異獸，分佔牌面的四個角落，中間的同心圓四周，還有蛇與法老王盤據的怪異圖騰。

「命運之輪！」Tarson 女士說，「五千年時間太長了，看五百年就好。」兩名青年滿臉疑問，專注的聆聽，「從現在往前看中國歷史的三個朝代，元、明、清，對你們中國人而言，這三個朝代最大的不同是？」

「不同？這三個朝代的統治者，有兩個不是漢民族，而是來自關外！」消瘦的青年鏗鏘有力的提問。

「啊，是，這就是重點所在了……」Tarson 女士在閃閃發亮的金色炭盂，點上了薰香繼續說，「元朝在中國歷史上，統治疆域甚至遠達歐洲，達到史無前例高峰……」，成吉思汗令當時歐洲人聞風喪膽，這段歷史威震中外，包括在座的兩名青年。Tarson 女士閉上眼睛，修長的蔻丹指甲輕揉著太陽穴。

「可是很多人只看到，元朝靠武力打下的大片江山，讓當時地球上將近三分之一的人口，臣服於元朝的統治之下，但是有沒有想過，元朝如何治理這麼多異邦呢？武力攻佔之後，並沒有繼續靠武力來統治，而是以合作取代對抗，這點是元朝開國元老的成就，卻常被歷史忽略。」

愛國青年社團的兩名青年知道，元朝治理天下的史觀，確實很少被提及。

「至於明朝，他不是一個國力鼎盛的朝代，但是，明朝向外拓展的腳步，成就也很輝煌！最遠到了非洲東岸……」

中山裝青年很驚訝，這名金髮藍眼睛的外國人，對中國歷史竟然如數家珍。

鄭和七次下西洋！瘦削青年回憶，在一次社團讀書會中，有一段有意思的分享，非洲東岸有黑頭髮褐眼睛，神似東方人的當地人，傳說就是當年鄭和的寶船在當地落腳時，與當地女子所繁衍的後代，血緣傳承了數百年。

「明朝是靠武力才走這麼遠的嗎？」Tarson 女士補充道。歷史上記載，鄭和下西洋的寶船浩浩蕩蕩，但實非船堅砲利，船上載了很多中國的珍貴文物，展開世界交流。

「至於清朝，也是來自你們所說的關外民族統治中原。歷史上雖然記載不少迫害漢民族的事，但是別忘了，清朝在最強盛的期間，歷史有留下紀錄，證明來自關外的民族，是非常禮遇其他各族的，歷史昭昭、古物有靈啊！」

古物有靈？兩名青年面面相覷，Tarscn 女士最後四個字聽起來很突兀。她微微睜開眼睛，眼神落在桌上的那張牌上，他把牌面推向青年，「都在裡面，它告訴你所有的答案！」

「元明清三朝與這張牌有什麼關係？我們想知道中國的未來……」中山裝青年以急切的口氣追問。Tarson 女士搖頭，「回顧歷史，需要謙卑的學習與理解！文物不是用來賞玩的，如果你用心感受它所散發著強大的能量……就會帶來認知的改變……大到可以扭轉態勢……神聖的時間跨度會證明……」

如此懸疑的詮釋，兩名青年十分納悶，Tarson 女士紅色蔻丹的指甲，輕輕點在命運之輪的牌面上，「透徹思考，答案會浮現的。」兩名青年發現她的眼神透著異樣的光芒，「這張牌，你們留著。」

「就這樣？結束了？」利葛回頭看著代也，「這兩名青年顯然沒有得到想要的答案吧……」

代也不疾不徐的回答，「這張牌應該有答案，無從探究，因為這張牌後來就消失了。」

利葛的身後，陷入沉靜，他緩緩回頭，發現代也的眼睛直瞪著神祕第四幕裡的撲克牌！

「我就是當年的其中一位青年，這張牌的擁有者之一！」

利葛聞代也之言，彷彿得到了一張關鍵拼圖。

「那……另……一位呢？」

代也沒有接話。

「那天之後，我們兩人花了很多時間討論那張牌，從三個朝代到古物有靈，從東西方文化、歷史、靈學、宗教、祭祀等等，始終沒有定論，後來我們決定在愛國青年聚會的場合，提出來聽聽眾人的意見……」

監視畫面上，台灣的訊號劇烈晃動，讓利葛感到暈眩。

「……後來我就再也沒有看到那張牌，那個和我一起拜會 Tarson 女士的所謂愛國青年也從此消失，愛國青年會的人指證歷歷，他隨著國民黨去了台灣，十幾年之後，又去了美國，我用盡各種方法打聽，東亞同文書院那場聚會之後，他持續解讀了牌面的玄機，還做了許多不為人知的事情……」

「嗯……」利葛出聲回應，為了不打斷代也，他把一只AV接頭插入台灣監視螢幕下方的耳機孔中，並把球型的耳機塞入右耳。

代也的思緒仍陷在回憶裡，沒留意到利葛的舉動，「……我心中想的是中國的未來，沒想到他在意的卻是國寶，直到他去了台灣，我才忽然發現，我們兩個心裡的中國，原來不是同一個！」

「國寶？」利葛說。

一九三三年，日本的砲火逼近北京，為了保護紫禁城內的國寶免受戰火波及，大批文物開始在中國內陸到處轉進，一九四九年，這批文物中有百分之二十，堪稱精品中的精品，被蔣介石[21]送往台灣，這是中國現代史上最大規模的文物遷徙。

「這些亂局中的黑手可別忘了，我江代也家族在江滬地區縱橫商場多年，這些國寶從南京下關啟程，直到台灣基隆靠港期間，表面上遵守『國寶只上不下』的禁令，國寶就不會減少，但是有沒

---

21 蔣介石是中華民國（Republic of China）及中國國民黨（KMT）歷史上的重要領導者之一。在第二次中國內戰中，共產黨的人民解放軍佔領了中國大陸，蔣介石和當時的政府軍，在一九四九年撤退到台灣，政權延續至今。

有增加呢？第三艘崑崙艦啟航之前丟出滿艙的消息，是事實？還是障眼法？那些沒造冊的國寶呢？那些沒入庫的國寶呢？國家有難，還有人為了私利，是我最不能容忍的！」代也的身體不自主的顫抖著，脖子浮現了一條青筋，緊閉咬合的嘴，讓臉頰的下顎骨撐出一道稜線。

那段文物大遷徙的歷史，對許多中國人來說並不陌生，但是，沒有減少，卻有增加，利葛從未聽聞此事，這超越了一般人的想像。

第四幕的撲克牌畫面提醒著利葛，黑衣人從同浩房間所帶回來的訊息，滿是重要的線索，必須盡快抽絲剝繭，或許就是今晚！然而，耳機孔裡正在發生的事，必須列為第一優先。

「老爺！」利葛終於必須打斷代也，「台灣方面有動靜了，他們三個人要一起行動，我從聲音研判出他們要去的地點。」

代也以堅定的眼神下指令：「盯著他們，通知尚里，不能失手。」並立刻拿起手機，他準備交辦更重要的事。

22

Jennifer 站在通往病房的走廊上，時間是上午七點五十分，再過十分鐘，Hernandez 醫生隨時都可能出現，她知道用病人正在上廁所這個理由，來阻止主治醫生巡病房，這個點子真是奇爛無比，而且，他現在甚至也無法掌握尤美的情況，更荒謬的是，身為一名加護病房的護理長，竟然還插手管普通病房的事情，但無論如何她必須達成任務，總之，她的閨蜜不想見醫生。

阻止主治醫生巡病房，因為一件發生在 Jennifer 與 Hernandez 之間的往事而變得可能，Hernandez 當實習醫生的最後一年，Jennifer 剛從 USC 醫學院畢業，年輕貌美，追求者眾，他被派至 Hernandez 醫生的門診服務，一次門診結束後，診間四下無人，Hernandez 情不自禁的在 Jennifer 面前展露了不軌的意圖，以 Jennifer 的顏值，從小就學會了如何自保，那一次她不但全身而退，而且留下關鍵證據，Hernandez 從此在醫院成了 Jennifer 的禁臠。

「非到最後關頭，何須使出殺手鐧？」Jennifer 心裡想著，「大家都有台階下就好。」她重頭再檢查一遍尤美病房內的機器監測數據，每一項基礎的生理值都在正常範圍，如果尤美能住進加護病房，那裡是她的地盤，一切就方便許多了，所以眼前這一關，非常重要。

這條走廊專供醫院人員進出，來來往往的醫師與護士，他有超過一半認識，站立枯等是一件不尋常的事，她想到一個對策，她必須來回走動，讓每一個與她打招呼的人，看起來就像不期而遇。

「你怎麼在這？」身後響起的腳步聲，伴隨著對話，Jennifer 一回頭，Hernandez 醫生正朝著他走來，謝天謝地，他一身手術服裝扮。天助我也，Jennifer 心裡歡呼著。

「剛下刀？」Jennifer 開口問，她提醒自己，多拖一點時間總是好的。

「還早，是一個麻煩的刀，車禍開顱手術，病患年紀大了，要隨時注意生理反應，所以時間比預期長一些。」

「所以，您等一下要回開刀房？」

「是，我是陪刀，手術時間長，另外有人可接手，所以我出來巡病房。」

「唷，大醫生客氣了，就算是陪刀，有您坐鎮，您那些學弟妹們肯定能安心不少，我就知道您一心多用，所以我就省得您操心。」

Jennifer 把監測數據文件遞到 Hernandez 眼前，包括一支筆，Hernandez 的表情有點不自然。

「我的閨蜜只是想休息，別忘了我也是醫學院畢業的，萬一真的有事，我也不會要你負責的。」

Hernandez 勉強擠出一絲苦笑，拿起筆，在醫師簽名欄上寫下自己的名字，轉身準備走開。

「喔，對了，這樣麻煩你也不好，我看你心裡也不夠踏實，我想尤美還是想個辦法移進加護病房好了，我所能想到最快的方法應該是開刀……」

一聽到開刀兩個字，Hernandez 停下腳步，回頭皺著眉。

「你把開刀的日期排好，該簽的名簽了，時間到了您來露個臉，其他的事情我會處理。」

Hernandez 不置可否，倖倖然的離去，Jennifer 知道，一切都已經搞定。

23

代也整夜在監視器前，看完了黑衣人取自同浩房間的所有資料，灰白凌亂的頭髮，標記著不眠不休的挑燈夜戰。利葛很欽佩這名九旬老人的執著，作為一名忠僕，他也徹夜不眠，隨侍在側，協助為每一個電腦資料夾做註記分類。

整個晚上最大的進展之一，是一張世界地圖，拍攝的時候光線不足，反而看清楚地圖上雜亂的夜光線條與符號。利葛放大地圖的局部，讓代也看清楚從中國版圖上的北邊、東北、與東南三處放射而出的線條。

重大發現

「夜光油墨，」利葛說，「這張地圖想要隱瞞些什麼？」

「它不想一眼就被看出想要傳達的訊息。」代也推斷。

「我忽然想起書法上那句『乞顏部舉賢、馬鬃納謀士』……」，利葛指著中國北方，從蒙古放射而出的線條。

利葛再放大影像，地圖上的線條，不偏不倚的吻合當年蒙古軍團西征的路徑，成吉思汗當年從乾草原越過大漠與西亞，席捲了歐洲。就在一瞬間，利葛曾談過的蒙古戰士傳統，閃過代也的腦際。

「成吉思汗的軍團，騎乘蒙古戰馬橫征千萬里，那馬鬃……」代也提問。

利葛的思緒飄回了乾草原，「每一個蒙古的成年男子，是戰士、也是牧民，二十歲那年，他們會得到一柄『靈旗』當作成年禮，蒙古語稱為『蘇勒德』。靈旗的構造是一根長茅，長矛刃口四周的矛桿會繫上『纓穗』，是從健康的牡馬身上所割下的馬鬃所製成。蒙古人遊牧到一處紮營時，就會將靈旗插在營帳入口外以表明身分，靈旗向來留在戶外，在蒙古人所崇拜的『長生天』之下，馬鬃迎著乾草原上永不止息的微風飛舞時，捕捉了風、上天、太陽的力量，而靈旗會將得自大自然的力量傳給主人。主人與靈旗的密不可分，據說，馬鬃靈旗引領戰士一生的命運；當戰士戰死的那一刻，馬鬃便成為他靈魂的寄附，肉體很快就還諸天地，但靈魂永遠活在這馬鬃裡，鼓舞一代又一代的後人。」

「所以，成吉思汗……」

代也開口的一瞬間，利葛的腦際閃過電光石火，成吉思汗有兩柄靈旗？

「老爺……」利葛不自主的降低了語速，「成吉思汗從一個部落領袖，一路向西征戰，幾乎把歐洲領土納入版圖，跟隨他的將士們都知道，戰爭時期，成吉思汗用的是黑色的靈旗，作為軍隊的前導，承平時期，則是用另外一柄白色的靈旗。這兩柄靈旗在成吉思汗死後，存放在蒙古中部『尚赫山』月河邊的喇嘛廟裡，虔誠的喇嘛，崇奉這兩柄靈旗長達數百年，後來在俄國史達林主政的期間，以終結迷信之名，開始一連串打壓蒙古文化的行動，當時情況非常慘烈，有上萬名蒙古人被處決，宗教法器被搗毀、圖書館被洗劫、喇嘛廟也被夷為平地，成吉思汗的兩柄靈旗，在兵荒馬亂中被祕密送到蒙古首都烏蘭巴托保存，不過，最後也在那裡消失。」

代也背脊挺直，眼光炯炯有神的聽著這段敘述，「這段歷史發生在哪一年？」

利葛不假思索地回答，「一九三七。」

「同浩這幫人，可真神通廣大呀。」代也的口氣，讓利葛覺得不寒而慄。但利葛並不了解這句話的意思，他看著代也，渴望著答案。

「一九三七的資料夾！」

利葛大驚，火速打開一九三七的資料夾，竟發現一張張成吉思汗靈旗的圖片與用途不明的巨型鐵盒設計圖。

「我要的線索！」代也說著，把臉湊近，仔細端詳，「就你所知，成吉思汗的靈旗，長什麼樣子？」

成吉思汗的靈旗，世世代代由族人守護，每隔十三年會舉辦一次龍年大祭，這是一直傳下來的規矩，也是草原民族的大事。大祭之日，從各部落徵用九千九百八十一匹優質公馬鬃，要更換靈旗上的纓穗，一九二八年，也就是靈旗消失前的最後一個龍年，利葛的爸爸就在龍年大祭的現場。

成吉思汗的黑色靈旗，由一支主旗，四支副旗組成。主旗插在中間有孔的石龜之上，石龜四個角落有四支副旗，用繩子與主旗固定。四支副旗就像主旗的四條腿，佔居東西南北，所以成吉思汗的黑色靈旗，也稱為「四足靈旗」。主旗上端，是長約一尺、一尖兩刃的金屬矛頭，矛頭下方有柄，是用筆直的柏木製成，柄固定在一個白銀圓盤上面，圓盤的邊緣鑿有九千九百八十一個孔，用來固定纓穗，纓穗長「三拃四指[22]」，大約六十公分，用九千九百八十一匹棗紅公馬的黑鬃製成。固定纓穗的皮條，是用羊皮作成。主旗的柄長一丈三尺五寸，副旗的柄長九尺。柄的外面，還要穿一層一丈二尺的黃緞所縫成的「衣服」，上面釘一千扣紐，象徵一千隻慧眼。

白色靈旗又稱「九足靈旗」，由一支主旗和八支副旗組成，主旗在中間，五寸粗、十三尺長的松木柄，插在中間有孔的花崗岩底座上，距離三十公分的四面與四角，豎起八柄九尺長的副旗，象徵四面八方的大千世界，馬鬃搓成的繩子連接主旗與副旗。主旗的頂端為一尺長，鍍金的三叉鐵矛，三叉象徵著火焰，三叉矛頭下端為圓盤，圓盤沿邊固定銀白公馬鬃製成的纓穗。

利葛不只一次聽過媽媽口述往事，母子倆離開部落流浪的那幾年，思鄉是心理寄託，也是支撐求生的勇氣，這些發生在草原的故事，讓利葛的靈魂因此而沸騰。

「黑色靈旗，長度一丈三尺五寸，白色靈旗，十三尺……」

代也看著電腦螢幕，喃喃自語。

「這長度，應該是元朝的長度度量。」話一說完，利葛轉頭盯著手繪鐵盒的設計圖，模糊的筆跡標註著數字，四百公分。

22 一拃，張開大姆指和中指兩端的距離，長約六寸。四指：四個指頭並排的寬度，約三寸。中國元朝的度量單位，一丈等於十尺，一尺等於十寸，一寸等於十分，一尺等於三十點七公分。所以一丈等於三百零七公分。

「原來……剛剛好啊！」利葛脫口而出，心中已經快速默算，把元朝的度量換算成現代。代也明白，這鐵盒的用途呼之欲出。

同浩電腦中的每一個資料夾，都存在著待解的祕密。鎖鏈一朝得解，竟然也如同骨牌一般，接連傾倒。「老爺，我想我們應該再仔細看看那書法帖子。」利葛又把思緒帶回源頭。

天下共一門　鑿角中軸線
乞顏部舉賢　馬鬃納謀士
日月見三寶　明君現八方
泥金化龍藏　才德惟孝莊

代也的眼神遊走在字句之間，中國歷史的曲折線索看似召喚著他、卻又擦身而過。最後一句「泥金化龍藏　才德惟孝莊」，閃過代也腦海的思緒瞬間澎湃，那是第一次踏上台灣土地的往事。

二〇一一年六月，中國與台灣的政治冰封解凍[23]，代也決定走訪台灣，抵達台北之後，立刻實現此行目的，趕赴朝思暮想的台北故宮博物院。當時，大清朝重要的展品「龍藏經」，展期半年，

---

[23] 中國與台灣因為政治因素中斷交流，二〇一一年六月二十八日，台灣開放中國旅客到台灣自由行，初期首批試點城市為北京、上海、廈門三個城市。

只剩倒數幾天，下一次公開展出之日遙遙無期。代也在展櫃前佇足良久，總共一〇八函的殊勝經典，只能對外展出一部分，代也對如此重量級的文物，無法典藏在北京故宮，卻飄揚過海來到一隅小島，實在無法釋懷。

「孝莊太后下令修造的龍藏經，名列故宮文物上，國之重寶，難道也成為同浩這幫匪徒口中的禁臠？」利葛覺得十分詫異。

一幅墨寶與電腦資料夾裡成千檔案，讓代也一度在線索的空間裡迷向，利葛來自大漠，和他第一次台灣之行，都成了到目前為止釐清部分線索的關鍵，然而，他感覺心裡還是少了一分篤定。

那麼，哪些線索是完全陌生的呢？代也閉上眼睛，腦海裡再度穿越每一個資料夾，現在，他直接指向疑點。

代也示意利葛遞來手機，從名單中搜尋到「黑衣人」，按下快速鍵。

「同浩房間裡的資料，我全部看過了，有一個謎底，我希望你為我解開：同浩不斷的與 Sylvia Browne 書信往返，究竟想確認什麼？」

話筒的另一方回應，「與 Sylvia Browne 有關的紀錄，有很多塗塗寫寫的怪異符號，看起來像是英文字母，我仔細的計算，TORAL 一直重複出現，巧合的是，同浩祕藏的那張怪異的撲克牌，上面也有這五個字母」。

那張撲克牌，早已深深的印在代也的腦海，然而這一瞬間，黑衣人所言，產生了化學變化，他的熟悉，連結了他的陌生。

黑衣人繼續說，「我深入追蹤這層連結，發現七十年前的先知 Lily Tarson，是 Sylvia Browne 的老師。」

這層連結完全打通了代也腦海的脈絡！

「由此推斷，一九四五年後，同浩肯定與 Lily Tarson 有過聯繫，也一定是知道了進一步的提示，才有進一步的藏寶行動，或許，還有更多不為人知的祕密。」黑衣人說。

「為何在同浩的文件裡，都是與 Sylvia Browne 往來，不見 Lily Tarson？」

「Lily Tarson 已經過世，Syliva Browne 的辦公室，位在北加州靠近 San Hose，但是，她也在兩年前死於心臟病。」黑衣人的追索未曾停歇，繼續帶來振奮的消息，「我有辦法釐清，我一定會達成任務，請放心。」

24

岩川拆開卡榫，仔細地抽出鑰匙，一旁的上村神情十分激動。這時候，莊園內通聯的無線電傳來急促的聲音。

「呼叫老闆！呼叫老闆！」，領班聲音急促，「人太多了，還要放人進來嗎？」

意竹從八角窗辦公室遠眺，看到入口處擠了一群人，頭戴太陽眼鏡與鴨舌帽。

上村說，「走，我們現在就去郵局。」

意竹聞之馬上抓起無線電，「呼叫領班，今天暫時封園，請引導莊園內的遊客馬上離開。」

幾秒鐘後，茶花莊園的廣播系統啟動，「各位旅客請注意，由於臨時安排噴撒殺蟲劑的作業，所以今天營業時間到此結束，造成您的不便，敬請見諒。」，同一時間，意竹跑在前頭，岩川扶著上村在後頭緊跟，出了八角窗辦公室，直奔停車場，耳邊聽見廣播仍不斷重複著。

莊園內的旅客紛紛往大門的方向走，口中念念有詞，莊園臨時的決定，讓他們掃興透頂。

意竹決定要從另一個非公眾使用的私密車道離開莊園。她登上福斯廂型車的駕駛座，趁著岩川與上村入座的空檔，喝了一口杯架上的瓶裝運動飲料，她看見飲料瓶身包裝上，有一個奔跑小人的圖案，非常吻合即將發生的場景，她不禁莞爾一笑。車側的滑門怦然關上時，意竹瞬間踩下油門，車子從一處綠籬竄出，馬上向左急轉，這是一條僅容得下一輛車通行的彎道，平常只供手推板車搬運大型茶花之用，從後照鏡看去，是滿滿的一片綠蔭。

「台中哪個郵局？」意竹五歲起就來到莊園，長大過程經常隨上村到台中送茶花，對台中地貌相當熟悉。「在台中路，和復興路交叉口的那一個……」，上村回應，意竹點點頭，從後照鏡看見心事重重的上村。

意竹加足油門，車子開上一處四十五度的陡坡，從駕駛座的角度，只看得見藍藍的天，點綴著棉花般的白雲，這是意竹最喜歡的天氣，但是她知道即使看得見暖陽，車外的風依然凜冽。當車頭爬過陡坡，意竹的視線回到地平線，進入眼簾的是一個叉路，還有停在馬路旁，看起來沒有熄火的兩部車，其中一台車的車頂裝著攝影高台。

又被盯上，意竹看著這兩部車的車頭朝左，於是故意在叉路向右轉，這不是她要走的方向，但是她必須增加對手調轉車頭的時間，以便甩開跟監。岩川注意到意竹的舉動，他驚訝地看著車頂搭載攝影機的車輛，難道我一到台灣就被監控了，一股不尋常的感覺湧上心頭，這究竟包裹著多大的祕密？

儘管被跟監夾擊，上村相信意竹的本事，和他曾經目睹或經歷的危急狀況比起來，目前只是在山路飆速，實在不足掛齒。

上村忽然輕拍岩川的大腿說，「事情正在慢慢明朗，您父親真是煞費苦心，一個把祕密放在心中的人，日子過得不會快樂，你們又長年在美國，真是辛苦了。」

「就我知道，父親在美國除了參加一些和中國文化有關的藝術活動，也沒有其他社交圈，我在回台灣的飛機上想過，我是他唯一的兒子，他為何不能直接把事情告訴我？」岩川想起了此事的牽連，以及還躺在醫院的尤美。

「這件事從發生到現在，我們拼拼湊湊，已經確定不是件普通的事，而且我這個哥哥，向來有話放在心上，人在美國期間，和我聯絡的次數也是數得出來，我畢竟是他親弟弟啊。」

這是親兒子和親弟弟都絕口不提的事！岩川低下頭，微微鬆開手指，看著郵局鑰匙，它與常見的鑰匙沒有任何不同，岩川覺得它如此不起眼，如何藏住這各方追索的巨大祕密，他把鑰匙翻面，注意到鑰匙柄上面，有黑色的殘留痕跡。

「108？」岩川仔細辨認，還原油性筆書寫脫落之前的筆跡。

上村側著臉，很好奇岩川發現了什麼，當年同浩交付這把鑰匙給他，以及他去郵局取信，108 向來只是個信箱號碼而已，「你有什麼發現嗎？」

岩川覺得自己深深地陷入其中，但是經過剛才解開反切碼的曲折過程，把從命案現場的理解，往前推進了一大步，他覺得要透徹解開父親同浩想完整告訴他的事，就必須要在不疑處有疑。

「108 是一個很神祕的數字，在很多方面都有很多重的意義，」岩川想起在一次宗教靈學研討會上的經過，「在古印度天文學著作裡，108 這個數字被大量提到，太陽與地球之間的距離，等於太陽直徑的 108 倍，地球與月球之間的距離，等於月球直徑的 108 倍，太陽的直徑，是地球直徑的 108 倍。所以在古老的壁畫中，把 108 這個數字寫在太陽裡面，其實是有天文學含義的。另外，中國古建築和寺廟建築，也愛用 108。西藏拉薩著名的大昭寺，共有 108 根柱子，廊殿初檐和重檐間，有精雕細刻的獅頭像 108 隻；西藏第一座僧人剃度出家的桑耶寺，周圍的塔群共 108 座；青海喇嘛教聖地塔爾寺的大殿經堂，有直徑一米以上的圓柱 108 根。佛教之所以推崇 108，說的是人有 108 種煩惱，佛法能讓煩惱斷除。這就是為什麼一串菩提念珠有 108 顆菩提子。中國古老的民間智慧裡，每年有十二個月、二十四節氣、七十二候，相加正好是 108，所以除夕的時候，廟宇敲鐘 108 下，表示一年的終結，有除舊迎新的意思。中國文學知名的巨著《水滸傳》，裡面有 108 條好漢，傳說就是 108 星宿，是作者把每個星宿，從佛的說法演化而來。」

上村聽得入神，「所以同浩只是想告訴我們，這『台中郵政 108 號信箱』非常非常重要？從池畔數字、墨寶、到反切碼，目前看來，感覺這整件事整個被層層加密，每一條線索都是一道密碼！」

岩川看著鑰匙上面 108 的數字殘跡，不覺得他剛才的分析是穿鑿附會，不過，急促的喇叭聲中斷了他的思考。他一抬頭，意竹正閃過前方一輛龜速行駛的計程車，岩川轉身從後照鏡回望，幾台形跡可疑的車輛，被計程車阻擋了前進的速度。

意竹馬上急彎進入一條巷子，岩川低頭撇見綠底白字的路牌，合作街，隨後在一處柵欄前停下來，是一座露天的平面停車場，停車場裡的車輛稀稀疏疏，意竹搖下車窗，取了停車票卡之後，直駛進入。

岩川回頭望，發現跟監車輛已經被甩開，我們到了嗎？舉目望去，看不見郵局。上村則顯得淡定，隨著意竹下車，岩川鑽出車輛時，發現他們站在一處造型奇特的建築物旁邊。與其說是旁邊，應該說是正下方，那棟建築物宛如飛船，船身底部的弧線，從船首二十公尺高，一路垂降至地面，從下方向上望，船上一個巨大的突出窗景如同巨型的進氣口，張著嘴彷彿要吸入一切。岩川瞇著眼睛，益發覺得這建築物帶著現代建築的美感，同時發現早晨的太陽不再和煦，現在已經接近正午時分了。

岩川與上村站在太陽下，看著意竹小心翼翼的鎖了車門，並從車側望向停車場入口，「看過成龍[24]的電影嗎？」意竹盯著合作街的左右車流說。

「什麼？」岩川其實聽見了，只是想確認意竹竟然在這個時候開這玩笑。

「跟我走，等一下就知道了。」

---

[24] 成龍，Jackie Chan，在香港發跡，享譽國際的武打電影工作者。危險動作不用替身，是成龍電影裡最大特色，除了拳腳功夫之外，電影裡常見的巷弄追逐或飛車巷戰，也是吸引影迷的元素之一。

25

Surgery 的紅色燈號依然亮著，醫院的長廊近乎漆黑，時間已經接近午夜，只有急診的病人，才會在這個時候被送入手術房，今晚的狀況有點奇特，長廊瀰漫濃濃的藥水味，和往常相同。

燈號熄滅，手術室的門口陷入更深的黑，幾分鐘後，門無聲開啟，領在前頭的是 Jennifer，她的手伸進護理袍，後頭有兩名頭戴全套手術裝備的護士，推著一張病床緩緩移動，病床上的病人，整個頭被白色的紗布包住，只看見鼻孔伸出的呼吸器，床架旁的點滴瓶不斷搖晃，但病人卻毫無知覺，Jennifer 需要在第一時間向家屬報平安。

「喂，岩川，手術剛做完……他是全加州最有名的腦神經內科醫生，在唸醫學院的時候，我是他同校不同系的學妹，我一再拜託他，他才肯幫忙動刀，手術前準備的時間很緊迫，所以才沒有第一時間通知你。」

Jennifer 刻意壓低聲量，唯恐聲音迴盪在長廊。

「……就是要休息，盡量連筆談也不要了，這是醫生特別交代的，你在台灣專心處理重要的事，這裡有我在，你就別擔心了……總之，你有事就打我的手機……是……尤美沒辦法講電話，對了，她的手機也被你拿走啦……好了……我要推她回病房，很晚了，再聊。」

Jennifer 示意兩名護士加快腳步，手指向長廊前方一盞發出紅光的燈。

「Intensive Care Unit」

26

成龍的早期電影，一直是同浩在洛杉磯最好的排遣，岩川在假日時，經常陪著父親坐在客廳，就像兩個大孩子一般，成龍的俐落身手與逗趣劇情，常常惹得他們一下子緊張萬分、下一秒就哈哈大笑。但這時候提到成龍，岩川還真不明白，是意竹排解緊張的幽默？

「再走一段路才會到郵局，」意竹領頭走在前面，不時警覺的看著四周的狀況，岩川扶著上村緊跟在後說，「和我想的不一樣，我以為是大馬路旁的郵局。」郵局位在台中路上，這路名聽起來就是條主要幹道，岩川加快腳步跟上健步如飛的意竹，他發現高齡的上村沒有想像的緩慢孱弱，甚至，他還覺得有點被上村帶著走的感覺。

「我們要通過一個傳統市場，現在是早市，人擠人，郵局就在巷子底。」意竹一回頭，發現岩川正看著他。

菜市場！岩川忽然明白意竹的心思，在成龍電影裡出現的菜市場，經常是激烈追逐戰上演的場景，在人聲鼎沸之中，正邪雙方在攤販市集間流竄，所到之處，雞飛狗跳。*我們也要這樣嗎？*不過岩川覺得，這倒是甩脫跟監不錯的方法，心裡暗暗佩服意竹的安排，這確實比把車停在郵局門口，然後進去開信箱安全多了。

意竹給了岩川一個微笑。

岩川覺得頭頂上有一股強大的壓迫感，原來一行人已經走到那棟船形建築物的正下方，幾乎就在船腹的位置，岩川抬頭看見一道鐵鏽色的弧線筆直而下，在空中畫出銳利的線條，「這是以前的台中酒廠，現在已經變成台中文創園區。」上村為岩川補充，「這建築叫做R04，老廠房加上現代建築思維，這個文化變身，是台灣最近幾年很常見的。」

穿過船型建築之後，進入一處木造建築的穿堂，連雅堂，岩川快速瀏覽著出現在身邊的介紹牌，前方是一處開闊的廣場，低矮的斜屋頂房舍錯落，散發著質樸靜謐的氣息，岩川把此刻視為去郵局前的短暫悠閒。

意竹的腳步明顯加快，岩川無暇仔細觀賞兩旁的景物，他們踩著石磚，穿過一處灰色水泥牆面的低矮房舍，直接走向一棟比較現代感的高聳建築，在棟距之間，有條只有約三米寬，看起來像防火巷的通道，立著一張大大的告示：「民意街文創市集」。

岩川從狹窄的通道望向另一頭，市集裡萬頭鑽動，一條短通道隔開了悠閒與嘈雜。意竹回望身後，「緊跟著我，別走失了。」岩川察覺意竹在確認無人在身後尾隨，下一秒，三人完全被市集的叫賣聲吞沒。

人聲鼎沸的市場，岩川差點撞歪了一個手寫牌，「棗子糖50」，中年大叔不以為意，伸手扶了一下牌子，以一成不變的嗓音繼續招呼過路客，「50哦50……」。棗子裹上紅色糖粉，以竹籤串成一串，插在白色蘿蔔上叫賣，在陽光下晶紅透亮，岩川依稀記得小時候在台灣，父親帶他去公園時，紅色棗子糖帶給他的回憶。

「民意街文創市場」舊稱「第三市場」，在台中文創園區周邊的信義南街與民意街形成熱鬧的商圈，不論是平價的生活雜貨、甚至是傳統菜市場的生鮮魚肉，都可以一次購足。每一個攤商的貨物陳設，都無所不用其極的吸引遊人目光。

岩川搭著上村的肩一直沒鬆手，但意竹在人群洶湧推擠的市集裡若隱若現，岩川很擔心跟丟，上村從岩川緊扣肩膀、掌心濕透的手，感覺到一陣不安。行進間，一頂藍色的漁夫帽忽然擋住他的視線，不，是兩頂，另一頂波浪形的粉紅遮陽帽下，意竹以眼神示意岩川和上村戴上漁夫帽，「壓低帽沿」，意竹近身提醒，一瞬間，粉紅帽已經在前方三公尺處游移挺進。變裝、易容、追逐，這果真是成龍電影裡，甚至是許多好萊塢動作片的招牌情節，岩川感受著這毫不真實的劇本。

市集的盡頭，是一條大馬路，三人加快腳步前進，在巷底與大馬路交界的左側，有一個綠色招牌，郵局到了，郵局門口的騎樓，停滿了機車，人群從熱鬧的巷弄蔓延到此，有的坐在機車上發呆，有的意猶未盡的提著大包小包，這三個戴著帽子的人很難不被注意。台中路 100 號，郵局門口大大的標示著這個好記的地址，意竹閃過門口的機車陣與人群進入郵局，服務櫃台前，還是擠滿了人，或站或坐，右側的牆面上，有許多格狀的銀色不鏽鋼金屬門，相當顯眼，郵政信箱，三人交換了眼神馬上趨前。信箱號碼從右上角的 001 開始由下往右依序接排，岩川很快在中段下方，找到 108 的位置。

「不好意思，借過一下。」岩川禮貌的要求一名擋住信箱的大嬸移位，掏出鑰匙插入孔中，向左轉卻卡住不動，他改變方向朝右一扭，轉了兩圈之後，不鏽鋼的小門晃了一下，應聲開啟，岩川屈膝，把頭探向僅十公分見方的孔洞之中。

意竹在一旁警戒，從郵政信箱牆面旁邊的透明玻璃窗望去，一名狀似學生的青年，跨坐在熄火的機車上，手持著行動電話交談，眼神游移；一名老嫗在騎樓外望進窗內，似乎在看玻璃窗上的海報；另一名剛過馬路的精壯男子，朝著郵局門口直直走來。意竹深深覺得此處不宜久留，伸手拉著上村，也看著彎身的岩川。

郵政信箱的儲藏格，最深處的一側是沒有隔板的，以方便郵務人員將信件或是通知放入信箱之中，所以岩川的視線直通至郵局內部的辦公空間，他甚至看見郵務人員移動的雙腳。空蕩蕩的儲藏格中，只有一張捲曲的紙條。

****

台中路 100 號對面的一輛廂型車上，一名髮線時髦的男子，耳機橫過頭頂，看著雙畫面的監視螢幕，「老大，他們應該已經拿到了。」其中一個螢幕，畫面晃動得很厲害，顯然影中人正在移動，「老大，我看就直接上了吧？是嗎……是嗎……聽到請回答！」。

影中人把鏡頭拿到胸前對著自己，食指堅定地朝前一畫，如同軍刀一般雷霆萬鈞，虎口的豺狼刺青彷彿張嘴怒吼，作勢要衝出鏡頭。

****

岩川小心翼翼的把紙條拉出，想打開看清楚時，「東西拿好。」肩膀即遭一股勁往外拉，他順勢抬頭，發現郵局的落地玻璃窗外，有對男女正在等紅綠燈、一名持著拐杖的老者踱著慢步、理著平頭的男子剛發動機車……每一雙陌生的眼神，似乎都在看著他，就在他的右方，有一頂粉紅色的遮陽帽與藍色的漁夫帽，正快速的向前跳動著，他覺得他的腳，不自主地拔腿狂奔。

岩川這時候的雙腳與大腦，處在分開運作的狀態，他想著剛才信箱裡面是空的，只有這紙條，他非常肯定，這是最關鍵的線索了，他緊握著手中的紙條，好想立刻看看紙條裡面究竟是什麼東西，他實在不明白意竹究竟發現了什麼，但他相信三個人這樣沒命的奔跑，一定是出了大狀況。

****

「呼叫第三組，聽到請回答……」時髦男子急切的呼喊著，「媽的，你們還在信義南街嗎……」

「收到，但我們在民意街」，擴音器傳來回覆。

「你們在民意街！你確定你們在民意街？你報你的位置過來……你有看到他們了嗎？」

「目前沒有視線……」

監視器畫面傳來飆罵，「沒有？可是他們已經離開郵局，跑進民意街了啊，我操！這些飯桶，我自己來！」

****

三個人影閃出郵局，在「台中市第三市場」的牌樓右轉，循著原路來到第一個交叉口，意竹沒有猶豫，決定放棄剛才連接文創園區的通道，飛快的左轉。兩旁的商家仍然一戶接著一戶，頭頂上有藍綠黃三色遮陽彩帶迎風飄揚，市集的看板，密集的從頭頂上方掠過，雖然轉了個彎，路名仍然是民意街。

另一頭的民意街底，兩名頸部露出耳機線的彪形大漢，像個傻愣子般，迷航的不只是地理方向，還有再也等不到的指令。

意竹一行人來到與民意街交叉的信義南街，從一處側門，再轉進台中文創園區，人擠人的喧囂瞬間靜默，意竹如此熟悉地形地勢，上村看在眼裡，她總能在關鍵時刻立下奇功。

岩川一進到台中文創園區，馬上攤開手掌，露出因為死命奔跑而過度揉捏的紙條，他試著把紙條拉平，發現紙條本來就不平整，原因是紙條的首尾相連，且中間有個怪異的扭折，它根本不是紙條，而是一個「環」。

三個人快速穿越文創園區直奔停車場，但話題開始圍繞著那張怪異的紙條，除了意竹分心在四周的警戒，上村與岩川已經全心放在紙環上。

岩川捧著輕飄飄的環，它放口袋也不是，用兩指捏著也不是，他看見了環的表面有兩串數字！

$3032_7 6010_0 0761_7$　王　89413928293123

這兩串數字橫向接排，中間被一個紅色落款隔開，上村先注意到第一組，因為這組阿拉伯數字的外形忽大忽小，且有一定的規律：每隔四個數字，就接一個外觀特別小的數字。這一定是故意製造的比例落差，但是還無法參透其中的端倪。第二組數字，看起來更加平凡無奇。

於是，那個夾在兩串數字中間的紅色落款，成了唯一能被討論的事，它的線條圖案意外的單純。

囯

「這個一定有意義，記得墨寶也有個怪異的落款，循著線索，我們現在才會在這裡。」岩川似乎已經發現父親同浩編碼的慣用手法。

意竹嚴肅的點點頭。

「三橫一豎，這個王字，被一個方框緊緊包圍……」上村首先破題，「一個坐困愁城的國王？」，岩川看著線段的分布，說出了不同的觀點，「一個迴圈，它很像一個迴圈，你永遠也繞不出來！」

汽車遙控器的聲音響起，「快上車吧，我倒是有個看法，」意竹打開車門，俐落的進入駕駛座。

按下發動鍵後，意竹忽然愣住，眼睛盯著排檔桿旁的運動飲料瓶，瓶身跑步小人不見了，她伸手慢慢的轉動瓶身，小人被移到了側面，有人曾進到車子裡！

27

從 E. Sunny Oaks 交流道離開 San Tomas 快速道路，右側出現一棟毫不起眼的三層樓建築，土黃與灰白相間的外牆，座落在一處空地中央，四周有零星的停車格，後方與快速道路交接處，有一排聊備一格的綠蔭，根本擋不住整片光禿禿的山丘。黑衣人是今天早上開進停車場的第一部車，眼前的景象找不到一絲靈性，可以與 Lily Tarson 崇高的印象聯想在一起，這也剛好提醒自己，今天能見到的只是 Lily Tarson 的嫡傳弟子。

下車前，他對著化妝鏡看著脖子，矽膠貼皮的接合處非常完美，鏡子裡的人他並不認識，現代的塑形化妝達到的易容效果，連自己也騙得過，簡直鬼斧神工。

辦公室的入口，低調到沒有任何一個醒目的告示，黑衣人仔細核對地址，才確認自己的位置。木頭的拼接地板從櫃檯往後方延伸，天花板則是繁複的十字木條所構成的格狀裝飾，光源隱藏在木條裡，間接照明的設計，讓整個空間帶著一點神祕。

整個早上，Sylvia Browne 辦公室的預約全滿，但卻異常冷清，助理祕書看了一下班表，發現全部時段被同一位預約者包下，且八點不到就提前抵達。這位預約客人，長髮向上挽成一球髮髻，黑衣勁裝的上臂繡著看似鳳凰的圖騰，助理祕書先招呼她在接待區休息，但沒有立刻打電話通報，因為她認為早到與遲到一樣不符合社交禮儀，按照慣例，祕書先做了一件事。

黑衣人從祕書手上接過一份單張說明，祕書的制式說明響在耳邊，「老師八點會到，請您務必留意一下上面的說明。」黑衣人快速瀏覽，只有一件事，和自己原先的沙盤推演有點落差。

「本次會面不能錄音與錄影，只允許重點註記交談內容，本事務所非常感謝您重視貴我雙方的隱私。」

黑衣人此行特別清空了手機裡的所有容量，為了避免在會面開始的當下出了什麼差錯，他打開手機，提前按下錄音鍵，把手機塞進前胸的暗袋裡，摸摸頭頂的髮髻，然後輕闔上眼，在心裡靜靜的默數分秒的流逝。

腳步聲由遠而近，黑衣人瞄著牆上的時鐘，剛好八點，*真準時*。

「老師已經到了，請跟我來。」過去的三十分鐘，辦公室無人進出，*難道老師就住在辦公室裡？*祕書領著黑衣人起身，走過寬度約兩米的狹窄迴廊，兩側牆上有圓木剖半成長條狀、仿森林意象的裝飾，頂燈間距稀疏，走到迴廊盡頭，燈光完全昏暗，曲折阻隔了光線，黑衣人被黑暗瞬間吸入。

「這是靈修室，請稍候。」祕書示意她自行進入，*這個空間沒有門*。

空氣中瀰漫著刺鼻的薰香，視力範圍內煙霧瀰漫，從暗褐色的燈光中，靈修室的格局與深度，難以目測，黑衣人摸了摸前胸，體內每一個敏銳的神經全部就位，偵測著黑暗中的任何移動。

「請坐！」黑衣人馬上鎖定了音源，在五十度角右前方，有一張客席，靈修人早已入座，從暗處觀察黑衣人的一舉一動，發出聲音是示意約訪正式開始。

「其實您今天不用來的，我的祖師（grand teacher）不論與誰見面，每一場面談的細節都有完整紀錄，從祖師再傳到上一代我的恩師（teacher），現在再交到我這一代手上，這是我們家族的傳統，我重新看過一九四五年的對話紀錄，祖師的提醒非常清楚，如果這樣還是不能理解，套句您們中國人講的，那就是沒有慧根了。」

這是黑衣人期待的直接對話，事實上，這比較像是單刀對決，她也有備而來，「您的祖師是位有見地的人，他所傳下來的對話紀錄，無非是想讓嫡傳弟子們永遠記得她的智慧之語，然而，這段預言，已經直接導致部分中國國寶的流失。」

靈修人不疾不徐的接招，「您一定知道，我的恩師在世的時候，受到很多流言蜚語的攻擊，最終她都能安然的留下聲譽離開人間，所以我必須告訴你，沒有根據的中傷我已經聽太多。」

一九四五年去上海的 Lily Tarson 行事低調，很少有公開的言行紀錄，但弟子 Sylvia Browne 則截然不同，她是美國最知名的通靈人士，撰寫過數十本書，其中的《靈魂之旅》（The Other Side and Back），曾榮登《紐約時報》暢銷書排行榜第一名，還是美國 CNN、Larry King Live 等知名節目的常客。她津津樂道的表演通靈術，與主持人討論特異功能，也為觀眾做心理諮詢，治療心靈創傷。不過，她的許多預測也屢屢失敗而遭到許多質疑，甚至還曾因此被判刑。

黑衣人見招拆招，「一九四五年，您的祖師 Lily Tarson 對兩名中國年輕人有這樣的提示：『歷史需要世人謙卑的學習與理解！而文物不是用來賞玩的，如果用心感受它所散發的強大能量……就會帶來認知的改變……大到可以扭轉國運……神聖的時間跨度會證明……』三年後，一九四八到四九年間，中國有一批價值不菲的國寶，被運到了台灣，七十年後，您的祖師所預言的結果完全沒有出現，一九四九年間散落海外的大批國寶，返鄉仍遙遙無期，現在的局勢，中國已經成為世界上舉足輕重的經濟體……」

靈修人提高音量插話，「你如何理解一九四五年的預言呢？擁有國寶，就擁有昌盛國運？所以你今天來，包下所有時段，只是想告訴我，我的祖師預言錯誤？」

「那麼，你如何理解你的祖師所說：神聖的時間跨度會證明？」

薰香的煙圈飄浮在空氣中，一動也不動，時間與空間彷彿都靜止。

「神聖的時間跨度，當年那兩位求教您祖師的年輕人，花了很長的時間，終於在聖經裡找到了線索，以色列人被放逐到巴比倫，後來，神恢復應許，帶領他們回歸故鄉，這中間經過了七十年！」

靈修人冷笑了幾聲，「這要看在場的人，如何解讀當年所謂的預言，你知道一九四五年那一天的細節嗎？」

黑衣人已經聽過無數次了，她高聲重複 Lily Tarson 的話，「用心感受文物所散發的強大能量，大到可以扭轉國運，」一口氣馬上轉為調侃，「這個扭轉，事實證明完全背道而馳。」

「我認為對話被斷章取義，有一個重點被忽略，當時，我的祖師 Lily Tarson 以塔羅牌的牌陣來解譯中國的未來，牌陣中有一張單牌，是大阿卡那第十號牌『命運之輪』……」

黑衣人在蘇州金雞湖畔，與代也研究過各個版本的塔羅牌圖案。在七十八張塔羅牌中，命運之輪的順序是第十張，牌的中央，上右下左四個方位，分別是 TARO 四個字母，這四個字母構成 Tora 律法、Ator 哈托爾女神、Rota 輪、Orat 說，形成一個完整的句子：塔羅之輪述說哈托爾女神的律法，其餘四個符號是希伯來字母 YHVH，是上帝最古老的名字。

黑衣人想到同浩資料上奇怪的英文塗鴉。「是，我們對命運之輪的研究，應該遠超乎您的想像。」

「這樣最好不過，我們接下來的溝通會很有效率。我的祖師當年留給中國的話語，在這牌面上最相關的是四個圖騰，就在四個角落的四隻異獸。聖經啟示錄第四章，第一個活物像獅子，第二個像牛犢，第三個臉面像人，第四個像飛鷹……」

這些資訊，其實很容易查得到，黑衣人還在等他想要的答案。

「這四種動物，和中國有什麼關聯呢？」靈修人停頓了一下繼續說，「這就是我的祖師智慧的精華所在。這四個動物與占星學有關聯，分別代表四個固定星座和四要素，老鷹是天蠍座代表『水』，象徵以海為主的功動，獅子是獅子座代表『火』，象徵血與火中崛起的人物，牛是金牛座代表『土』，有稱霸中土中原之意，人是水瓶座代表『風』，代表時勢造英雄的一時豪傑。牠們都在看書，汲取智慧，而翅膀賦予牠們在變動中保持穩定的能力。」

「我聽不出來和中國的關聯是什麼！」

「祖師之語向來重視的精神，而不是物質。」

「這太模稜兩可，你的意思該不會是……國家寶藏是物質，但國寶有靈則是回到精神層面？」

「我要再強調一次，所謂預言，重視的是精神，而非物質。綿長的歷史，理應蓄積強韌的國力，然而每當中國改朝換代，極盡蔑視前朝文化、滅絕前朝遺跡，一次又一次的仇恨與殺戮，已經讓國勢能量破碎，五千年最終只是個數字，如今與西方世界幾百年的新興國相較，已難稱優勢。」

黑衣人想到七十年前，整個中國剛從清朝末年的衰敗，進入列強侵略與內戰時期，中國歷史上改朝換代之間，確實經常都是腥風血雨。

「如果預言有被誤解，應該也是一九四五年見面之後才造成的。」

「一九四五年見面之後？什麼意思？」

「一九四五年後，有沒有人來找過你，問過同一件事？」

「我不知道你在說什麼，我也不能吐露其他人的祕密，這是職業本分。你今天來的目的，究竟是什麼？」

「好，你看清楚了，」黑衣人用兩根手指捏住一張卡片，「你看得見我手上的東西嗎？」

昏暗的燈束，探照著黑衣人的手，出現在視線範圍的是一張紙牌，三個圓圈與四神獸清晰可見，靈修人的身體退回了暗處。一九四五年，他的祖師Lily Tarson千里迢迢遠赴上海，留給兩名中國年輕人的命運之輪塔羅牌，竟重現在眼前。

「你怎麼會有這張牌？你究竟是誰？」

「你不必問我是誰，你應該關心的是這張牌的主人，他已經因為這張牌丟了命。」

靈修人感到坐立不安，預言被錯誤理解爲寶藏，七十年後，有人還因此而送命！

「他就是一九四五年和您的祖師見面的兩名年輕人之一。」

靈修人回，「我的說法始終如一，祖師強調的是精神而非物質。」

「這是您的恩師與死者的往來書信。」黑衣人出示了照片列印文件，「依我看，這不是被錯誤理解的預言，而是涉入國寶疑雲的證據。」

「你別胡亂指控！」靈修人大聲質問。

「中國久經積弱與戰亂，國寶散見世界各地，引來各方覬覦，我無意影射什麼，既然一九四五年後，有人和您談過三件寶物，我就要打破砂鍋問到底。」

氣氛頓時冰封，整個空間聽不見任何聲音，直到靈修人開口，「Howard？你認識Howard？」

黑衣人終於等到了他要的答案，同浩的英文名，「他就是為了這張牌送命的人！」

汗從額頭低下來，靈修人吞了口水。

「Howard來訪的時候，祖師Lily Tarson已經過世，由我的恩師Sylvia Browne接待，我隨侍在旁。Howard聲稱，他從祖師的預言裡終於揣摩出要義，我耐著性子聽他的描述，他說，Lily Tarson所提到的十三世紀以來的中國三朝，指的是元、明、清。元朝最戰功彪炳，讓西方歷史一片膽寒的人物就是成吉思汗，當年他以摧枯拉朽的強悍武力，版圖橫跨了亞歐非大陸。歷史沒有明確記載，成吉思汗在治理階段，如何向各民族伸出平等的手。明朝的鄭和七次下西洋，也不是靠船堅砲利才到達非洲東岸，至於清朝，來自關外的滿族選擇藏語，來重抄保存佛教典籍『龍藏經』，而在歷史上留名。我聽完之後感覺，他從我祖師的預言裡，鎖定三朝發展出的具體脈絡非常精彩，但三朝三啟示，可以很清楚知道已經被誤解為三朝三寶物。糟糕的是，Howard似乎覺得他口中所謂的寶物，有朝一日即將失去，感覺想了很多方法想要守護祕密。」

黑衣人聽完了這段話，連結幾分鐘之前靈修人的話……

以海爲主的功勳……

血與火中崛起的人物……

稱霸中土中原……

誰才是「一時豪傑」？

「除了龍藏經是具體的國寶，其他兩寶物是什麼？」黑衣人追問。

「我不知道，我怎麼可能會關心這件事，我耐心聽他說完已經很不容易！我覺得Howard已經走火入魔，他只是來尋求一些心理上的支撐，不斷問我們他究竟做錯了什麼，我們無法理解誰做錯了什麼，可以確定的是他真的完全搞錯方向，後來氣氛愈說愈僵，他話鋒一轉，就掏出你現在手上的那張牌！」

「什麼，他也帶這張牌來！」黑衣人大吃一驚。

「他問我們當年祖師把牌交給他們的時候，為何要意有所指的翻到牌的背面，這在塔羅界也不是什麼新鮮事，精通塔羅的人，都會設計或手繪自己的塔羅牌，包括正反面，他問的那一面，是祖師認為足以代表的能量符號。」

牌的背面！黑衣人從來沒有留意過。她把牌翻面，昏暗的燈光下，看見牌面中央是一個歪斜的阿拉伯數字7，仔細一看，它是由許多密密麻麻的7組合而成，每個數字有大有小，顏色深淺層次由內向外分布。

「這是能量符號？」

「是的，它叫Dalet，希伯來文的第四個字母，意義是『門』。筆畫看起來，像是耶穌基督扛著行走的十字架……」

看著一直擺正的牌面，原來這個符號，不是阿拉伯數字！

「……數字4主要是對應神的創造，代表馬太、馬可、路加和約翰四福音、也對應獅牛人鷹四活物、或是宇宙水火風土四元素、甚至代表人的頭、軀幹、雙手，和雙腳。從屬靈含義來說，Dalet是謙卑，代表窮人領受施捨，只有謙卑的器皿才能領受神的光。門的概念也是領受，所謂『只要敲門，門就開了』。」

牌反面的Dalet，與正面的含義有諸多呼應之處。

「我從Howard的臉上，發現我的話他根本聽不進去。他已經嚴重走偏鋒到近乎歇斯底里！」

「後來呢？」

「約詢時間已到，我送他到門口，從此以後就斷了音訊。」靈修人說完，突然抬頭凝視著靈修室的入口。黑衣人後方的迴廊彎道——這個空間唯一的進出口——傳來急切的腳步聲。

「老闆，今天早上，我們是遇到麻煩了。」祕書臉色鐵青。

黑衣人轉頭看著祕書，發現一道惡狠狠的眼神正射向他。

「每一個訪客，都要簽隱私協定，從辦公室的祕錄監視畫面看起來，如果有人不遵守，甚至讓人感覺完全是蓄意、惡意與敵意，這些來者不善的人，我們也就不必以禮相待了。」

靈修人看著黑衣人，等待著解釋。

幾分鐘前，祕書回看了祕錄監視畫面，今天早上沒有其他預約，她才有空檔做這件事。黑衣人掏出手機，按下紅色的錄音鍵，畫面上斗大的數字快速地跳動，這支手機，最後被塞進上衣口袋。

氣氛冰封，黑衣人忽然起身，走向祕書，把手伸進口袋，「你說的是這個嗎？」黑衣人把手機解鎖，畫面上立刻出現快速跳動的數字，觸摸螢幕之後，她把手機轉向，讓靈修人也看清楚。

「到目前為止，我們的面談已經進行了五十八分三十二秒，你覺得一個按時收費的諮詢服務，客人想要計時，這行為是蓄意、惡意還是敵意呢？」

是個計時器，祕書盯著黑衣人的手機畫面，滿臉狐疑，眼神上下打量著黑衣人。

「大師，」黑衣人轉向靈修人，「您的這位祕書真是盡忠職守，換成別人，肯定會覺得來這裡諮商的心理壓力真大，但是我今天，是為了您的祖師與恩師而來，與其說是我諮詢你，不如說是我讓您有機會澄清，究竟是預言被誤解，還是，預言根本就不是預言呢……」

靈修人的發亮的光頭青筋暴露，「是，我想你應該沒有其他問題了。」

黑衣人移步往迴廊方向行進，經過雙拳緊握、身體微微顫抖的女祕書身旁，幾十年嚴格的敵後情報訓練，今天只是個小場面。離開辦公室，走進停車場，坐進駕駛座，黑衣人留意車子四周，打開駕駛座上方的化妝鏡，取出髮髻裡的迷你鏡頭，捲起褲管，解開魔鬼氈，卸下一只迷你裝置，靠進嘴邊。

「任務結束，over。」

隨後單手用力一拉，扯落了連通牛仔上衣口袋的線頭。

28

意竹從左右車窗與後照鏡，冷靜的環顧四周，左前方有一台車，閃著黃燈，似乎在等待停車位，停車場入口大排長龍，不斷有車子駛入，三三兩兩走過車前的遊客，與意竹的眼神交會。

「意竹，您說您有個看法，快說說看啊……」上村上車坐定之後即催促著。

意竹沒有回答，冷靜的發動引擎，岩川從後照鏡發現意竹嚴肅的表情後，以眼神暗示上村事有蹊蹺。車子緩緩駛出停車場，左轉之後，岩川覺得上半身突然深陷在座椅之中，上村一瞬間也緊抓著座椅。

意竹重踩油門加速，車子在台中市區以時速一百公里急馳，前後卻一直沒有其他車輛包抄或尾隨，讓她頗為納悶。排檔桿旁那瓶遭人移位的運動飲料，說明了一場不需現身的科技跟監正在進行，意竹明白了，阻斷科技跟監的唯一方法就是干擾通訊。看著車外復興路兩旁快速向後移動的高樓大廈，他們正在台中的市中心區，這肯定是通訊網覆蓋的熱區。

岩川握緊了手上的紙條，時而攤開盯著兩行數字，疾馳的車子帶來陣陣的暈眩感。

「我們已經見識了同浩加密的手法，墨寶上『戚』字落款，指引我們來到郵局，現在兩行數字中間又出現紅色落款……」上村說。

上村的思緒繞著王字打轉，岩川則在紙條形狀上面苦思，不平整的環形！

市中心哪裡是訊號死角？意竹從五權路右轉五權南路，一棟佔地廣闊、造型詭異的大樓佔據了街角。這棟名為「國立公共資訊圖書館」的建築，外牆的立面呈現不平整的起伏，各樓層堆疊宛如不規則的千層派，當年本來是上村與同浩約定交付郵局鑰匙的地方，當年上村為了確認方位，曾請意竹上網找尋，因此看過建築的基本介紹。

「岩川，看一下你的紙條！」上村眼睛盯著窗外建築急喊。

岩川鬆開手指，低頭看著掌心的不平整紙條。

「難道……難道是……莫比烏斯！」，上村從脫口而出，「這棟樓的設計概念！」

莫比烏斯環（Möbius strip）是由德國的數學家發現的。它常常和無窮大符號∞相提並論，象徵無窮創意的來源，如果某個人站在一個巨大的莫比烏斯環表面，沿著他能看到的「路」一直走下去，就永遠不會停下來，這個複雜的概念結構，可以用一個紙帶旋轉半圈，再把兩端粘上之後輕而易舉地製作出來。

岩川舉起紙條，隔著車窗，與大樓的外觀對比。他心裡驚嘆著，父親同浩怎會有如此巧思。又為何指引他們到這棟大樓？

無所遁形，那就遁地吧，意竹靈光一閃，繞著這棟建築的外圍道路疾行，沒想到陰錯陽差偶遇的這棟建築，意外開啟了紙條的謎底，但她沒有時間思量，她專注的順著停車場的指標來到「復興園路」，進入停車柵欄之後，向左微靠，展現高超的駕駛技術，沒有減速直入地下停車場，彎道似乎稍微長了一些，牆面上忽然出現一張大大的告示：往B2。

不是B1？意竹心裡一陣竊喜，這是她要的，好消息，愈深愈好，車子直入最底層。壞消息！手機訊號竟然只從滿格往下降了一格！

星期日的午後，B2停車場十分擁擠，她多麼希望這訊號在地下二樓能有死角，繞了兩個彎，意竹看見了往B1的指標，從B2進，再上B1，真是個奇特的設計。最後，她終於在B1的角落，發現了一個超難停的車位。

「快！下車……」意竹催促著，此時上村與岩川仍持續對話，「所以莫比烏斯的概念很清楚的說明，這紙條只是個開始，順著上面的指示走下去，還有綿延不斷的訊息等著我們。」

岩川點點頭，「是的，而且每道訊息都一定在加密狀態，但是順著任何表面往前滾動，終究會回到原點，永遠不可能停下來，這個特性要如何解釋？」。

意竹催促上村與岩川下車，被這棟建築啟發的兩人，一邊交談著，無意識地把雙腿「交給」意竹，很快來到停車場的電梯口，三人的身後，尾隨著一名眼鏡男，肩上背著Jansport背包，一副學生的模樣，電梯門一開，裡面擠滿了人，有頭戴工程帽，手提工具箱的工人、戴著墨鏡，一身牛仔裝扮的雅痞、還有幾名西裝革履、高聲談笑的上班族。意竹站在最前面，黑壓壓的頭瞬間湧出，她低頭雙手微張，護著身後的上村與岩川，從她的視角，留意著每一雙靠近的腳步，她的腎上腺素飆升，隨時準備迎戰。

當人流從身旁魚貫走過，意竹一個箭步帶著兩人衝進電梯，轉身按了一樓，快速關閉的電梯門，把身後的背包男夾個正著，眼鏡瞬間被撞歪，無辜踉蹌的進了電梯。

出了電梯向左轉，迎面而來的是一群小學生，圍住一名穿著制服背心的中年婦人，「等一下就帶著各位小朋友在各樓層展開體驗哦，首先，我們把頭抬起來，先看一下國立公共資訊圖書館裡，一件重要的公共藝術。」

參觀學生緩緩的移動，擋住了去路，意竹決定向左轉，直奔二樓，棄車之後，她必須快速離開這裡，但是岩川與上村並不知道意竹接下來的計畫，只是發現意竹不斷檢視自己的手機，他們唯一能做的就是緊緊跟隨。徒步上二樓之後，眼前又是一群堵住去路的參觀團體。

「看看我們眼睛正前方的這個公共藝術，它的名稱叫做『觸』，是以高硬度壓克力與LED燈所組成，前半段是0與1的數字，後半段是看起來像中文結構的字，但是有些中文字已經辨別不出完整的字，顯然它正在改變，這代表什麼意義呢？它告訴我們，傳統的知識與文化，都正在高速轉變為資訊形式，這也是國立公共資訊圖書館的建館宗旨哦，那麼，接下來我有幾個問題要問小朋友……」

意竹從這處觀賞公共藝術的最佳地點往一樓俯瞰，她發現只要穿過這群小訪客，可以從另外一側找到下樓的樓梯，從另一側出口離開。然而，這時他發現岩川已經被導覽員的解說所吸引，成為參訪團成員之一，旁邊的上村也不例外。

「傳統的知識與文化，都正在高速轉變為資訊形式……再複雜的訊息，都成為0與1的數字流……」岩川低頭看著紙條。

$3032_{7}6010_{0}0761_{7}$　王　894139282931231

數字流！岩川的思緒正循著莫比烏斯環，陷入無窮無盡的迴圈，上村適時的點醒，「同浩在紙條上加密的年代，和現在我們所處的資訊化時代，相差了幾十年，這是不能類比對稱的啊！」，上村說得沒錯，岩川有時很需要上村適時的「異」見。

田

岩川盯著這個神祕符號，回想以「反切碼」解開墨寶的過程，推論出一個同浩加密最重要的規則：中文繁體字與注音符號的運用。但想再進一步，就不得其門而入了。

公共藝術前的解說結束，人流又往前移動，意竹上前拍了一下岩川與上村，想找捷徑閃過眼前的參觀人潮，迎面而來的方柱上寫著「數位休閒中心」，這一區是開放空間，幾部電腦圍繞著漏斗形的立柱陳列，天花板隱藏的頂燈，把立柱點綴得如同發光體。意竹一行人穿過電腦旁，尋找這一側的出口樓梯，忽然，意竹發現岩川的腳步又停了下來。

「本電腦供尚未辦證讀者臨時使用……」，上村在電腦前駐足，看著說明告示，「每次使用時間：15分鐘」，一個身影閃過跟前，岩川已經在電腦前的椅子上落座，點開了Google檢索頁面，手已經在鍵盤上飛快輸入。

上村說，「紙條上唯一的中文字，很像簡體字的『國』，但國的簡體字，多了一個筆畫[25]，同浩是很細心的人，如果他真的要寫『國』這個字，不會出現這種瑕疵，更何況，繁體字是同浩加密的核心，所以，我認為訊息是『王』這個字，四周的線條，應該只是為王這個字加框而已。」

岩川點點頭，原來上村也參透了同浩的繁體字加密規則。鍵入了「王」字，停了幾秒，又在搜尋框輸入「繁體字」三個字。這樣的檢索條件實在太寬，但是檢索有助於找靈感。果然檢索系統鎖定王這個繁體字，出現了高達三百二十萬筆的資訊。

上村提醒，「紙條上第一串的數字，忽大忽小……」岩川點頭會意，回到上一頁，思考了幾秒，在檢索字群中補上「數字有大有小」。

岩川操作滑鼠快速拉動頁面，中間一筆檢索標題吸引了兩人的目光。

四角號碼：四角號碼在線查詢

緊接在最下面的一筆是：

四角號碼：維基百科，自由的百科全書

---

[25] 簡體字「國」的寫法：国。

下方幾行說明文字裡，以紅字標示出檢索字，與黑色字夾雜：

王雲五發明……四角號碼檢字法……

岩川的手不自主輕拍桌面，顯示他的驚喜與振奮，他雙擊這筆資料。

四角號碼檢字法由王雲五發明，是漢語詞典常用檢字方法之一，把筆劃分爲十類，用最多五個數字來對應一個漢字。

王雲五有感於部首檢字法不便使用，比起拼音文字檢字困難得多，用國音檢字又有同音字多的麻煩，於是從一九二四年起，著手研究一套簡捷的漢字檢字法。他受到電報碼啓發，思考如何把漢字轉成數字。

四角號碼檢字法用數字0到9表示漢字四角的十種筆形，依序取字的左上、右上、左下、右下角的筆劃，取得四位數字，有時在最後增加一位補碼，稱爲「附角」，故最多爲五碼。

網頁下方「寫法」的介紹段落裡有一行文字，

橫寫時，以阿拉伯數字表示，附角略低，如：0123_4

「原來比較小的數字，是指附角。」岩川快速瀏覽，口述給年屆高齡、眼力不及的上村。

「果然又是繁體字，」上村回答時，留意著意竹不時俯瞰著下方的出入口，同時不斷看著手機，意竹終於快步向他們走來。

「該走了，此地不宜久留。」

「有什麼動靜嗎？我們用電腦解開加密的紙條了，再一下下就好……」上村接話。

「沒有，沒有動靜，看起來沒有動靜，這才是最大的可疑。我們必須有個方法，徹底甩開跟監者。」意竹不明白躲在暗處者的來意，但避開正面對決，情況會比較單純。

此時，意竹發現網頁中的搜尋框裡，岩川正鍵入「四角號碼漢字線上檢索」的字串，一個15分鐘使用時間的提醒對話框，忽然跳出頁面，擋住了搜尋框。

一名男子不知何時已經站在三人的身後約三米處，意竹馬上感覺背部有燒灼的眼神，她的行事風格，向來是不等敵方的進一步動作。

意竹轉身站定，護住岩川與上村，發現該名男子臉帶怒容，正跨步朝他們走來，意竹已經做好準備！

「你們使用時間太久了吧，規定是15分鐘不是嗎？而且講話那麼大聲，也不考慮鄰座，使用時間到了，再不離開，我就找館方人員來處理了。」

岩川回頭，看見一張不懷好意的臉，意竹聽見這對話反而鬆了一口氣。

「不好意思，我們要離開了，」意竹的手沉沉的搭上岩川的肩，岩川感覺有一股勁把他提起，上村也被意竹一把挽住離了地。

三人走樓梯來到一樓，以飛快的速度來到戶外，圖書館建築物的奇特造型，宛如太空星際總部，環抱著開闊的草坪，眼前的一地清幽，有一具造型奇特的公共藝術，兩道流線狀金屬伸向空中，三人無心觀賞，腳步沒有停歇，橫過草坪，穿越建築物的走道，來到五權南路上。

「快跟上！」意竹快步衝到馬路邊，舉起手，離他們最近的紅綠燈號誌綠燈剛亮，一輛黃色的計程車慢慢靠近，岩川心裡不太明白，「坐計程車？我們的車……我們的車停在地下室啊……」，即使如此，他還是扶著上村鑽進了計程車，他相信意竹是個可靠的夥伴。

「到台中車站。」意竹坐在副駕駛座，眼神打量著司機。

「前站還是後站？」

「這個方向，當然是前站。」

「好，我一定要問清楚的，昨天有個客人，只說車站，我到了前站，他說要去後站，弄得大家都不開心……」駕駛嘮叨了一下。

「你專心開，我們趕時間。」

「趕時間也要停紅綠燈啊……」司機話一出口就止住，他看著意竹伸出手在儀表板上，夾了一張千元大鈔，這趟還眞有賺頭啊，他心裡想著，重踩了油門。

岩川一上車，馬上拿出手機，重新輸入「四角號碼　漢字線上檢索」，點選一個「漢字四角號碼查詢」的頁面，看著手上紙條的數字串，小心翼翼的找到第一個比較小的數字，附角，然後在「輸入四角號碼查漢字」的對話框輸入數字。

3032$_7$

按下右方「查漢字」的按鍵，馬上出現了查詢結果。

寫

岩川的心情，就如同這個快速跳出的漢字，上村湊在一旁也緊盯著手機螢幕。岩川以第二個附角為界，再輸入了第二串數字。

6010$_0$

然後再輸入第三串數字。

0761$_7$

「前面靠邊就好。」台中火車站前，黃色計程車排班，讓車道顯得擁擠，意竹決定下車步行，車未完全停妥，意竹的腳即跨出車外，開啟後方車門，並環視車子四周，三人隨即快步進入車站，平日擁擠的車站大廳，竟然人潮稀落。

「三張自強號，到台北。」意竹對著售票窗口說。

29

「三位分開坐可以嗎？」售票員看著自強號零散不集中的訂位螢幕。

「可以！」眼前的女子很快的回應，身後站著一名老翁與一名男子，票口已經放了兩張千元鈔票。

售票員印出車票，遞給女子，「北上第二月台，車子快開了，你們有兩位坐在一起，另一位隔三排靠窗。」收走了兩千元，拿起計算機，計算如何找錢，一抬頭，只見售票口站了另一名發福的中年太太說，「一張到苗栗自強號。」

售票員起身，望向月台方向，「不，剛才的客人……還沒找錢哪……」老翁與一男一女已經進了剪票口，淹沒在人群裡。

「對不起，大嬸，我趕時間……」一名身穿黑色 adidas 運動外套的男子忽然靠近，對著發福太太鞠躬哈腰，然後強行插隊。

「我和前面的男女和老公他們是一起的，我遲到了，我要同一班次的。」

男子說得氣喘吁吁，發福太太見狀，身子無辜的挪移了幾步，售票員接話，「哦，剛才他們急著走，忘了找錢啦，我把你的錢扣掉，剩下的給你拿著吧。」

男子看著低頭算錢的售票員才會意，「行，麻煩您快點。」

「我知道，車子快開啦。」售票員把紙鈔與零錢放在塑膠盤裡，男子的手伸進窗口，動作急促地拿了錢，售票員看見男子的右手虎口，有一隻醒目的動物刺青。

30

「往台北的山線自強號快要開了，還沒有上車的旅客，請趕快上車。」

擁擠的月台，趕著最後一秒上車的旅客，已經顧不得自己的座位在第幾車廂，從地下通道跑上月台，一看到最近的車廂門，就先上車再說。

刺耳的鈴聲響起，月台上穿著制服、手持紅色指揮棒的站務員，把掛在胸前的哨子含在口中，一道黑色身影甫衝上月台，隨即奔入車廂，響起的哨音被關在門外。

尚里感覺一陣燥熱，脫下 adidas 運動服，扔在車廂間的通道，一抬頭，發現他所在的位置是第三車廂，這是機率問題，他當下就決定朝車尾的方向前進。車廂內，旅客仍未完全坐定，一名攜帶大件行李的大叔，擋住了去路。

「讓一讓……」尚里推了推大叔一把。

「等一下好嗎？」大叔轉身，滿臉的不耐煩。

「不行，別礙著別人走路。」尚里扯著大叔的行李往後拉，這行李竟就順著開動的車子，一骨碌的朝著後方而去。尚里跨步向前，只聽見後方追行李的大叔陣陣咒罵，車廂內其他遊客見狀騷動了起來，尚里回身給了大叔一個肅殺的眼神後，車廂內的氣氛瞬間冷卻。

車廂內響起廣播，預告旅客下一個停靠站是「苗栗」，下一站就解決此事。他打電話指示手下，快速趕往「苗栗」火車站，然後繼續專注在車廂內搜索。

「借過！」尚里維持一貫的眼神，盯著車廂內的每一張臉，穿過第三車廂，進入第四車廂之前，連通道間的廁所也不放過。

在第五車廂，一名頭戴漁夫帽與口罩、正在睡覺的旅客被尚里搖醒，「認錯人了！」，尚里冷冷的回應。

在第六車廂，尚里強迫一名正翻找行李的女子抬頭，錯愕的女子，沒有聽到一聲道歉。

一進第七車廂，尚里發現另一名黑色運動衣的男子立刻起身離座，背影快速向前移動，他一個箭步上前抓住運動衣，該男子驚愕地回頭。

「也不是！」尚里把男子推向一側，繼續在車廂內前進。很快來到第九車廂的尾端，難道，在前兩節車廂，尚里心裡咒罵手氣真背。

尚里火速回到第三節車廂，他把手伸入前襟的暗袋，握緊只有掌心大小的電擊器，不管這幫人去郵局拿到了什麼，他都必須先下手為強，而且他的行動，必須在幾秒內完成。火車正緩慢穿越台中至苗栗的山區地形，第二節車廂內，乘客大多坐在座位上閉目養神，尚里沒有花太多時間，就來到第一二節車廂的通道間，心裡忽然浮現不祥的預感。

剛跨進第一節車廂，他發現手機震動，尚里的眼神繼續搜尋車廂內的臉孔，眼睛餘光看著手機螢幕，是……代也。

來電者直接了當，沒有客套寒暄，「你的對手，顯然比你聰明。」

31

幾分鐘前，意竹拿了車票，緩步穿過閘票口，三人順著階梯而下，轉入連通月台的地下通道，意竹旋即攙扶著上村拔腿狂奔，岩川飛快跟上，看著第二月台入口的指示牌從眼前晃過，意竹卻視而不見，沒有停下腳步，不是要去北上月台？意竹繼續跑到走道盡頭，循著「後站」的標示，三人一起從地下通道回到地面，跳上一輛排班計程車。

「上高速公路，往南開。」意竹鎮定的說。

「到哪？」上高速公路必是長途生意，司機面露喜色，覺得這三個人行色匆匆。

「快，先走再說，我再告訴你。」

車子在高速公路上急馳，車內只有計程車每隔幾秒跳表計費的規律聲響，司機還在等開往何處的指示，岩川與上村不解何以有此番周折，氣氛漸漸從靜默轉為煩躁，重啟話題的是岩川。

「洛杉磯命案發生的那天早上，我想報警，但是被尤美阻止，我回到台灣還不到一天，已經發生了這麼多事，我父親究竟想告訴我們什麼，愈來愈讓人覺得不單純，這股勢力，又快又猛，我們總不能一直被追著跑，有沒有其他方法，可以協助我們？」

上村說，「這一定是一件非同小可的事，我們要有共同的決心來解開這個真相，洛杉磯命案現場，清楚的標示下一步的對象是我，說實話，我還真不了解我知道些什麼，既然對方的行動如此綿密且排山倒海，時日無多，我究竟能幫助什麼……」

岩川看著意竹，發現她專注留意車外的動靜。

「第一串數字已經解開了，對吧？」意竹掌握的狀況，顯然不只是車外。

岩川轉頭看著上村，「叔父，你知不知道我爸爸有寫日記的習慣？」

「為什麼這樣問？」

「紙條上第一串數字，用四角號碼檢索的結果，是三個字。」上村聞言，轉頭等著岩川的答案。

「寫日記！」岩川說，但臉上閃過怪異的神情，「移民到洛杉磯之後，父親常常一個人在房間內剪貼華文報紙，他的房間不大，一個書櫃的藏書也不多，我們在美國超過三十年了，雖然我幾乎沒進過他的房間，但是如果他有寫日記的習慣，恐怕也需要相當的放置空間，我不可能不知道。」

意竹補充她的看法，「我建議你問一下尤美，她每天服侍同浩，或許會知道更多……」

岩川一聽到尤美，馬上接話回答，「短期之內，我恐怕無法問她了……」，車內瞬間瀰漫著凝重的氣氛，「我接到醫院的消息，醫院安排她開完刀，現在住進加護病房，即使我現在人在洛杉磯，都不見得可以問到答案，或許，等台灣的事情告一段落，我回洛杉磯，到父親的房間內找找看有沒有其他線索……」

「不必找了！」上村突然發聲，讓意竹與岩川同感錯愕，「我七十歲生日那一天，同浩特別從美國回來為我祝壽，當時他在壽宴上曾經說過，只要把事情告訴我，要忘掉都很難，不論時間過了多久，我都能想出來。」

那是唯一一次，岩川陪著同浩回台灣最久的一趟旅程，當天的壽宴，大家喝得十分盡興，岩川依稀記得，寡言的父親同浩，曾經上台說話。但是，岩川不太明白這段回憶，為何此時提起。

「所以……」岩川想進一步追問。

「所以寫日記，是指……我寫的日記！」上村回。

話才剛說完，意竹忽然對計程車司機下指令，「下交流道，」車子正在高速公路上奔馳，「我們要改往北到新竹！」

隨後，意竹側身對岩川與上村說，「我們回莊園！」

32

代也許久未曾闔眼，在四個螢幕之間推敲移轉，同浩房內的線索仍重重纏繞，黑衣人訪靈修弟子又丟來謎團，一看到尚里在台中被耍得團團轉，疲累感瞬間引爆，利葛很少看到代也如此盛怒。

利葛撿起代也摔在地上的手機，長毛氈成了保護殼，吸納了衝擊力，螢幕顯示對話只有四秒。這個計畫啟動幾年以來，絕大部分的時間，利葛看到的都是行雲流水般的節奏，一切都那麼自然流暢，毫無人工計畫的鑿痕，這是代也的行事風格，因為每一步驟，他都想了七十年。眼前的局面，真是難得一見。

代也的雙腳放在茶几上，身體陷在躺椅中，右手托著腮，眼睛半閉，利葛恭謹地把手機放回代也腳邊的茶几上。

「這個文物販子……」代也的不滿裹著煙圈，在室內流竄，窗外的蘇州陰雨，整個金雞湖面還罩上了一層霧霾。

多年來中國地下文物的黑市交易，尚里是影武者，活躍在蘇富比、佳士得這類國際拍賣市場，他在海外成立多家操控公司，每次均以不同名義現身，以深不可測的財力，從中國的國家寶藏攫取無法估計的利益。「文物販子」這個形容詞，拿來形容尚里真是再貼切不過了。

「就我所知，尚里很自豪他是個文人呢……」利葛說。
代也從鼻腔吐出一輪又急又快的煙圈。
「……聽說他在洛杉磯的豪宅，也有藏書，而且為數不少，大多數是古本，價值連城。」
「聽說？」
「是參與這次行動的其中一個夥伴，」利葛看著代也納悶的表情繼續說，「前幾天我們與洛杉磯連線檢視那幅墨寶，結束連線後，我與仲郎越洋聊了一下，他與尚里在這次行動前已有私交，曾受邀去過尚里在洛杉磯的家。」
代也含著煙斗，豎耳傾聽。
「根據仲郎的描述，尚里家有琳琅滿目的文物收藏，簡直就是個博物館。就他所見的一小部分，有戰國時期的玉器、四川三星堆面具、一只周朝的銅鐘，某一次造訪，尚里特別展示了一個恆溫恆濕的高科技藏書間，點亮室內照明後，高敏感度的偵測器，可以自動感知照明所帶來的濕度改變，適時以超音波啟動加濕。」
「藏書間放什麼東西？」
「據說藏書間裡，收藏的都是明朝古籍……」利葛說，「但不清楚為何與明朝有關，尚里有特別提到，如果不是他的父執輩出手，這批珍寶當什就被上海商務印書館買走，現在就無緣一見了。」
語畢，利葛察覺代也目光灼熱的射向他，我說了什麼？究竟是什麼觸動了代也？利葛腦海中，有一小塊朦朧殘存的記憶片段，在渾沌的浪頭中浮出水面。

上海商務印書館！

這是在哪裡看到的？記憶既遙遠又清晰。代也的目光沒有移開，利葛試著抓住靈光乍現的痕跡——是昨晚開啟過的電腦資料夾！

利葛火速查閱自己整理寫下的註記分類，在密密麻麻的文字中尋找線索。他檢視了資料最多的一九四九，並無所獲，於是開始往回搜尋，最後目光停留在一九一四，這一年的註記分類很簡短：

天一閣、上海商務印書館

利葛當年隨著母親從蒙古南下，遇見代也之前，曾在寧波幫傭幾個月，耳聞「天一閣」是寧波著名的古蹟。利葛後來知道「天一閣」的來歷，它啟建於明朝，是中國歷史上最著名的私人藏書樓，名稱取自中國《易經注》的「天一生水、地六承之」，建築格局也採「天一地六」，外築水池，以水制火，還有各種防蛀驅蟲措施來保護藏書。

重重線索交織，代也想起了墨寶。

天下共一門　鑿角中軸線

乞顏部舉賢　馬鬃納謀士

日月見三寶　明君現八方

泥金化龍藏　才德惟孝莊

代也的視線直接落在第三句。

明

「那張夜光地圖呢？」代也忽然問。

利葛跟上代也電光石火般的湧動靈感，馬上調出了檔案照片，夜光油墨地圖上，從中國東南沿海共有七條射出的箭頭。

「中國歷史上的明朝，有個叫鄭和的大臣，曾有七次下西洋[26]……」代也看著七條箭頭，眼睛炯炯有神，口氣喃喃自語。

利葛直覺，代也有重大的發現。

「是的，老爺，歷史記載這七次遠航，總共歷時二十八年，訪問了三十多個西太平洋和印度洋沿岸的國家和地區，總航程達七萬多海里。」

「鄭和留下了什麼……」代也微微吐出字句。

26「鄭和下西洋」是指中國在一四〇五年至一四三三年間，進行七場大規模的遠洋航海，跨越了東亞地區、印度次大陸、阿拉伯半島、以及東非各地，被認爲是當時世界上規模最大的遠洋航海項目。

這下可考倒了利葛，其實，代也並非提問，近乎喃喃自語，做為上世紀初中國的知識青年，這點歷史背景還難不倒他。

鄭和死後五十年，明憲宗在位，想再次重振海洋雄風，下令調取鄭和前後七次下西洋的航海日誌。當時兵部尚書項忠發現所有檔案居然不翼而飛。一名叫劉大夏的官員坦承，鄭和下西洋耗費朝廷錢糧與軍民人力物力難計，無益於朝政，已將鄭和下西洋的航海資料焚毀，另有一說，劉大夏只是將資料私藏。

「三寶和尚，鄭和的航海日誌！」代也脫口而出。

鄭和，史上通稱三寶太監，「日月見三寶 明君現八方」，利葛明白，代也已經快解開謎團。

一九一四資料夾重新被打開，裡面還有一個檔案，看起來是一張同浩手寫整理的年表，橫跨一四三六年到一九一四年，從凌亂的筆跡拼湊出驚人的線索：

> 私藏鄭和航海日記的劉大夏死後，航海日記疑似流向同樣任職於兵部的范欽家族，而「天一閣」就是日後由范欽主持建造。天一閣的藏書，得到歷代范欽家族的嚴密保護，謹守「書不出閣」的祖訓，直到清末戰亂開始，藏書才遭掠奪，較嚴重的一次發生在一九一四年，有盜賊潛入「天一閣」，盜走大批書籍運往上海，並公然在書店銷售，後來被上海商務印書館以鉅資買回。

「上海商務印書館？有沒有線索顯示，一九一四年遭盜匪掠奪的文物有哪些？」代也問。

利葛再仔細看了一九一四資料夾，搖搖頭。

儘管真相還有一絲撲朔迷離，但不論如何，這已經是與明朝最有關的線索，重要的是，元、明、清三朝的寶物拼圖，已經現形。不過，這場等候了七十年的牌局，接下來怎麼打，最難盤算。

「該啟動第二階段的計畫了。」代也突然說。

這件事籌劃經年，從未有任何紙本紀錄，利葛儘管每次旁聽，但也無法徹底掌握，僅能憑記憶巧妙與代也互動。

「我可以等待，但無法忍耐等待之後，不是我要的結果，過程會預告結局，目前的局面不容許我再袖手旁觀，尚里人在台灣，我就給他最後一次機會。你打個電話告訴尚里，給我活的上村！」

利葛仔細聽著代也的吩咐。

「這件事在台灣進行不是太方便，你幫我訂好去關島的機票，愈快愈好。」

33

一位穿著蓬鬆寬褲、廉價白色汗衫、身材發福、頭髮灰白相間的老頭，現身台中火車站後站，服務人員正在等候站長的最後指示。

「不好意思，站長正在開會，我們一定要請示他一下，請您諒解。」站務人員耐心的說明，身上嶄新的制服，和三道筆直的熨線，透露了他的資歷，但類似的話，過去一個小時內，他已經以不同的方式，向這名老頭說過幾十次了。

站內影像監視器是火車站的財產，調閱影像向來不是什麼大事，但上星期發生在火車站的一樁強盜案件，警方會同站方共同勘驗影像監視器的大動作，讓這位新到的菜鳥覺得還是請示一下比較好。

老頭的要求也始終堅持，「我的孫子在幾分鐘前剛剛走失了，我只不過和他媽媽打個電話，人就不見了，一定是被壞人擄走了啊……」，他認為的簡單要求還是未獲首肯，「台中火車站這麼不通人情嗎？我孫子如果找不回來，我就和你們沒完沒了……」老頭以手掩面拭淚。

這話讓怕事的菜鳥有所忌憚，「好，您別站在這裡說，」一把將老頭拉入站務辦公室，低頭小聲的懇求，「我昨天第一天到職，這玩意兒我沒碰過，我得找人來啊，您就別為難我啦。」

老頭看了看菜鳥站務怕事的神情，估量一下辦公室內監視器的硬體設備，四個不同的監視畫面兩支朝外，對著後站出口的走道與馬路，兩支朝內，對著後站出口的穿堂。

了不起就是四個檔案。

「我可以自己看。」

「你？你自己操作？」

老頭看了看菜鳥站務，「你別小看我，我年輕的時候是搞這個的……」說著趨前握住監視螢幕旁的滑鼠。

「你……」，眼看著上演霸王硬上弓，菜鳥站務卻不知所措，老頭熟練的點開藍底白字的主頁面，點擊了其中一個影像檔案，畫面快速倒轉。

過去一小時，車站人潮洶湧，從倒轉的畫面看起來，每一個人都變成移動的小黑點，菜鳥站務覺得，這麼快速的倒轉，實在很難發現走失的小孫子。

突然，監視畫面暫停，螢幕中有三名旅客，上了一部「台灣大車隊」的排班黃色計程車，老頭熟練的操作，把畫面放大，車號雖模糊，但仍可辨識，老頭的手指著螢幕的車號，似在默念，虎口的刺青非常搶眼。

「喂……你……你找到了？」菜鳥站務問。

老頭一語不發，嘴角閃過一抹得意地笑，剛才老態龍鍾的模樣已不復見，身手俐落步出站務辦公室。

34

在高速公路上奔馳，計程車上的計費碼錶，幾乎不到一分鐘就響起計費警示聲，司機覺得這聲音簡直是天籟，乘客本來要求向南開，突然一百八十度轉向往北開，他一點也不在意，眼睛餘光範圍內，車資顯示的金額不斷累計閃動，他心裡想著，這一趟車跑新竹之後，就算空車回台中，也可以下班了。

然而，這低頻的鳴響，對車內的三個乘客來說，卻是不安的頻率。

「這個連結實在非常難以想像，沒想到這竟然是指叔父您寫的日記。」岩川說。

意竹從進入莊園那天開始，對上村每天寫日記的習慣印象特別深刻，每晚就寢前，日記本旁邊那杯茶，是他的日常工作，整件事的關鍵，竟然連結到他熟悉的事情上。

「其實我們兄弟，談心的時間不多，或許是血緣吧，我們有一種心靈相依的感覺，我七十歲生日那年，同浩回台灣幫我祝壽，還送了我一個禮物。」

當年陪同浩回台灣的岩川，並不知道此事，對什麼禮物非常好奇。

「生日當晚，他給我看一張照片，照片裡有一棟大樓，豎立在高山密林之間，他說，當我們有一天不在人世了，就一起住在這裡。」

車內一片沉默，岩川回想，同浩確實向他提過，身後想要歸葬台灣。

「是啊，我們兩兄弟彼此扶持，一起從大陸來臺灣，」上村繼續說，「雖然現在分隔兩地，但等到那麼一天，總還是要團聚的……」

上村在壽宴之後收到的生日禮物是兩份生前契約與靈骨塔塔位權狀，擺明了兩兄弟死後合葬的堅定意願，岩川欽佩父親是個百無禁忌的讀書人。

「我們兄弟的感情就是這樣深厚且含蓄，但是我這個哥哥，心裡還是藏了很多我不知道的祕密……」

「叔父，您寫了幾年的日記？」岩川問，他感覺父親同浩是有計劃的行動。

上村的笑，從臉部肌肉隱隱的透出，「二十二歲那年，初戀哪，本來只是寫寫當時的甜蜜心情，也留下兩人的交往紀錄，後來就成了習慣。」

岩川算算上村的年紀，對於這持續超過一甲子的習慣大感震驚，畢竟，在週遭親友之間，寫日記這件事，已經久未聽聞。

「寫了超過五十年的日記本，都保存完好？」岩川問。

「是的，放在莊園的地下室，由於數量太多，所以有訂製專屬的陳列架。」意竹想起成排壯觀的場景，「可是，究竟是哪一天？沒有日期，怎麼知道是哪一年哪一天的日記？」

上村撫著額頭，看向窗外，似乎也感到這是一樁浩大的工程，「在同浩眼裡，我是一部凡事不遺忘的電腦，但是長達幾十年的時間，要說我記得哪一年哪一日我曾經與他有過什麼互動，這怎麼可能……」

上村喃喃白語後，發現隔座的岩川沒有回應，一轉頭，發現岩川正盯著他看，兩人四目交接，岩川的右手打開，掌心是那張發皺不堪的紙條。

「難道……」岩川的視線離開上村，低下頭，看著在皺褶之間露出的數字。

意竹的眼神也告訴岩川，原來這一切順理成章的都在計劃之中。岩川重新打開紙條，理了理皺折。

$3032_7 6010_0 3761_7$　田　894139282931231

第二行的數字大小都一樣，現在和第一行數字相較，更顯迷霧重重。

「日期！是日期！」意竹脫口而出，彷彿在岩川腦門中燃起一道炙熱的光。

上村的補充，讓第二行數字的謎底，瞬間清澈透明，「民國紀年，和繁體字一樣，台灣獨有[27]，同浩一貫的加密邏輯！」

民國紀年是台灣自訂的紀年方式。一九一二年，中國最後一個皇朝被推翻之後，改稱中華民國，於是以西元一九一二年為中華民國成立元年，正式場合稱中華民國。

[27] 台灣，又稱中華民主共和國（Republic of China），簡稱中華民國，開國元年從一九一二年起算，稱爲民國元年，西元一九四九年，在台灣又稱爲民國三十八年，是獨特的紀年方式，與中華人民共和國（People of Republic of China）採西元紀年的方式不同。

如何理出明確的日期，是第二串數字的最後一道關卡。「第一個數字是8，民國8年……，不，上村當時還沒出生呢，怎麼可能寫日記……如果……把前兩個數字連在一起……89……民國89年……嗯……這年分是有意義的，後面的日期如果是4月1日？……喔……接下來的數字會變成民國39年2月8日……接著是29年3月……不！不！……這樣一來，整個年代順序完全亂了套，不符合民國紀元與月分日期的規則，」岩川反覆推敲，「那應該是民國89年4月13日，所以後面是民國92年8月……2日……還是29日？……」，同浩加密的規則已經清晰可見，日記的日期已經呼之欲出。

89.4.13--92.8.2--93.12.31

「三本，」岩川抬頭吐出這兩個字，上村面露驚喜，「民國89年4月13日、民國92年8月2日、民國93年12月31日，三個日期！」。

意竹也難掩興奮，「真相已經愈來愈清楚，最後那個祕密，肯定有太多人虎視眈眈，這也表示我們的處境會愈來愈危險。」意竹看著上村，心裡想著，取走日記、棄守莊園。

「你覺得應該怎麼做？」岩川問。

「剛才在台中市區發生的一切，就足以說明我們手上所掌握的祕密，是多麼關乎重大，有一股勢力，一直不斷在我們身後盯著我們，隨時都會撲上來！所以，我們拿了這三本日記，必須趕快離開莊園。」

報警這兩個字，又浮現在岩川心頭，他立刻想起凡美的再三叮嚀，現在的局面如果能這樣做，相信意竹與上村早就做了。當事情的輪廓愈來愈浮現，岩川對報警也更加怯步，畢竟，父親一生為保存國家文物盡心竭力，一九四九年間有未登錄在國寶名冊的文物隨軍艦來台，對父親身後的清譽是莫大打擊。

意竹繼續說，「我們愈快釐清真相，危險就會愈快解除，隱晦不明的狀態，最容易擦槍走火，所以，我有一個想法……」。

上村把眼神從窗外移回意竹身上，岩川也聚精會神。

「我們可以去九份，我們都忘記他了，他那裡是最佳去處。」意竹說。

「他？你是說……葉三鴻？」上村不加思索的回答。

「對，我很久沒回去了，剛收到命案現場那張威脅照片的時候，我就想到他，他很有辦法應付我們所面臨的情況，現在不去應該不行了，最重要的是，他住在九份，那裡的地形，易守難攻，轉進容易……」

葉三鴻，上村回想三十年前的往事，他與意竹第一次相見於九份，當年意竹只有五歲，剛由葉三鴻從孤兒院收養，上村並無子嗣，想要在步入中老年之前享受膝下承歡之樂，始終找不到合意的緣分，輾轉透過友人介紹，來到九份的葉三鴻住處，上村當年與意竹的第一次接觸時，那種心靈相通，記憶依舊清晰。意竹在這個關鍵時刻提到葉三鴻，不只是九份的地形掩護，葉三鴻師承中國南拳派別的武術背景，也是考量之一。

「三鴻老爹曾說過，他一直都會在！」意竹說。

計程車司機突然插話，「快到新竹了，接下來我們要怎麼走？」

意竹看著儀表板旁邊的導航系統，「你從前面的交流道下……你都在台中跑車，新竹應該不熟吧，我給你地址，你跟著導航走。」

司機靦腆的笑回，「新竹是真的不太熟啦，但如果你們要去九份，我閉著眼睛都可以去哦，我媽媽的娘家就在那裡呢……」司機聽到剛才車內的對話，不過他關心的，顯然是新竹到九份這趟將近兩小時的車程，是否可以由他繼續服務。

意竹沒有接話，司機沒有聽到他想要的回應，只見意竹對著後座乘客說，「我雖然很多年沒有回九份看葉老爹了，但小時候住的地方我還是印象深刻，況且，莊園的茶花車上也有導航。」

司機覺得最後這一句話，其實是特別說給他聽的，他們自己有導航，看來這趟去九份的車資是賺不到了。此時車子已經離開高速公路，在匝道蜿蜒行進，盡頭第一個路口遇到紅燈，司機在意竹指示下，把莊園地址輸入計程車上的導航系統。根據導航的運算，最短的車程還有五分鐘，目的地定位在一處半山腰。

車內電話忽然響起，司機把耳機孔塞入耳朵內。

「喂，哪位？」

「你仔細聽著，不要出聲，清楚嗎？」

「清楚，但……你哪位？」

「我這裡是台中市警察局偵查隊，根據線報，你的車上現在載著三名通緝犯，我再說一次，你別大聲嚷嚷，送他們到他們想去的地方，然後回撥這支電話告訴我下車的地點，你就可以來領一筆檢舉獎金。」

「我……我知道了。」司機聲音微微顫抖。

35

一輛黃色計程車駛進莊園門口，走下來三個人，領班阿寶從花叢間朝外探看，今天是星期三，儘管冬日茶花滿園怒放，但遊客比假日稀少，領班不記得有這一筆預約。

不過，阿寶馬上察覺下車的是熟悉的身影，他快速直奔至門口相迎。走在前頭的意竹舉起手，神色自若的打招呼。

「辛苦了，出貨情況還好吧？」

「還行，我們昨夜整晚沒睡覺呢，台北一個高級社區訂了十幾盆中大型茶花，光是翻土就忙了好幾天。」

「所以……台北今天要出車？」

「是的，最後一盆吊上車就可以出發了。」阿寶指著莊園角落一輛中型卡車，微笑解釋著他的考慮，「沒用大型車，是因為台北市區巷弄多。」

意竹很滿意阿寶嚴守莊園出貨的 SOP。貨車的車頭朝向後山的山路，尾門敞開，朝著莊園內部，已經上車的茶花盆錯落擺放至車台邊緣，茶花盆之間都墊鋪了厚棉被當碰撞緩衝。

莊園入口，剛才那部黃色計程車，移動了幾公尺的距離，停在山路邊仍未離開，回頭車等客人？意竹心想。

「老爺他們還好吧？」領班回頭看著走過身後的上村與岩川，兩人行色匆匆、心事重重，直奔八角窗辦公室，一個招呼也沒打，平常會和顏悅色嘘寒問暖，今天頗不尋常。

「沒事，在外面談個事情，談僵了，回來拿個東西。」意竹回道，視線穿過綠色圍籬，繼續掃視莊園周遭動靜。

岩川與上村走進辦公室，上村一個箭步關上八角窗，即使白晝，整個室內瞬間變得漆黑，他回身走到「清明上河圖」的畫作[28]前，身體正對著畫作裡的「虹橋」，手掌輕觸下方，按住並向上滑過橋面，直到抵達虹橋的對岸才離手。貼滿「清明上河圖」畫作的牆面，竟以虹橋為界，向左向右裂成兩半，是一道暗門，岩川讚嘆機關設計之精巧，暗門開啟至一個成人肩寬時停住，朝內望去，裡面完全漆黑難辨究竟，上村舉起手，示意岩川跟上。

「這裡沒有燈嗎？」黑暗讓人不自主的降低音量。

「等一等。」

---

[28] 「清明上河圖」是中國傳世名畫之一，描繪北宋京城開封和汴河兩岸的繁華街景與自然風光，原作在寬度五百二十八公分，高度二十四點八公分的空間裡，有高達八百一十四人與爲數很多的牲畜、船隻、房屋樓宇、車、轎與樹木，人物衣著不同，神情各異，正在進行各種市井活動，畫作裡的「虹橋」，是備受關注的一景。

岩川很擔心高齡的上村萬一腳步不穩有個踉蹌，不過他很快發現擔心是多餘的，他甚至必須要很專注，才能跟得緊上村的步伐。我正要進地下室，岩川的腳尖，一直在探踩下一階的落腳處，兩腳又開始不聽使喚。

前面的漆黑看不到盡頭，突然，巨大的聲響讓他嚇了一跳，身後的暗門自動關閉，岩川猛然回頭，一腳踩空，整個人在黑暗中騰飛，兩手下意識的前伸，抵擋了一些墜地的衝力，但下巴仍硬生生的招呼了地板。

揚起的灰塵讓岩川猛咳，上村停下腳步滑開了手機，「你還好嗎？」，上村把光源貼著身體，不讓整個空間過亮，岩川眼前出現上村背部的剪影。

「沒事，我就跟上來了……」

眼前是一排書櫃，架子上陳列的是尺寸一模一樣的書冊，隱約可見的後方，是另一排書櫃，陳列物看起來大同小異。架子上放滿了日記。

「都在這裡，這裡記錄我的一生，原來這裡也是同浩人生的謎底。」岩川聽見上村的低語，移動的剪影已經繞過第一排，朝著漆黑的深處走去。岩川快步跟上，他不想被黑暗吞沒。

36

高速公路的匝道前，車陣綿延一公里，星期日夜晚趕著回家的車輛，成排煞車燈，把台三線南下公路處，染得一片通紅。一輛黃色計程車停在路邊，司機看著儀表板上的派車螢幕，想著從新竹回台中的路上，能順道搭載客人的願望恐怕已經落空。於是他拿起電話，回撥一通已接來電。

「長官，他們下車了，我要來通報地點。」

「你人在哪？」

「我在新竹，準備上交流道回台中。」

「新竹！所以他們在莊園下車？招牌上是不是寫著『風月禪堂』？」

「長官，您怎麼知道？真是神通廣大……這三個通緝犯，住的地方好大，我們這每天顧三餐的人，覺得做壞事的人還有這麼大的排場，很沒天理啊……」

電話另一頭，沒有回應。

「長官……那……檢舉獎金不知道要怎麼安排……」

「你在車上有沒有聽見他們的談話？」

「有啊，車子就那麼點大。」

「你聽見什麼？」

「嗯……」司機認真的回想，「車子裡比較年輕的男的，手裡一直拿著……小……小紙條吧……然後三個人就一直在講什麼……什麼……日記……」

「日記？你聽到什麼，詳細說！」司機覺得警察聽見可疑線索就會精神起來。

「好像是……車子裡那位年紀最大的老人有在寫日記……什麼年代了還有人在寫日記，就是老人嘛……」

「快說，別浪費時間。」

司機感覺電話那一頭的耐性不是太好。

「喔，好像是有人打電話給他，然後他就寫……寫在日記裡的樣子。」

「有沒有聽到日記裡面寫什麼？」

「寫什麼……我只記得日記總共有……三本……三本……對，我確定！我不是只要通報下車地點就好啊？不過……對了，他們回去莊園，就是要去拿日記耶，我車上導航有詳細地址哦，我可以傳給你！」

「不用了！」對方斬釘截鐵的回話，認為自己立下大功的司機覺得心裡有點受傷。

「哦，還有……還有……他說他們接下來要去九份，我本來想載他們去，如果能載到這趟那就賺了，結果他們說自己的車有導航，可以自己去……」

電話瞬間斷線，司機回撥，再也無法接通。

37

台中火車站前，一部改裝車在計程車與小轎車間移動，顯得鶴立雞群。誇張的高底盤，配上與車身不成比例的巨型輪胎、車頂與前保險桿架滿了各式霧燈、探照燈、特備行車燈及轉向輔助燈，擦得雪亮的電動絞盤固定在保險桿下方，活像一隻奔跑在都市叢林的怪獸。

改裝車變換車道，打亂了依序前進的車流，喇叭聲四起。這輛龐然大物忽然止住，車身橫跨在分隔線上，降下的車窗探出一對凹陷的眼眶，朝車後掃視，喇叭瞬間噤聲，四周的車輛緩速讓路，改裝車長驅直抵車站入口處，副駕駛座的車門開啟，　名年邁老頭跨步上車。

「呵，今天這麼閒，來玩同人誌啊！」阿愁故意調侃尚里。

「Fuck！剛被擺了一道，如果不是靈機一動，演個找孫子的悲情老頭，還真沒戲唱了。」

「我有聽說了，做事情就是要乾淨俐落，接下來你試試看我的人手，弟兄們默契好，可以當成一支軍隊來用。」阿愁說得神采飛揚，單手轉動方向盤，帥氣十足的上了74號高架道路，「一個小時內，就會抵達我的基地，為你準備的事情，一樣也不缺。」

「你很適合大場面，對方是一個書生、一個老人，比較難纏的是一個女的，聽說她的身手不錯。」

「你說什麼？女的？」阿愁鼻孔吐出了一口氣，看似忍住不笑，「你在講中國武俠片啊？」

「我沒親眼看過她的身手，但是從背景看來，她是三個人裡面最難對付的。」

為了避免阿愁輕敵，尚里把意竹等三人的背景，向他一一詳述。

「好，我知道了，」阿愁聽完仍自信滿滿，「還有什麼吩咐？」

「三個人的隨身物品，一件也不能放過，要連人帶物，缺一不可，不管發生什麼事，一定要快速清理現場，在警消抵達前離開。」

「避免警消介入，除了不拖泥帶水，還要現場的偽裝，這個我下過功夫的。」

尚里微笑點頭。車內故意外露的線路與誇張的儀表板，證明阿愁果然是台灣改裝車之神，消防車與救護車的偽裝一定難不倒他。

「三人一起，晚上七點四十分飛往關島。」尚里向阿愁傳達代也的指令，「接下來的事我們就不用管了。」

阿愁回應，「他們從台中火車站離開，如果直接回新竹，兩個小時以內就會抵達，油門敢踩，就不可能來不及，弟兄們已經全部整裝待命，我們會合之後必須馬上動身。」

從74號高架道路轉1號高速公路向北、4號高速公路往西，鰲峰山出現在視線之內，它位於台中市西北邊的清水，由於地勢高，可欣賞大台中的夜景，已經被開發成運動公園與登山步道。車子沿著公路爬在鰲峰山上，尚里發現車子的一側是萬點星火的夜景，另一側則是點綴著幾點小屋亮光的濃墨山色，具交通地利之便，又遺世孤立的地點，真是千載難逢。轉進更狹窄的道路，車速並沒有減緩，阿愁行雲流水的握著方向盤，黑暗吞噬了外面的窗景，越野車明亮的探照燈直射前方，絲毫沒有妥協，尚里看到了兩側的墓碑飛快而過，他們正穿越一處公墓。

正當顛簸感加劇時，突然來個急轉，一棟鐵皮建築立在眼前，在濃重的夜色下，緊閉的大門隱隱透出光。阿愁領著尚里從小門進入。

挑高超過十米的建築內，約有四個籃球場大小，高空施工鐵架與堆高機等重機具佔去了一半的空間。尖頂下的鋼樑，高瓦數的白熾燈垂掛成排，把一處角落點亮得如同白晝，阿愁領著尚里朝著亮光走去，繞過遮蔽物進入一處開闊的空間，高塔攝影車、救護車、消防車、警備休旅車一字排開，斜靠在車子旁的夥伴們見阿愁與尚里抵達，紛紛握手致意，尚里微笑看著車身塗裝與單位番號，向眾夥伴們高聲喊話：

「幹得好，兄弟們！我們出發吧！」

38

莊園外，一輛造型側目的車子停在路旁，車頂搭載鏡頭高塔，另外兩部車子，停在高塔車的前後，陸續走下來五個人，探頭探腦，為首的一名壯碩男子，脖子上掛著望遠鏡公然張望，莊園一切看似如常。

意竹隱身在一株高三米的百年茶花後面，算算時間，他們剛抵達莊園不過十分鐘，跟監的部署立刻跟至，意竹站在八角窗前的制高點，目睹這一股暗潮洶湧，她不動聲色的拿起手機，她有兩通電話要打。

黑暗的地下密室，傳來一股震動的低鳴，隨後光影在狹窄的空間裡劇烈晃動，上村接聽手機來電。

「拿到日記了沒？」密閉空間，意竹的聲音還算清晰。

「還沒，但這是我熟悉的地方，應該不用很久。」

「他們人已經到了，這次應該會有硬仗。」

「什麼！這麼快，可惡！」上村心裡一陣火。

「動作快，然後，」意竹說，「你們不要從原路上來，我會在密道出口接你們。」

通訊中斷之後，上村的動作明顯變得急躁，手和四肢不自主的顫抖抽動，他在一排櫃子前停頓半晌，然後走進狹窄走道，岩川快步跟上。書架上每一本書冊的書背，都有手寫的標記，離岩川最近的一本寫著：80年1月1日～12月31日。

上村在岩川前方幾步停了下來，伸手抽出一本日記，然後直直遞到岩川面前，「拿好。」上村說，隨即又開始往櫃子的另一頭移動。

岩川從口袋翻出手機，點了螢幕，藉著短暫且微弱的光亮，他看見日記本的封面寫著89。第一本日記已經到手，數字在岩川腦海中如同烙鐵之印。

89.4.13–92.8.2–93.12.31

89之後的數字是413，4月13日，他把指尖伸入日記本前面約三分之一處翻開，看見密密麻麻的手寫字，此時，手機的節電功能，讓他眼前陷入一片漆黑，一個急促的聲音傳來，「現在別看，快跟上。」上村在幾排書櫃之外朝他急喊。

離密室不遠的地面上，意竹召喚著阿寶，「把貨車的鑰匙給我。」並快步走向那輛尾門仍未關的中型卡車。

「小姐，莊園內不會有小偷，所以鑰匙向來都插在車子上呢。」

「好，今天這一車的茶花我來送。」

阿寶雖然納悶，儘管意竹很常做這件事，但今天出貨的茶花，動輒幾十甚至上百公斤，總得配幾個助手幫忙搬運。

「那我來多找幾個人隨車吧，小姐。」阿寶說。

「不用了，我來處理。」阿寶只聞其聲，看著意竹的背影朝著卡車的方向直去，卡車引擎幾秒鐘後轟隆響起，劃過寂靜的莊園，接著緩緩移動，朝著不應該有的方向前進。

＊＊＊＊＊＊＊＊

岩川在黑暗中循著手機光源，移動到上村身邊，**92**年，另一本日記從架子上被抽出，岩川緊緊抱著這兩本日記，覺得同浩生前的加密，正在一層一層的剝開。

忽然，漆黑的空間一聲轟然，宛如炸彈來襲般，刺眼的亮光射入，在兩人正前方，有一道裂口仍在擴大，祕道出口，岩川回頭看了剛才行進困難的密室，覺得這個空間設計真是巧妙。

很久以前，這處密室專供擺放需要特別照顧的茶花，祕道的門開啟可讓光線照進來，提供茶花最需要的半日照，後來才變成上村放置日記與重要文件的地方，這個祕道出口已經多年沒有開啟。

貨車的尾端，逐漸靠近出口，紛亂的引擎聲與四散空中的濃厚灰塵之間，岩川看見上村又從架子上抽出了一本日記，岩川知道，三本全到手了。

敞開的貨車尾端，就在他們的頭頂上方約半層樓的高度，他們要離開密室，還需要攀爬一段高度不協調的階梯，這阻擋了上村的速度，岩川在身後提了上村一把，上村吃力的踩著階梯逐步登高，看著上村在貨車旁立定站穩，岩川發現他自己的處境也不輕鬆，他索性把懷中的兩本日記舉起，先放在階梯最高處，暗暗禱告自己的兩腳要爭氣，使了好大的勁，才以一種怪異的姿勢，登上了地面，重新緊抓著那兩本日記。

氣流擾動著煙塵，讓岩川無法完全睜開眼，但此刻岩川察覺腳下的地板正在飄浮，不，應該說舉起，他與上村正站在一塊上升的鐵板上，這是貨車尾端的升降車斗，剛才爬過的階梯，以及階梯內那幾排放置日記的架子，已經逐漸隱沒在煙塵中，當移動與升降靜止，眼前又是一個暗黑的空間，一盆盆一個成人高的茶花，錯位排列朝向車內的最深處而去。

在離地超過一公尺的高度，岩川扶穩上村，忽然看見一頂斗笠出現在車斗旁，「我們到九份大約要一個半小時，你們委屈一下。」斗笠下方，一塊花布遮住半張臉，前胸與上肢也被同一款花色包覆，下半身是件牛仔褲，腳上穿著全黑的防泥高桶雨鞋，　身莊園內幹活的標準裝扮。岩川對意竹這身變裝，覺得新奇。

「有八個字務必要記住，今天的『盤條道口[29]』是：今生麗水　玉出崑岡。」意竹看著上村說，這八個字來自剛才第二通電話的內容。

---

[29] 青幫人士來自五湖四海，要認清是否是自家兄弟，須經由「盤道條口」確認。這與士兵站哨時，喊討口令辭的道理一樣。會有這樣的規矩，主要是為避免讓外人得知太多幫門中的祕密。

上村點點頭，但岩川不明白這話的意思，眼前的光亮就迅速消失。貨車尾門重重的扣上，暗黑快速襲來，直到第二次扣門聲響起，岩川與上村進入了幾乎完全暗黑的世界。他們往後站了半步，車外的腳步聲與隱約的交談聲悶悶傳來。

「今生麗水　玉出崑岡……」岩川盯著兩扇已經關閉的尾門，納悶低語。

「意竹事先已經有最壞的準備，」上村冷靜的接話，「她安排好了，盤條道口是青幫弟子通行的密語，只要這八個字，凡我青幫之眾，今晚必全力相助。」

車外，意竹檢查了貨車尾門的扣環，迅速往車頭方向移動，貨車所停的位置，背對著莊園入口，在八角窗辦公室的另一側，視線完全隱蔽。意竹再確認四周沒有閒雜人等，登上駕駛座，對著莊園對講機低聲說，「我們出發了，但茶花會晚一點點送達。」

停在莊園入口處的車輛，一直留意著圍籬內的動靜，直到看見八角窗後方，飄起一陣煙塵。

39

車子抖動了一下，接著是一陣左右搖晃，岩川扶著上村，在茶花盆間坐下來。岩川試著讓身體，隨著車身自然擺動，從引擎聲與晃動感，想像車子行進的速度與所處的路況，並緊緊抱著懷中的日記。

他們唯一的光源，是來自車身鐵皮接合處射進來的亮光，岩川在黑暗中抓著上村的手。兩人的雙手碰觸時，岩川感到一股來自上村的意識流，他摸到浮凸的指節，被粗糙且沒有彈性的表皮包覆，堅硬如石，上村正緊緊扣著第三本日記。

岩川覺得，父親同浩帶給這位胞弟太大的承擔，同浩一生的懸念，是看到強盛的中國，然而，上村現在只是一個喜歡田園野趣，縱情於茶花雅興的平凡老人而已。

岩川對上村忽然感到一陣心疼。

上村在漆黑中，感受到自己的手被岩川握著。這麼暗，應該沒辦法看日記。

岩川察覺他的手有一半是蓋在上村手指緊扣的日記上，他把手縮了回來，注意到他另外一隻手也有兩本。

「我父親的事，讓你這麼折騰，實在很……」

岩川沒有說完就被上村打斷，「整個家的兄弟姐妹，只剩下我和你父親同浩兩個了，你應該知道我們這一輩一直人丁很旺，但是戰亂讓家族親人四散，最後下落不明，我和你父親相差五歲，從小兩個人就無話不談，當年他要從中國來到台灣，我是他唯一掛念的弟弟。」

車子平穩的行駛，從車外射進來的光束，規律的滑過兩人的臉，上村繼續陷入回憶，「來到台灣之後，我沒有結婚，當年的中國內戰，製造出不少像我這樣處境的人……」

一九四九年前後，有大批軍眷隨著國民黨渡海到台灣成立新政權，其中有不少在中國土生土長、單身從軍、報效國家的年輕人，再也回不了老家，在隔著台灣海峽這這塊島嶼孤單終老。

「所以當年，你父親決定要移民美國的時候，最放心不下的應該是我吧，可惜他沒能帶著我一起去，他已經把我從中國帶來台灣啦，我也不能再奢望他再帶著我一起去美國，也因為他決定移民，從此我就真的變成孤單老人了。」

岩川不敢想像，如果當年上村隨著同浩赴美，現在會是什麼局面，後來，上村領養了意竹，成了他半百之後唯一的心靈依靠。岩川對意竹的第一個父親葉三鴻非常陌生，他曾經聽父親同浩輾轉提起這個人，眼前的這三本日記，藏著父親不惜犧牲性命與一輩子歲月守護的祕密，岩川很好奇，他們現在前往九份投靠的人，究竟是什麼來歷。

「葉三鴻與意竹的關係是……」

「意竹這孩子，身世真坎坷，真是難為這孩子了，葉三鴻是她的養父。」

「哦，所以您是意竹的第二任養父？意竹在這個關鍵時刻想到葉三鴻，他真的讓人很好奇。」

岩川很直白說出心中的忐忑與前途未卜。

「十八學士。」岩川對上村的話感到不明究理，從車外掃進來的光線，他看到坐在茶花盆間的上村，被身邊的一團粉紅包圍著，「你看它多麼美，我曾經數過它的花瓣，差不多七十至一百三十瓣，構成一朵幾乎完美的六角形，這麼層次分明，排列有序……」

岩川仍不解上村突如其來的賞花雅興，上村繼續說，「中國詩人陸游有一首歌詠山茶花的詩，『唯有山茶偏耐久，綠叢又放樹枝紅』，茶花的花期很長，它的美從秋末直到春初。」岩川難以解釋上村為何提起文學詩作，血案現場廚房門板上的那首詩，也是陸游之作。岩川只是試著打聽葉三鴻這個人，不明白為何話題變成了茶花。

「相傳唐太宗李世民還沒有登基的時候，在長安設立了文學館，邀賢臣名士杜如晦、房玄齡等十八人，每天排六人值班，討論古籍文獻，這十八人就被稱為十八學士。」上村看似談出了興致，「茶花品種很多，發現新品種的人，就有權命名，十八學士的名稱，雖然找得到歷史淵源，但其實只是發現它的人當下的心頭之念。」

岩川靜靜地聽，不忍打斷，這是他回台灣以來，第一次聽多年不見的叔父，滔滔不絕的說了這麼多話，地點竟然在貨車的車廂裡。

「一盆十八學士，就是二十年前我首次拜訪葉三鴻的見面禮。」岩川發現原來上村並沒有離題，「因為透過你父親的黨政淵源，才輾轉認識了葉三鴻。你聽過七海侍衛隊嗎？」

岩川搖搖頭，這超出了他的專業。

「一九四九年起，有一批貼身保護蔣介石的侍衛，從中國來到台灣，多年以後，這批精壯的侍衛日漸高齡，一九六六年決定招募新血，誰能夠在國家元首近身五十公尺以內擔任保鑣任務，危險的時候還要擋子彈，要去哪挑這些人？當時的考慮很多。後來看上了金門這個地方，因為金門是離島，地處偏鄉，島民性格單純，第一階段先從金門當地的士兵學校挑了四百五十名，身高在一百六十五公分以上、儀表端正、體能良好，再經過嚴密的考核篩選，留下一百零八人，這批侍衛後來有『金門一〇八條好漢』的稱號。接下來還有兩個半月的魔鬼訓練，以特種警衛士任用，編成三個區隊，每一區隊三十六人，分發至官邸擔任最核心的任務，這就是赫赫有名的七海侍衛隊的前身，你知道嗎，其實最貼近元首內圈的只有十八名。」上村的臉轉向身旁的茶花，如數家珍地細數著這段歷史往事，「一盆十八學士，代表我對葉三鴻的景仰，他就是當年最優秀的十八武士之一。」

岩川不禁對這位素未謀面的葉三鴻心生景仰，在那個政治氛圍封閉緊張的時代，能夠擔此大任，一定有過人的能耐。

「難怪意竹身手不凡，顯然也是經過葉三鴻的調教。」岩川舉一反三。

「相傳當時的十八武士，都要學習一項神祕的拳術，叫做八極拳，講求短勁格鬥，招式兇狠，非常適合貼身近戰，我到九份第一次看見意竹的時候，她還只是一個五歲的小女孩，正在廊前的階梯上蹲著馬步呢。」

「葉三鴻怎麼沒有自己的血親子女？」

「就我所知是沒有，至於原因，是意竹告訴我的。」上村沉默半晌，「負責元首安全的壓力之大，可想而知，為了避免被滲透，社交圈還受到嚴密管制，這個也很容易理解，但是這些必要時會為國捐軀的精壯之士，都正值血氣方剛的年齡。葉三鴻在一次休假時，在台北三重認識了一名煙花女子，這段情註定不會有結果，也不可能留下自己的子嗣，甚至，女孩在第二次墮胎時，還因大量失血沒能活命，葉三鴻對這名女子真心以待，無奈相遇在錯誤的時空，九份成了他療癒心靈的地方。」

「我知道九份非常特別，四季的景致完全不同……」

「九份，是這名女子的故鄉。」上村的口氣帶著悲嘆，「上個世紀中葉之前，九份曾經因為豐富的金礦蘊藏，有過一段風光的歲月，隨著地底黃金逐漸枯竭，世居九份的在地人，為了掙一口飯吃，決定離開這個黯淡之地，紛紛移居台北近郊討生活。」

「那意竹……」

話才剛說出口，岩川發現上村身旁的十八學士，向右移動了半寸，他整個人也瞬間浮了起來，車子正在過彎，岩川感覺並未減速，他連忙抓緊上村，目前坐在駕駛座的女子，正是他們接下來談論的主角。

待車身回覆平穩之後，上村接話，「葉三鴻後來離開了侍衛隊，原因不明，定居在九份，決定在此終老。意竹曾經說，一開始她只是認為，葉三鴻需要一個伴隨侍照料，後來葉三鴻親口告訴她，意竹長得很像他一段刻骨銘心戀情的女主角。意竹留在葉三鴻身邊的十幾年間，拼湊了葉三鴻所經歷的過往。」

「既然這樣，叔父您為何又領養了意竹？」

「因為意竹的存在，每天都在提醒葉三鴻那段痛苦的失去。」岩川被上村的話瞬間打醒，「我認識葉三鴻是同浩的淵源，我也需要伴，意竹雖然人在莊園，但是，在我心裡，意竹是我和葉三鴻共同的骨肉。」

岩川豁然開朗，他對這位即將碰面的葉三鴻心生感佩，也對傳說中絕美多變的九份湧起嚮往。

突然的劇烈彈跳，讓人完全來不及因應，岩川這一次覺得整個車身幾乎騰空，甚至無法預期何時下墜，他感覺日記與手機，飛離了他的懷中，上村整個人已經貼在地上，朝著車側快速滑移，幾秒鐘之後，是一次超乎想像的重摔，岩川的背被拋在車廂內壁，眼前一道黑影快速襲來，一聲慘叫，上村已經和他疊在一塊，從車外射入的光線，照著已經躺平的十八學士。

岩川覺得後肩胛部位一陣劇痛，眼角濕濕黏黏，是血，他摸到額頭靠近髮際線處，有一道傷口，黑暗中傾倒的盆栽與車廂角落，傳來人聲悶響，岩川試著讓自己的眼睛恢復視覺，依稀看見綣縮動彈不得的上村。

「叔父，你還好嗎？」岩川喊著，奮力地挪動身子，趨前想要靠近上村，但正在爬坡的車子，有一股反作用力阻擋他的前進。

「嗯……」怒吼的引擎聲，掩蓋了上村的呻吟。

岩川只能把手緊貼著地板，不讓身體朝相反方向而去，這時，身後的閃光引起他的注意，他回頭，發現光源在車廂內部，從或站或倒的茶花盆間射出。

手機響！真不是時候，岩川看著上村的方向，從車外短暫射進來的光束，他終於捕捉到上村的眼神，令他意外的是，那雙眼神仍炯炯有光。暫歇的引擎聲，岩川終於清楚聽見是手機的聲響，「快接！」上村開口催促岩川。

岩川看著凌亂倒臥的茶花盆，忍住肩胛與額頭的疼痛，朝著手機光源爬去，每個擋住他的茶花盆都重達百斤，此時他無力挪移，只能半蹲的姿勢跨越前進，膝蓋完全緊繃，他注意自己的重心，避免在車子移動間失去平衡。

響聲與閃光指引著岩川，他把手指伸進茶花盆交疊的縫隙中，以兩指扣住手機夾了出來，岩川看著螢幕，是意竹來電。電力不足的提示也出現在螢幕上，隨後手機響聲乍停。

還有百分之二十的電力，岩川回撥，聽見急促的口氣，夾雜著嘈雜的環境音。

「你們還好嗎？」意竹喊著。

「還……可以……」

「如果你們還行，趕快看一下日記的內容，我們……我們或許到不了九份……」

岩川覺得腦門一陣灼熱，下意識地掛斷電話，黑暗中，他發現上村正凝視著他，懷裡抱著一本日記，另一本正朝著上村的方向滑動，第三本則不知去向。

岩川手腳並用，爬回上村身邊，發現上村動作遲緩。

「你受傷了嗎？」岩川扶坐上村。

上村點點頭，又搖搖頭，晃動中把手中的日記舉起至岩川面前。岩川看著封面的數字，**89**。

我們或許到不了九份，岩川腦中迴盪著意竹的聲音，他接過日記，打開手機的手電筒，快速地翻找。

89413

日記的作者雖然就在身邊，但已經無法提供岩川什麼指引了。上村所寫的日記，每一天的起始頁都在左頁，第一行都規律的註記著日期，岩川很快就找到四月十三日，篇幅不到一頁，只有寥寥數行。

一個住在台灣的人，很難想像家裡的後院就有游泳池是什麼光景，移民美國的胞兄同浩今日來電，他家後院的游泳池，正在進行防水工程，更難想像的是，究竟是怎樣的刻苦勤儉，讓防水工程這專業度頗高的事要自己動手做。

想不起來上次通話是什麼時候了，電話裡我感覺一直找不到話題，兩個人聊不太起來，他好像也沒有什麼事想要告訴我，我覺得他應該是在體力勞動間的喘息時刻，藉著打電話順便歇一會。算算日子，他已經離開台灣超過四十年了，我們兩兄弟的有生之年，不知道還能見面幾次，今天這通沒有敘舊氣氛的敘舊電話，讓我有不知何年何月再相見的感慨。

岩川的工作，訓練他一目十行的功力，只要幾秒鐘的時間，他就看完了這幾行，困惑的是，他掌握不到重點，但此刻由不得他花時間去琢磨。上村的表情有點痛苦，似乎想說什麼卻無法表達，顯然身體有一些疼痛困擾著他，他看到上村腳邊的另一本日記，岩川必須與時間賽跑。

封面92的數字隱約可見，就在手指即將觸及書背的一剎那，日記竟快速的離他愈來愈遠，失去控制的，還包括他自己的身體。他感覺有一隻手，猛力擦過他的腰間，但快速滑落，他感覺是上村的手，在失去平衡時反射式的抬起，但瞬間抖動的狀態讓他無法抓牢，岩川猛回頭尋找上村，看見所有茶花盆都漂浮在空中，在他的頭頂、在他的腳邊，上村失去了蹤影，眼前的一切被急速扭扯，然後，一道強烈的光線透進來，岩川看見了車外的樹，正在三百六十度的旋轉。

40

利葛從代也的事務櫃裡，取出一張黑卡，撥了通電話給美國運通，預定了兩張美國聯合航空飛關島的頭等艙機票，他看了看錶，距離起飛時間，還有五小時。金雞湖畔至上海浦東機場，車程約兩小時餘，離開是好事，利葛加大油門的力道，把千頭萬緒留在身後的金雞湖。

BENZ 黑色 S-Class coupe，以平穩的時速在京滬高速公路上往東行進，車上的四種香氛，設定在 freeside 模式，七種色調與五種亮度構成的環景燈光系統，搭配在最舒適的情境，利葛不時從後照鏡觀察後座乘客的狀態。

「關島週末夜包場，目前有幾個人報名？」

「賣個滿座，飯店很高興，只留五席 VIP 的包廂空間，竟有人出錢包下一整場。」利葛從後照鏡看見代也仍微皺著眉，「這些事我都處理好了，您放心。」

「尚里搞定了嗎？」代也問。

突如其來的問題，利葛敏銳接答。

「人與三本日記是任務，他很清楚，我們都出發往關島了，他豈能失手。」山谷追逐戰導致翻車，利葛掌握全局，但卻刻意隱瞞，因為事件還在發展中，不需在此刻著墨細節。

代也腦海裡盤點同想一切線索，從墨寶、取自同浩房間的電腦資料夾檔案、靈修弟子說詞，如今又冒出這三本神祕日記。

「不過，老爺，你有沒有察覺一個蹊蹺……」利葛說，「到目前為止，我們知道元明清三朝寶物、我們正在追的日記也有三本，這數字三，純屬巧合嗎？你記不記得……」

交織的線索，如同盤根錯節的藤蔓，順著其中一條攀附而上，最終經常鑽入一團團混亂的糾結，唯有縱身一躍，抓住另一條橫過眼前的乍閃靈光，哪怕只是孤枝，只為了從中脫困，另起爐灶。

利葛緊握方向盤，挺胸坐正，從後照鏡朝後探看，兩人的眼睛，在小小的後照鏡裡相接。

利葛一面開車，手腦並用，「七十年前的那張塔羅牌，」聽著利葛的話語，代也閉目，它是所有線索的源頭，「牌面角落有異獸，總共有……四隻，其中三隻，與元、明、清三朝寶物隱約對應，那麼第四隻呢？究竟對應什麼？是第四件寶物？」

代也被後座藍紫色的環景燈光模式包圍，如同置身幻境，在兜不攏的三與四，找不到出口，最終讓他繞道而行的，是想起黑衣人親訪靈修弟子的紀錄，協助召喚了記憶。

「我認為寶物應該不只三個！這三本日記的出現，經過層層加密，裡面的線索肯定十分關鍵，到了關島，寫日記的人就在我們手上。」

「但是你說到數字……」代也放慢了語調，「……那張塔羅牌背面，還有另一個數字7。」

又來一個數字，利葛想。

「靈修弟子說，它是一道門，一道具有能量的門！」利葛感覺後照鏡有兩道藍紫色的光芒直射而來，「七十年前，當 Lily Tarson 的手，點著這個門的符號，我覺得她確實在告訴我們什麼！」

根據黑衣人拜訪靈修弟子事後的轉述：同浩不斷聯繫 Lily Tarson，甚至多年之後，還拜訪了嫡傳弟子，無比執著的從一張牌來鎖定寶物，此刻的代也，似乎也陷入了同樣的瘋狂。

標示「浦東機場」的綠色路標，高速從窗外飛掠，代也的疑問，究竟有沒有寫在神祕的日記裡？關島，將是新線索的開頭，利葛心想。

41

偏離了車道的右前輪，卡進路旁的水泥擋土牆，急速空轉的左前輪帶動整台車騰空旋轉。幾分鐘前，意竹從後照鏡看見一名身穿緊身黑衣的男子，蹲在車子的引擎蓋上，急速接近茶花車，然後消失在後照鏡的視角，隨之而來的是金屬敲擊的聲音，他們要強行登車，意竹猛踩剎車，敲擊聲停止，幾秒後又持續，意竹不顧前方的黑色吉普車近在咫尺，仍重踩油門，此時，後照鏡出現另一輛吉普車，橫向撞擊茶花車的車側，導航螢幕顯示九份已經不遠。

車身正失去控制，意竹拉下駕駛座與副駕駛座的車窗，手離開方向盤，向上托住車頂來固定身體，眼睛估量著車子旋轉翻落後第一次的邊坡撞擊，心裡開始讀秒。副駕駛座外面，荒山野地灌木叢的樹梢，如劍一般的刺進車內，第一時間，意竹用腳頂著身體的重量，把重心向左邊靠，駕駛座一側，窗外路面已經消失，取而代之的是漆黑的天空。

就在這幾秒間，意竹腦海中閃過坐在後車廂內的岩川與上村，會如何因應這失控的局面，她告訴自己必須穩住，才能協助他們。頭下腳上的狀態沒有維持太久，刺進副駕駛座的樹梢很快拔出，留下滿座樹枝與落葉，她持續讀秒，轉換重心至副駕駛座這一側，這回，灌木叢的樹梢換了方向，筆直的朝著駕駛座的窗戶刺來，意竹的右手，第一時間解開安全帶，兩支手精準的抓住刺進駕駛座的樹梢，車身繼續翻滾，身體順勢離開了駕駛座。

柔軟的樹梢，無法支撐身體的重量，意竹覺得她在下墜，四肢與樹枝激烈摩擦，她變換著力點，緊抓著更粗的枝幹，懸在半空中時，意竹看著茶花車滾落山坳，後方車斗在滾落時被撞開，茶花盆噴飛滾落，漆黑之中唯獨看不見人影。意竹鞭長莫及，從山坳的地形與茶花車的位置來判斷，此處應該不是斷崖山谷，就賭這一把了，意竹閉上眼睛，鬆開手，護著頭胸的重要部位，接下來的幾秒，她一度懷疑自己是不是誤判，直到腳跟碰到碎石，她感受得到地形的變化，讓身體藉著翻滾，順著坡度而行。

動力停止的時候，她第一時間辨別茶花車的方向，發現有一塊巨石擋住了視線，她無法判斷岩川與上村的落點，意竹擔心他們的安危，現在唯一能帶他們脫困的，就是葉三鴻了。

她摸出身上的手機，撥通最後一個發話對象。

「情況不妙，我們翻車了，現在……是在一處山谷，離九份不遠，岩川與上村他們還在車上……」

「嗯，妳把位置送過來。」這是對方唯一講的一句話，聲調厚實，口氣平穩。

42

岩川站在馬賽克拼貼的浴室地板上，對著閃閃發亮的陶瓷蓮蓬頭，閉上眼睛，三十二道溫暖的水柱落在他的臉上，水順著脖子流遍全身，洗滌滿身的疲憊，每個細胞都陷入沉睡，他喜歡這個獨處的狀態。可是，今天的水柱稀稀疏疏，有點冰涼，岩川睜開眼，看見一整片暗黑的天空，數以千計的針狀發光體不斷射向他的臉。

下雨了，我在哪？浸潤在濕濘草地的後腦勺覺得一陣冰涼，後肩胛的疼痛喚回了岩川的意識，遠處傳來亮光與稀疏的人聲，他抬頭一看，朦朧的雨滴中，紅色與黃色的閃光燈，在山邊錯落成排，一根黑壓壓的手臂，誇張的伸向空中，前端的掛鉤在黑夜中晃了晃，我們翻車了，岩川終於想起車身猛烈的撞擊，茶花花瓣在黑暗中飛舞，他被拋飛，好像曾經在地上爬行，最後一切都歸於黑暗沉寂。救援車隊已經到場，他張嘴求救，卻發不出聲音，想要翻身坐起，但彷彿被綁在地上，四肢無法動彈，腦袋也昏沉暈眩，轉頭看著周遭，四處都是變形四散的茶花瓣，頭頂上方一只裂開的茶花盆，傾倒出大量養殖土，糟了，上村！意竹！日記！

不知哪來的一股勁，岩川撐起上半身，他的視線距離內，沒有太多散落物，原來他被拋到更遠更深的山坳，他極目四望，著急的搜尋著上村與意竹的身影，忽然，那只距離他三米左右的碎裂茶花盆閃動著光，是手機。岩川用盡力氣向上攀爬，挖出了有一半機身插在土裡的手機，**Low Battery**，岩川的心涼了半截。

岩川想著，這僅剩百分之十的電力，如何能帶領他脫困？山頂上的機械手臂正凌空而降，前端多了一個吊掛籃，上面坐著一名救難員，拿著高亮度的手電筒朝山坳掃視，岩川伸長了手奮力揮舞，就在機械手臂朝下探伸時，後方原本被擋住的車輛露了出來，車頂有詭異的攝影高塔，這些人是誰！岩川心頭一顫，反射式地縮回他的手，瞬間把頭蹲低，碎裂的茶花盆成了他的掩蔽，這時，他看到了茶花車車頭的剪影，矗立在山邊，車頭被吊起，意竹呢？

正在翻車現場的救難隊，身分可疑，岩川試著用僅剩的電力打電話給意竹，試了多次都無人接聽，於是他傳了通簡訊，告知意竹他在山坳深處待援，電力瞬間只剩百分之八，他掛掉電話，開始匍匐爬行，他必須找到上村與日記！

地上躺著一團粉紅色的重瓣，十八學士，滾落噴飛了一大段距離，岩川想找日記只能賭賭運氣，他躲進月光與救援光線照不到的死角，輕觸手機螢幕，藉微弱的亮光開始爬行，他希望危急的時刻，兩條腿能爭氣些。

忽然，一個硬物卡住了他的膝蓋，一使勁，又被壓入鬆軟的土中，這硬物沒有土石粗糙，又不似碎裂的茶花盆鋒利，岩川移開腳，看見露出半截的棕色書角，他喜出望外，將它一把攫起，92年，是日記本！

岩川回頭看著已經伸向山坳的手臂，他一手握著手機，另一手抱緊日記，他決定向更深的山坳滑行，且必須在最快的時間內，把日記的機密放在腦中，以便空出手來做更多的事。

他抓緊手機與日記置於胸前，兩腳向下蹬，讓身體順著山坳斜坡滑落，黑暗中，目視範圍只有五公尺左右，也無法準確判斷坡度來決定滑動的方向，他只能把一切交給命運。

腳蹬了幾下，身體產生了動能，岩川感覺下半身忽然騰空，幾秒內又摔落在地，忍著屁股摩擦石塊的疼痛，再度踩蹬地面，他只想再遠離山頂的燈光一些，這回的衝力更大，他覺得現在需要的反而是剎車，只見一根黑壓壓的物體快速靠近，岩川高舉雙腳迎向它，直到膝蓋一陣疼痛，整個人轉了個身，跌落在陡坡的凹洞裡。岩川抬頭，一棵大樹橫在他眼前，山頭的亮光，離他更遙遠，他甚至無法辨識機械手臂的位置，手機與日記緊緊在握，他挪動失去知覺的屁股，勉強找到一個自己還覺得舒適的姿勢。

9282

岩川佩服自己的記性，和即時口譯所需具備的大腦多工狀態比起來，這實在不算什麼，但是百分之八的手機電力，不知道能維持多久。他翻開日記的下半頁，祈禱一次就能翻到八月，打開手機燈光，他的手因為緊張而顫抖。

今天知道一件很奇怪的事，不過，我卻笑個不停。同浩今天來電，距離他上次來電，又不知道過了多久了，他口氣很興奮，我應該沒有錯誤理解，他說他在刺青店。我的直覺是岩川要刺青，或是，他和鄰居時髦的小孩在一起觀摩長見識，結果都不是，因爲我所瞭解的岩川，怎麼樣都不可能和刺青聯想在一起，而更別提鄰居的小孩了。一個八十幾歲的老人要刺青，這是眞的嗎？結果，果然是眞的！同浩竟然要刺青！

百分之五的電力警告提示出現，糟了，岩川心頭一驚，他快速掃視日記頁面，麻煩的是，這一天的日記不只一頁，他往後翻一頁，仍看到密密麻麻的文字。於是，他決定快速跳看。

……刺什麼圖案……部位，在美國電影裡，叛逆且尋找自我的青少年，……手臂、胸前、後肩膀、小腿的位置很常見，頸部甚至臉上就算稀有了，不論哪個位置……充滿了違和感，其實我知道心裡大笑不停。

這通電話……很詭異……刺青店很忙，同浩……空檔……聊一下……翻閱刺青店給他的圖案，感覺想和我討論，……從中國人最愛的龍……印度的神祇，甚至是馬雅文化的神祕符號，他都說出一篇道理告訴我……總之……。

岩川的眼前，終於陷入一片漆黑。

距離山坳二十米高的救援現場，探照燈不停轉動，整個漆黑的山谷忽明忽滅，穿著制式消防制服的救難人員，圍在一處道路邊坡的缺口，車子就在此處滾落，坡壁的刮痕、裸露的鋼筋、散落的水泥碎屑，可以想見這撞擊的力道十分驚人，為首的一名隊長，正大聲吆喝著確認攀降繩索的安全確保。

一輛高塔攝影車早就停在對向路邊多時，當下救援優先，沒人理會這台不速之客，或者應該說，救難現場出現採訪媒體，大家也都見怪不怪、習以為常。車子滾落邊坡時，不只這台攝影車在現場，前後包抄的車輛總共有三部，在第一時間，車上的人全副武裝，快速垂降邊坡，救起一名看起來沒有意識的白髮長者，送進其中一部救護車，山路旁另有一部越野改裝車，車上的無線通聯聲音不曾間斷……

「我先送走一個，趕得上往關島的航班……」

「還有兩個人啊，快往山坳下面找找看……對了，還要找找有沒有……日記……」

「你說什麼？日……日記？」

「是啦，你就當作三本書吧。」

「喂！這車都解體啦，東西洩了一地，我可沒進大海撈過針哪……」

「少廢話，趕緊幹活去！萬一真警察來了，誰也救不了你！」

幾分鐘後，越野改裝車走下來一名頭戴安全頭盔的男子，身上穿著銀色反光條的背心，這一身裝扮很融進整個救難現場，他靠近救護車與駕駛交談幾句之後，救護車旋即鳴笛揚長而去。男子看著離去的救護車，掃視四周，隨即越過馬路，一言不發的鑽進吊在路邊的茶花車車頭，掃視一下四周，快速開門進入駕駛座，動作俐落的折下導航設備。

43

櫃台的打卡鐘旁，幾位同仁盯著跳動的時間數字，等待下午六點的鐘聲響起。迫不及待打卡下班的氣氛瀰漫了整個辦公室，這時候響起的電話，通常也不會有人接，接了也沒用，因為港口與機場已接近下班時分，報關行也無用武之地。

最資深的大姐當然明白這個道理，她喝光馬克杯裡的冷泡茶，好整以暇的把筆插回筆架，開始整理凌亂的桌面，五十分鐘後，她在公司附近有個閨蜜飯局。每天下班前，她經常覺得腦神經衰弱，對噪音的忍耐力大大降低，她不想參與此刻打卡鐘旁的擁擠。

桌上的電話響了，大姐抬起頭，整個辦公室鬧哄哄，沒有一個人在座位上，單調的鈴聲間歇而規律，一次又一次，一次又一次……

「喂！我們已經下班了。」大姐的手拯救了大腦的耗弱，雷霆萬鈞的舉起話筒。

話筒一方傳來低沉的聲音，「很好，服務業的考驗就看這個時候，尤其是可以證明長年的大客戶，在你們內心深處究竟有多少分量！」

「請問您哪裡？」大姐的口氣變得小心翼翼。

「茶花園。」

大姐瞪大了眼睛，覺得手臂上的寒毛豎了起來，她手伸向筆架，並撈出一張便條紙，「是，請說。」

「有一件非常名貴、樹齡八十年的茶花，十分鐘後會送到報關行門口，要上明天凌晨三點飛往關島的貨機，明白嗎？」

大姐在紙上振筆疾書，「明白！」對方隨即掛斷電話。

閨蜜飯局瞬間泡湯，但大姐明白，這通電話如果在上班時間打進來，還是只有她能處理。她腦筋轉了一下，撥了一通電話給最熟悉的國際快遞公司，更盤算著明天怎麼在老闆面前邀功，除了她，誰還能把政商名流與最大客戶照顧得服服貼貼呢？

****

上海浦東機場，一架美國聯合航空的班機滑進了起飛跑道，頭等艙內，代也已經蓋著毛毯歇息，凌晨降落關島之後，他需要大量體力，隔著機艙走道，利葛在心中把計畫做了一次盤算演練。飛機的轟隆聲響起，碩大的機身凌空，閃爍的機翼燈，融進了上海的夜色。

44

岩川放下日記，刺青是重點？與父親在洛杉磯相處的歲月，每逢酷熱的夏天，父親偶而會在院子的游泳池泡水消暑，記憶中，父親身上沒有任何刺青的標記。更多的疑問，已經無法透過日記獲得解答。

此刻，岩川有些六神無主，他重複按著手機電源鍵，希望殘餘電力能讓他完成撥號，試了一次又一次，終於絕望。眼前一片狼藉的景象，他擔心上村與意竹的安危，看著山邊來路不明的救援單位，卻又無法呼救，讓他進退兩難。

岩川無力的躺下，這才驚覺翻車這處山坳，其實是個山谷，從山路沿線的昏黃路燈判斷，這條山路非常曲折，他所在的地方，如同一處馬蹄形的髮夾彎。忽然，後方傳來一陣窸窣的聲音，岩川回頭，只見晃動的雜草樹影，緊張與疲累，讓他一度認為是錯覺，但是怪異聲持續，愈來愈大聲，且愈來愈靠近，他本能的趴在地上尋求掩蔽，卻有一雙手循著他的倒臥如磁鐵般吸附而來，沉沉的力道按壓住他的肩，一張陌生的臉湊近眼前，岩川叫不出聲，鼻腔裡冒出一股皮質的異味，原來一隻戴著手套的手已經摀住他的嘴。

「今生麗水，玉出崑岡。」

說話者音調刻意壓低，但音質傳達強烈的安全感，岩川瞬間如釋重負，身體癱軟，漆黑中，似乎湧現更多人影，他被舉起，感覺在仰躺的角度，他看見山頂的救援燈光，離他愈來愈遠。

45

關島熱鬧的海岸線，風帆如織，沙灘上躺著數不清的日光浴人潮，滑翔翼與香蕉船交替穿梭於海面，嬉鬧尖叫聲瀰漫著度假氛圍。放眼望去，五星級度假酒店櫛比鱗次，每一家都獨自擁有一段白色沙灘，黃昏時分，海邊的夜幕狂歡正要開始，其中一間海景酒店前的沙灘一隅，包場的氣氛有些與眾不同。

白髮老人躺在沙灘上，臉部朝下，頭髮沾滿了泥沙，上半身穿著白色開襟衫，下半身套著棉質透氣褲，看起來不像做日光浴，旁邊一張實心木的矮凳旁，一名精壯男子正服侍著另一名白髮老人點煙。

迷迷糊糊中，高大的白色建築物頂端，Hilton與Guam的字樣進入眼簾，我在哪？上村蠕動掙扎著，他聽見海浪的聲音，空氣中有一股濕潤的鹹味，嘻笑的人聲隱隱約約，身上的刺痛卻愈來愈有知覺，他想起那個翻滾與墜落，黑暗中不辨方位的撞擊，然後呢？他望著頭頂深紫色的天空，試著調整僵硬的身體，發現動彈不得，手腳已被固定在擔架的金屬提把上，想張嘴呼喊，卻吐出滿口白沙。

忽然，一只重物從天而降，落在他的眼前，揚起的白沙刺進了上村的眼睛。

「這是什麼？」

上村用僅存的意識，努力等待眼睛對焦，是日記！那另外兩本呢？他的身體麻木，完全感覺不到四肢的存在。

「我在哪裡？」

「你不必知道你在哪，你只需要回答我問你的話？」

上村發現他正在和看不見的人對話，「你是誰？」

對方沒有回答。

海島夜幕低垂的涼風，讓上村覺得一陣沁寒，忽然，他整個人離開了地面，又開始天旋地轉，然後重重的落在白沙上，上村的胸口與擔架的金屬提把猛烈撞擊，他聽見肋骨碎裂的聲音，整個腦門劇烈脹痛，咬著牙根、緊閉雙眼，不自主的淚水浸濕了睫毛。微睜開眼，他看見一隻穿著沙灘鞋的腳出現在他眼前，鞋子上的金屬扣環，在海灘夕陽下閃著金黃色的亮光。

「我知道你是誰……」男子的嘴巴靠近上村的耳邊輕聲低語，一字接著一字，「一九四九年在中國東南沿海的港口稍微打聽，誰不認識你，至於我是誰，就不必多問，以免浪費時間，這是一樁難解的恩怨，所以，你哥哥才會死得這麼慘，我希望你的下場，不要和他一樣。」

上村如同被大錘重擊，大聲喊著，「你究竟是誰？為什麼要殺害同浩，又要把我抓來這裡？」

日記又再度被拋摔在眼前，遮住了那雙腳。

「這是誰的日記？」

「是我的！」

「你倒是說說看，你們跑回莊園拿日記的理由？」陌生的口音繼續追問，上村努力拼湊著回憶，想起他們從台中一路回新竹都被盯梢，「現在只有你和岩川，最接近同浩的祕密。」

上村聞到一股愈來愈濃的煙味，他看到一根點著的煙、一隻帶著皺紋的手，拿著一張照片湊到眼前，「你看著，」聽起來是另一個陌生口音，照片的黑白與斑駁，布滿歲月的痕跡，中間是一位身材高大的外國女性，指甲塗著粉紅色的蔻丹特別明顯，大波浪的捲髮垂肩，帶著自信的笑容，其他兩人穿著藏青色的中山裝，共同拿著一張紙牌合影。上村一眼就能辨識照片裡有年輕時的同浩，他表情十分嚴肅，另一位則神情憂鬱。

上村不明白這張照片的意思，持續的劇痛，宛如要撕裂他的身體，他希望這一切趕快結束。浪濤拍岸聲中，上村耳邊響起，「人生最刻骨銘心的痛是背叛，想當年，我認為同浩和我一樣，只有對中國未來的滿腔熱血，七十年後，我用滿頭白髮，得到一個體認，七十年前，同浩不告而別，不是背叛友情，原來是有計劃的背叛國家！你是唯一與同浩有密切聯絡的人，你必須知道，同浩死守的祕密，是一樁背叛中國的勾當！」

「我不知道你在說什麼，我哥哥是一個善良老實的人……」

「你真的瞭解同浩嗎？還是，你根本也不知道你自己在說什麼！我問你，翻車的時候，你死抱著這本日記，這本日記卻是你寫的，這裡面究竟隱藏些什麼？」

上村想起了翻車前他與岩川看了第一本，岩川呢？上村心裡閃過一絲不安的念頭，「岩川呢？你們把岩川怎麼了？」

「少廢話！」另一個聲音響起。

耳畔的聲音繼續，「整本日記，只有一天提到同浩，我倒要看看，你們究竟在玩什麼把戲，別考驗我的耐心，我已經等待了七十年，我現在連等待一秒，都覺得十分厭惡！」上村的耳膜震動著，感受那一股強烈的恨意，「我對你最後的恩惠，就是你看著這片海，告訴我，同浩把沒有造冊列管的國家寶藏放在哪裡？」

說話的人口氣十分激動，另一人趨前一陣窸窣耳語，忽然，兩個人緩步離開現場。

四周人聲漸遠，上村感受滿月的漲潮，把浪逐漸推進，他轉動僵硬的脖子，這才看清四周，沙灘上的浪，在他頭頂上方三寸之處變成白色泡沫，巨大的浪濤聲，幾乎掩蓋了一切，浪與浪的間歇中，上村聽見了遠方海灘，傳來隱隱約約的歡樂吶喊。

「喂！HELP! HELP!」上村聲嘶力竭人喊著，只感覺自己的聲音淹沒在巨浪裡。

模糊的意識中，上村看見同浩的屍體，壓住滿臉是血的岩川，意竹蹲在身旁哭泣，他從沒看見堅強的意竹，流過任何一滴眼淚，這一定是徹底的絕望吧。

頭頂一陣冰涼，上村猛然睜開雙眼，他的頭髮全濕，一股沁寒直透腦髓，他的身體受不了酷寒而不自主的抖動，靜謐的黑夜裡，已經了無人聲，除了依稀可辨的白色浪花，只剩頭頂皎潔的月色。月光下，上村看著距離眼睛只有幾寸距離的日記本，他想做個了結。

931231

最後一天！這三本日記的日期，無疑的是第三本最容易記。上村用著僅剩的餘力，甩動遭綑綁的雙腳，往日記挪移，他試著掙脫反綁的雙手，但徒勞無功、精疲力盡。靠肩膀與下巴，他抵住日記本，翻開封底，打開最後一頁。

上村在月光下吃力的讀完之後，其實已經沒有清醒的頭腦，去理解其中的意義。為了第三本日記流落到關島，他完全不明白同浩藏了什麼祕密。

這些困惑，此刻對上村來說都無比沉重，他把頭靠在沙灘，看著月光如細碎珍珠灑在波動的海面，日記是他親自手寫，如果他不能解開，至少他應該繼續守護著這些訊息，寄望於日後情勢的演變與造化。

他看著日記本上原子筆所寫的筆跡，做了一個決定。

46

運送茶花的車上，有大量防撞的棉被，讓岩川在車輛滾落山谷時沒有受到太大的撞擊。岩川在迷糊的夢境和囈語中，同浩、上村、尤美交錯出現，三個人都與他保持相當遙遠的距離，岩川清楚的感覺正在失去他們，終於在恐懼中驚醒。

額頭一陣溫熱，把岩川帶回了現實，第一個看見的是意竹，她的手掌纏繞著白色的紗布，拿著熱毛巾為他拭汗。

「這裡是九份，葉三鴻叔叔家。」

岩川睜開眼睛，幾根米白色的樑柱，頂起斑駁的天花板，簡樸的白色日光燈，讓室內的照明恰如其分，給人一種安詳的靜謐感，視線穿過格柵窗框，外面是一片綠意，遠方有幾個小島，點綴在海面上。他所躺的木板床，是這個房間裡佔地最大的擺設，意竹坐在床邊，她身後的竹桌竹椅與家居用品，擺設相當簡單，地上的小炭窯，白貝陶壺，壺嘴緩緩吐著白煙。岩川最後注意到，他是唯一躺在這張大床上的人。

「上村叔父呢？」岩川發現他的喉嚨不聽使喚，聲音沙啞。

意竹回答得直接，沒有任何隱瞞，「我們會繼續找他！」

這對岩川來講如同噩耗，他想起洛杉磯命案現場的警告門板，上村死了！岩川悲傷的情緒湧上心頭，掩面發抖。

「我從你的手機簡訊判斷你的位置，發現你和翻車地點已經有一段距離，幸好我們已經非常靠近九份，所以葉三鴻叔叔方便出手相助，但是他與青幫弟子們找遍了整個山坳，就是沒有乾爹的身影。」

「我們一起在車上，然後……」岩川想起救援山邊的神祕高塔車輛，「難道，叔父被……」

意竹知道岩川心裡最壞的猜測，應該和她一樣，沒有留意有個人影已經無聲無息的站在身後。

「我是葉三鴻，很遺憾聽見你叔父的事情，我會盡力找尋他的下落。」葉三鴻站到意竹身前時，岩川才看清楚他的臉。嚴謹旁分的西裝頭，擦著油亮的髮油，兩道濃眉與堅定的眼神，在隆起的顴骨上顯得英氣十足，寬大的鼻樑與薄唇，透露著一股堅毅。岩川感覺到有一隻手，從被褥外面握著他，即使手並沒有施力，仍然感受到一股強大的勁道。

「我和你叔父認識幾十年了，如果我們做好該做的事，他一定會很開心才對。他們帶走上村，應該是判斷他知道同浩隱藏的祕密，或是對我們施壓，我從意竹告訴我的來龍去脈裡，做了一些判斷……」葉三鴻轉身走向小炭窯。

岩川突然覺得，眼前這位陌生人，竟然知道所有的事，意竹在旁觀察到岩川的不安。

「五歲以前，你現在躺的床是我在用的，」意竹坐在床沿，「我出生的時候，父母就不知去向，當我有意識的時候，我唯一認得的臉就是葉三鴻叔叔，他雖然不是我的親生父親，但是我早已經視他如父。」

「剛才在茶花車上，我第一次聽了你的身世……」岩川對意竹說。

岩川看著房間裡的葉三鴻，一個武功高強的多情漢子，帶著一名稚女，來到陌生的九份，日日追憶那段逝去的戀情。此時，葉三鴻從窗前的竹桌椅，端著兩杯茶走來。

「你放心，我這裡很安全，」葉三鴻非常胸有成竹，「九份的坡度地形，可以提供很好的掩護，所有可能的監控，一旦在這裡出現，我有把握排除。」

「乾爹身經百戰，必要時我們會採取主動。」意竹補充，遞茶杯給岩川，並扶著他坐起。

岩川的背一陣僵硬，完全沒有知覺，意竹施力撐著他，岩川表情扭曲，身體晃了兩下，吃力的靠在床架軟墊上，茶入喉，理智稍微清醒，他想起上村的安危不是他唯一該掛慮的事。

「翻車現場非常凌亂，我看那三本日記……」岩川想要確認情況。

葉三鴻接話，「碎裂的茶花盆，倒出大量的土，和現場山坡的泥混在一起，天色很暗，又下著雨，茶花瓣四處飛散，日記本很難在現場翻找，救人是第一要務。」

岩川心理有譜，「我和上村叔父在茶花車上看了日記。」

「全部看了？」意竹期待著岩川的答案。

「在車上只看了一本，翻車之後，我覺得情勢的演變很快，所以在現場我克服萬難，看了第二本。」

「裡面寫了什麼？有看出線索嗎？」

「我很困惑，第一本是洛杉磯的家，游泳池做防水工程的時候，父親從美國打給叔父聊天，第二本更詭異，是父親告訴上村叔父他準備刺青。」

「刺青？」意竹的反應，在岩川的預料之內。

「家裡的游泳池，一直就是那個樣，想不出有何異常，至於刺青，我父親九十幾歲了，怎麼會迷上這玩意，所以，前兩本寫的內容，乍看之下沒有任何關連，所以實在理不出什麼頭緒。」

「雖然如此，」葉三鴻說，「我覺得你父親留的線索非常明確，最平常的事物，或許隱藏著最關鍵的道理，意竹告訴我，你回到台灣以來所經歷的事，我相信你父親一定有絕佳的智慧，來守護他的祕密。」

岩川若有所思，「可是，第三本……」

葉三鴻眺望著窗外山色與海景，「既然第一本與第二本的訊息看不出任何關聯，我判斷第三本也會是獨立的訊息，當然如果能同時掌握這三本日記的訊息，應該就更接近祕密的全貌。第三本極可能留在翻車現場，明天看現場的狀況，我會請幾個弟兄再去瞭解一下，不過，看前兩本的內容，就算第三本日記落入對方手中，我也不覺得會產生關鍵影響，我不認為抓走上村的人，可以從中發現什麼。」

「雖然我們也必須找到第三本，但現在唯一的方法，就只能專注在前兩本，然後適時的做反向推敲。」意竹分析，「我大膽建議，岩川應該盡快回美國一趟，因為。前兩本日記所提到的線索都不在台灣，對方現在似乎安排重兵在這裡，趁他們還毫無所獲時，你不動聲色回美國，應該比較安全，也對我們繼續解開你父親安排的謎底有幫助。」

洛杉磯後院的游泳池，同浩身上的刺青，日記所記載的兩件事，在台灣確實無法做些什麼，岩川才離開美國沒幾天，彷彿已經經過數年一般，他想起在加護病房尤美，沒有親人在身邊，形單影隻的畫面，讓岩川覺得萬分愧疚憐惜。

「父親的遺體我暫時放在家裡的冰櫃，還無法入土為安，我實在於心不忍，至於游泳池，我真的需要仔細瞧瞧，看來，我是得回去一趟。」

「你的背傷應該不礙事，你今天下床活動看看，我乾爹可以熱敷推拿一下，幸虧茶花車內有保護茶花盆的防撞棉被。」意竹說著，回頭看著站在窗邊的葉三鴻。

她留意到葉三鴻的站位，和剛才有異，他側身在窗邊，肩膀刻意隱在窗框之外，已經不像是眺望景色的姿態。意竹的雙腳無聲落地，一步步接近葉三鴻。距離約三米左右，葉三鴻舉起手，示意意竹不要前進。

窗外，星期六的九份，順著陡峭的山坡地形，每一條綿密交錯、看似岔開實則相連的小巷弄間，到處都擠滿了遊客，不論是沿街懸掛的大紅燈籠、爬滿青苔的砌石牆面、小巧樸拙的低矮屋瓦，都吸引觀光客駐足留影。對在地人來說，很習慣居家的門前，有說著韓文、日語的遊客走過，嘻笑聲迴盪在狹窄的街弄。冬天的九份，獨特的山海景觀，讓雲霧為這個小鎮帶來多變的景致，藍天白雲在一瞬之間，會轉成綿綿細雨，能見度變成僅有十幾公尺，在九份罩上霧與山嵐之前，遊客們會把鏡頭對著海的方向，留下地貌秒變的奇景。

葉三鴻的屋子，蓋在近乎七十五度的陡峭山壁上，具有眺望海面的絕佳角度，正下方是九份唯一的連外公路，此刻，一位戴著棒球帽，身上穿 Yankees 短 T 的男子，左眼空洞無神，他舉起相機，鏡頭的角度正對著窗邊。

47

整個關島海灘，以最棒的角度收進 Hilton 飯店 PENTHOUSE 的豪華套房裡，這面落地窗景，一晚所費不貲，代也卻無心留戀，他的心還留在沙灘上，他還在等待的解答。

十分鐘前，利葛擔心代也血壓飆高，堅持要代也回房休息，由他留守沙灘。眼見此生的使命就在咫尺之遙，代也多麼希望立刻下樓，帶著藏在日記的訊息，然後馬上離開關島。

這日記本究竟是不是記載明確的答案，指出國寶的下落？最好是這樣，如果不是呢？代也也無法預判接下來的情況，整個計畫進行以來，無法預期的事發生，已經快要變成常態。

代也打開 iPAD，點開上村日記本的照片，整本逐頁他已經看過好幾次。流水帳式的寫法，表面上都是心情抒發，代也小心的揣摩著字裡行間，找出可能隱藏國寶密蹤的蛛絲馬跡。腦筋也不停思考著，為何上村在翻車時，只有把這一本塞入衣內？另外兩本呢？岩川帶走？這是分散風險？避免日記本被同時掌握？

代也起身，站在落地觀景窗前向外眺望，眼前是被黑夜吞噬的漆黑，只剩皎潔的月色與永不停歇的滾滾白浪，凌晨時分，沙灘上的狂歡人潮皆已散去，代也望著正下方的 VIP 區，今夜，這一區的 VIP 僅有一人，而且，這 PARTY 仍未散會。

從十五層的高度，向下俯視黑夜中的海灘，幾乎沒有能見度，代也只能隱約分辨上村所躺的位置，窮盡視力，他標定一個暗灰色的身形。代也的額頭幾乎貼著景觀房的玻璃，他看不見利葛在哪，但卻發現暗灰色的身形竟然在移動，而且移動的速度非常快，朝著海灘的方向，代也拿起手機直撥利葛，沒有接通，暗灰色的點看似已經進入海中，停止移動，與白浪交疊難以分辨，這時，代也手機響起。

「老爺，不好了。」

＊＊＊＊＊＊＊＊

代也鐵青著臉，看著沙灘上長長的爬行痕跡，他沒想到一切發生得如此突然，就在利葛伴隨他回到 PENTHOUSE 的幾分鐘之內。

「今天漲潮，我特別把他拉離海岸線一些，但是，他已經打定主意這麼做。」利葛說話時，海風陣陣吹拂，但卻拂不去代也心中的失望。

爬行的痕跡，往前延伸直入海中，最後一段，已經遭海浪拍打抹平，「連日記也沒有留下來。」利葛這句話，對代也來說是一記重拳。

「老爺……」

代也打斷利葛的話，看似自言自語，「明天，關島五星級飯店的沙灘，會發現一具浮屍，經查是來自台灣的九旬老人，僅入住第一晚，就不幸溺斃，現場還發現一本語焉不詳的日記本。」

代也以拐杖拍打沙灘，海風吹得沙子四散紛飛，利葛站在下風處，任由海砂打在臉上，謝謝老爺對我寬大，利葛默默的領受著懲罰，看著上村在沙灘上的爬行痕跡，在風吹砂中漸漸隱去。

「同浩這老頭可真鬥智，每一處都可能是斷點，規劃這麼多年，我早就已經準備好十八套劇本，誰阻擋我，就必須付出代價。」代也在月色下的剪影，顯得胸有成竹，「我想我應該去一趟台灣。」

48

代也去了關島之後，尚里也沒有閒著，從茶花車上拆下來的導航設備，清楚洩露了獵物的去處。

「傳送你的位置過來！」阿愁的耳機爆響，是尚里的聲音，同一個頻率有其他騷動的雜音。

一公里之外，尚里的車已經清楚目視九份的「雞籠山」，他第一次看到九份密密麻麻、依山而建的房子，他再次確認並比對取自茶花車的導航儀器資訊。

是時候了。日記本記載著無價寶藏的位置，可能是一張地圖，或是一句指示，但如果不是呢？尚里也不排除其他更複雜的可能性，另外，如果不能一次全部掌握，那也沒關係，至少握著部分籌碼，接下來，可以和其他人談條件，縱橫商場多年，他自認看遍也熟悉五花八門的爾虞我詐。

****

天氣晴朗時，九份山城旁的雞籠山，從海平面拔地而起，圓錐狀的山頂，沒有任何一棵大樹，完全被低矮灌木與草坡覆蓋，彷彿是一位穿著緊身衣、曲線畢露的少女。岩川看著窗外的景色，這裡的地貌有別於長年居住的洛杉磯，此刻他沒有賞景的心境，更何況，他今天就決定返回美國。

時間剛過九點，意竹的手機響起，是一通陌生來電，鈴聲劃破了靜謐的九份。對方表明是台灣的外事警察單位，轉來關島警方的消息，在 Hilton 飯店的沙灘上，發現一具浮屍。

意竹心裡早就預演了好幾遍，只是這不祥的預感成真時，還是免不了心情的波動，意竹開啟手機擴音，岩川在一旁關注傾聽。

「是，請告訴我該怎麼做。」意竹說。

女警的口氣沉穩，「關島警方無法從浮屍辨認身分，於是要求這片海灘所屬的 Hilton 提供登記入住資料，發現當晚入住 PENTHOUSE 房的房客，年齡資料與浮屍吻合，打開房門搜索個人遺物，從護照比對確認了浮屍的身分，請問，陣上村是你的什麼人？」

護照？上村被劫持，竟然有護照，這是一次事先規劃周詳的行動。

「是，是我的父親。」意竹選擇簡答。

「好，請準備親屬相關文件，盡快來我這裡，我要安排你去關島認屍，喔，對了，關島警方表示，需要您在場簽名才能解剖，來確定是不是他殺。」

他殺，意竹很想釐清真相，又不想讓問題變得更複雜，不過，接下來的對話超乎他的預期。

「屍體沖上岸時呈現浮腫，當場就被判定死亡，但身體有幾處不明的擦撞傷，必須釐清造成的原因，另外還有一個情況是，根據關島警方傳來的資料與影像，浮屍的嘴裡含了大量泥沙，還有，舌根有異物，抽出之後，是一張完整的紙……」

完整的紙？意竹實在無法想像一張完整的紙如何吞嚥！

「我現在可以看看影像資料嗎？」

「現在？」女警遲疑了一下，確認他沒有聽錯，「現在當然不行，你必須來我辦公室，先查核身分與辦理手續。」

「外事警察隊的台灣辦公室？」

「是的，手機顯示的是我的電話，我會協助你相關事宜。」

通話結束，意竹轉身，葉三鴻張臂摟住哀傷的意竹。上村是意竹的第二個父親，從五歲陪伴她到如今，葉三鴻輕拍著意竹，生離死別的難熬時刻，這是最簡單、最直接的安慰，意竹唯一的慶幸，是此刻能有葉三鴻相伴。至於岩川，即使門板早就預告了上村的命運，他仍然很難接受眼前的事實。

「我們早就預期會有這樣的結果了，不是嗎，當然，事實是殘酷的，真相永遠很難被接受。」

葉三鴻扶著意竹，並看著岩川說。

「我剛才聽見手機的擴音對話，我猜上村口中那張完整的紙，有可能就是關鍵的第三本日記了！」葉三鴻從岩川陸續講述的解碼過程，做出判斷。

意竹猛然想起這樣的連結，是的，完整的紙。

「果真如此，接下來就是關島警方所拍攝與傳來的資料是否清晰，紙張上面的訊息，是否還完整保留？總之，你必須盡快前去看到這張影像。」葉三鴻鎮定的分析，「我們必須馬上出發！也讓岩川啟程回美國，立刻動身，而且，我要親自帶你們離開。」

＊＊＊＊＊＊＊＊＊

尚里和阿愁交換了眼神，把手伸入腰間，直接走向門口，門沒有上鎖，眼前一片漆黑，感覺遠處傳來一絲亮光，仔細一看，竟然是向下走的樓梯，盡頭是下一層樓面透上來的亮光。

尚里關閉通訊頻道，他不想打草驚蛇，也不需要任何後援，他要無聲無息的出現在獵物面前。

＊＊＊＊＊＊＊＊

意竹原本以為九份山城的房子都是低矮的房舍，散布在密如蜘蛛網、蜿蜒曲折的羊腸小徑上，讓他們有最佳的掩蔽，事實和她的想像有點出入。葉三鴻的九份住宅，是一排五連棟樓房的其中一棟，位於一處接近八十度的陡坡上，地下三層幾乎懸空，僅見結構支撐的立柱，斜插在山壁上。

葉三鴻最後檢視窗外道路，「跟我來！」抓起桌上的斗笠，敏捷的閃身後退，意竹熟悉這樣的節奏，兩人行如風，直下樓梯，岩川的大腦切換指令模式，指揮雙腳快步跟上。地下三層是葉三鴻的廚房，因為單身居住，沒有太多家當。這廚房完全沒有遮蔽，清楚可見周遭的九份緩坡，甚至遠眺大海，奇怪的是，左鄰右舍的廚房彼此沒有隔間，都互相連通，每一戶的鍋碗瓢盆與爐灶，就這樣半露天的擺放在立柱之內，這九份「吊腳樓」的特殊景觀，讓意竹與岩川開了眼界。

葉三鴻腳步沒有停留，在地下連通的第三層，沿著右側前進，岩川當下明白，在外面監控的人，不會看到他們離開，但事實上，他們已經藉著特殊建物地形巧妙的移動。意竹緊緊跟著葉三鴻貼地而行、腳步無聲無息，她忽然想起小時候，練功蹲馬步的場景，她的腳勁，就是當時打下的基礎。

****

尚里順著狹窄的通道來到建築物地最底層，站在一堆凌亂的鍋碗瓢盆之間，左顧右盼，看著一條沒有隔間、彼此連通的走道，頭頂是支撐房屋結構的水泥柱。尚里看著這詭異的格局暗暗咒罵了幾聲，眼前飄起的雲霧逐漸逼近，尚里打開通訊頻率，傳來伸郎高亢的聲音。

「老大，你人在哪？你那邊的情況還好吧？怎麼突然搞失聯啊……」

尚里不語，心情如同圍攏的霧。

「有一則即時新聞，你一定會有興趣。」

尚里聽著伸郎從電視即時播放的新聞片段：

新聞快報！根據本台的最新消息，一名台灣人傳出在關島的度假海灘溺斃，死者年紀接近九十歲，屍體在 Hilton 度假飯店專屬的私人海灘被發現，關島警方清查住宿名單，發現是來自台灣的觀光客，名叫陳上村，不尋常的是，他疑似單獨出遊，死亡原因正由關島當局調查中。

雲霧已經完全遮蔽了視線，幾分鐘前九份亮麗的山與海，已經成了一片雪白，這段即時新聞語音，卻讓尚里在一瞬間看到了契機。

「這一趟關島，連人都沒活，應該是大有斬獲，不過，利葛幾分鐘前和我通過電話，他一個字也沒提，我覺得很詭異。」伸郎說。

「他打電話給你？他說了什麼？」
「他想再次確認，我們給他的上村假護照，是怎麼做出來的。」
天衣無縫，從遺失的護照借屍還魂的方法非常可靠，甚至照片與鋼印這兩處可能的破綻都幾可亂真。利葛在關鍵時刻，只是想知道用假護照來脫身，風險有多大。
「透過其他管道了解一下，關島究竟發生了什麼事？」
「已經請美國華青幫越洋協助瞭解。」
岩川與意竹在山坳消失無蹤，日記線索全無，眼看著這一趟九份又無功而返，進退失據的尚里，在吊腳樓底層的鍋碗瓢盆之間落座，點起一根苦悶的雪茄。
吐出的悶煙與九份的雲霧，難分難解。尚里忽然靈光乍閃，心裡恰如燒灼的煙頭，三本日記的下落已經拋諸腦後。
「上村的死，似乎在預期之外，不過他客死他鄉，最終還是會回來台灣的，是吧……」
「哦……是啊，躺著也會回來的。」伸郎抓住了他與尚里的默契。
「道長在殯葬界的實力，是一張天羅地網，上村的死，讓所有線索都回到這張網裡面，接下來這一局可真刺激，我想我們可以離開這個鬼地方了。」尚里的手緊握著下一步的主控權，重燃契機，眼前雖然霧鎖九份，心情卻豁然開朗。
「我要知道他們坐哪一班機回到台灣，然後，我要隆重的去接機！」

****

吊腳樓的盡頭，連接一段石階，蜿蜒而上，盡頭消失在轉彎處，葉三鴻的住處，已經在幾個樓面以外，這比鄰成排的房子，地下三樓互相連通，提供了巧妙的掩護。石階旁雜亂的草叢間，葉三鴻從一顆巨石後方，取出一只防水袋，打開之後，遞給意竹一件連身工作服、幾條束髮帶、和一頂灰色工作帽，岩川則是一件黃色的汗衫與粽色卡其褲。步上石階之前，地貌又將改變，他們需要變裝。

葉三鴻戴上斗笠，穿上黑夾克，石階在他腳下宛如平地，每一條小徑的盡頭，都是選項，前後左右都還有叉路繼續延伸，葉三鴻幾乎沒有停下來思考，他太熟悉九份，這裡有他無法磨滅的記憶。葉三鴻直下一處七十度陡降的石階，幾階以外一片朦朧，宛如騰雲駕霧一般。岩川站定在階梯上深深吸了一口氣，他的視線之內有一座廟，廟庭是一片大空地，稀稀疏疏的停了幾部車。

這座從一九一二年就座落在九份的廟，一直庇護著山城的居民，意竹五歲以前，曾在廟庭前面玩耍，現在，她與岩川隨著葉三鴻，走進一部停在廟前的計程車。葉三鴻打開後座車門，低頭頷首，兩人會意坐進後座，葉三鴻則坐進駕駛座。

離開九份的唯一山路上，一部計程車穩定加速，車上的人神經緊繃，葉三鴻不斷從後照鏡監看四周動靜。從山徑轉入車流繁忙的道路，九份完全離開視線，終於確定沒有可疑的尾隨。距離機場，還有一小時的車程，經過一陣折騰，車內十分安靜。

「三本日記，究竟有什麼玄機？」葉三鴻打破沉默，「所以這是一場尋寶遊戲？」

「您想到了什麼？」意竹好奇的看著葉三鴻。

「過去幾十年的時間，同浩一定知道了什麼，然後想隱藏什麼，現在想告訴我們什麼，一定有很多不能直說的原因，所以才需要如此曲折。但是曲折並不能保證訊息絕對隱藏，曲折也有可能讓訊息落入敵手，所以……」葉三鴻手握著方向盤，看著岩川，「……同浩也很明白處境，所以必須故佈疑陣？」

這確實是岩川從沒想過的，他腦海又回到原點——觸目驚心的命案現場，和一幕幕冗長的解密過程，如果是故佈疑陣，現在反而要辨認在哪個環節，可能誤入了父親刻意安排好的岐路陷阱，岩川覺得這超出了他的經驗值，在他所專注的工作領域上，從來不需辨別口譯內容的真偽。

「我父親確實是心思細密的人，這樣推敲有幾分道理，不過，要不疑處有疑，必須要推敲那個環節最有可能有蹊蹺？」

「血密碼、墨寶、莫比烏斯環、日記，這是我們到目前為止已經穿過的四層加密。」意竹做了歸納整理。

「除了故佈疑陣，那一環是最重要的節點呢……」岩川閉目沉思，「血密碼是亞太博物館的電話與情報碼，拆解了四十個字的墨寶，而墨寶的反切碼字謎，也沒有懸念的指向莫比烏斯環上的兩串數字，接著又完全指向三本日記……」

意竹接著說，「我認為血密碼已經沒有弦外之音，而且最重要的環節，直接出現在命案現場的可能性微乎其微，莫比烏斯環紙條我判斷也功成身退了，因為它完全指向三本日記，而且拐了一個巧妙的彎，如果不是至親，有誰會想到是誰寫的日記呢？還渾沌未明的三本日記暫時不談，到目前為止所發生的一切，稱得上節點的，應該是……」

「墨寶現在放在哪？」葉三鴻突然問。

意竹與岩川同時望著葉三鴻，「在莊園。」意竹回答。

「看來，我得去一趟莊園！」

49

三天之內來回台灣美國，對岩川的體力是極大的考驗，口譯的工作，長途飛行對他來說並不陌生，現在的疲累，與心理壓力有很大的關係。回到美國的飛機上，岩川推掉了幾個工作邀約，下飛機之後，他打了通電話給 Jennifer，除了探詢尤美的近況，也提出了一個不情之請。

Jennifer 剛下班離開辦公室，得知岩川回美有點意外，她告訴岩川，尤美的情況如果穩定，未來幾天有可能轉普通病房，甚至可已出院回家靜養。為了岩川丟過來的棘手問題，她撥了通電話回醫院的太平間，她沒想到這麼快就要把人情要回來。

「主任，我是急診部的 Jennifer，有件事想麻煩您。」

「護理長好，有事儘管說，我會把你的事當成我的事。」年輕的主任想起年邁的父親最近開刀，透過 Jennifer 的大力幫忙，不但找到全洛杉磯最好的骨科醫師，還為他調度取之不易的病房，對此他點滴在心。

「太平間的冰櫃最近有空位嗎？」

「哦……」主任覺得有點錯愕，但是他神來會意，如果是院內正常管道來的遺體，就不會有這通電話了，「沒關係，您要幾個？」主任毫不遲疑的回應，也不想多問。

「要一個，今天中午派車，我給你地址，謝了。」

電話掛斷前，主任再補上一句話，「您放心，這件事就只有我們兩個人知道。」

如此好的眼色，確實讓 Jennifer 寬心。主任立刻登入辦公室電腦，調出太平間冰櫃的檔案，在空白處鍵入一筆假名。

****

洛杉磯的家還是那麼熟悉，但卻人事已非，岩川先到同浩的房間拿一套衣服，看到房門的喇叭鎖明顯遭到外力破壞，他已經想不起來是不是命案當晚就已經造成。下樓之後，他關閉車庫所有燈光照明，來到冰櫃旁邊，停頓了一下，才鼓起勇氣打開上蓋，同浩的表情，在冰櫃裡五燭光的照明下，出奇的安詳，岩川默默的向同浩訴說回台灣這幾天發生的事，提到上村的遭遇，仍不自主的顫抖。

岩川吸了一口氣，冰櫃的冷冽竄入神經，他開始脫去同浩上衣，高齡的同浩體脂肪過低，皮膚緊黏著骨頭，岩川仔細檢視脖子、肩膀、腋下、上肢、前胸、腹部，除了傷口與血跡，一片慘白，退去下身褲子，小腹、股溝、大腿、小腿、連指尖也不放過，最後吃力的把同浩翻身，整個背部因為冰凍而一片蒼白，也沒有發現異狀。

怎麼會有刺青！岩川納悶，再度忍著性子檢查一遍，還是一無所獲，岩川無力的撐著身體，決定不讓父親再受折騰。他動手為同浩更換新的衣物，看著同浩緊閉的雙唇，岩川好希望父親能開口告訴他真相。同浩的頭髮，在冰櫃裡成了一條條堅硬的冰柱，岩川仔細揉開每一束頭髮，忽然，在灰白的髮根之間，露出了異樣的顏色，岩川湊近，大面積的撥開髮絲，發現青綠的顏色在髮根部位佔了相當面積，這個突然的發現，引發岩川強烈的好奇，他暫時闔上冰櫃的蓋子，在車庫與廚房翻箱倒櫃，隨手取了一把利剪，再回到冰櫃旁。

岩川從前額處，小心翼翼地剪掉覆蓋其上的頭髮，一個尖凸狀的記號和髮尖完全重疊，激起了岩川的好奇心，他加速揮動剪刀，從前額上方一直到腦後的位置，出現了一組怪異的圖樣……

岩川拿出手機準備拍照，發現手機有好幾通未接來電，最後一通訊息是 Jennifer 傳來的簡訊：

「派車已經抵達門口，避免遭到盤查，無法停留太久。」

岩川關掉訊息，鎮定拍攝了怪異的頭頂刺青，門鈴響起，岩川大聲應門，快步上樓取了一頂咖啡色的厚毛氈帽為父親戴上。

門鈴響聲愈來愈急促，岩川終於開門，兩名男子戴著口罩，穿著一模一樣的制服，身旁有一具可收合的輕便型擔架，但制服上面沒有醫院的標示。

「Jennifer」，其中一名男子拉下口罩，說話時眉頭微揚，彷彿這是通關密語，這也確實勝過多餘的解釋，岩川開門讓兩人進來，留意到接送車輛是一台葬儀社的車子，車子的後車廂打開，可看見裡面有一只冰櫃。

岩川領著他們來到車庫，目視同浩的遺體從冰櫃取出，兩名男子動作俐落，不發一語，岩川默默告訴父親，要沒有掛念的離開這個家，他會謹遵他所交辦的事。

目送車輛離開視線之後，岩川看了看街道四周，現在時間是星期二接近中午時分，對晨跑與遛狗的人來說稍嫌太晚，整個聖馬利諾社區非常安靜，岩川站在車道上，發了通簡訊回覆Jennifer。

岩川轉身進到屋內，走向游泳池，經過數天，水面上漂浮著大量的枯葉，池水呈現著詭異的紅色，岩川站在岸邊，望向若隱若現池底，岩川的人形倒映在水中，隨著池水擺動起伏，他拿起手機，撥了一通電話。

50

岩川在醫院整理尤美出院的行囊時，兩人沒有對話，離開台灣這段期間，岩川所經歷的事件與進展，他一點也不想告訴尤美，因為任何心理重量，都不利於尤美療養。

今天是尤美回家的第一天，岩川特地在二樓的落地窗前，擺了成排的鬱金香，那是尤美最愛的紫色，在窮盡了醫學上的努力之後，讓病患身心愉悅有助於調理靜養，這是最基本的道理，這排紫色鬱金香另有任務，萬一尤美下床時，可以讓她距離落地窗遠一些，避免看見樓下那座帶著恐怖回憶的游泳池。

第一本日記之謎，即將被解開。

游泳池昨大進駐了重機具，先局部確認底部的防水層結構，今天開始，輕機具會開始針對部分可疑的表層深度，展開局部挖掘，岩川在今日接回尤美，是經過深思熟慮的決定。

遵照醫囑，尤美不能過度交談，岩川戰戰兢兢，他從醫院一直到回家的路上，與尤美都沒有對話，僅透過眼神表達關心，尤美緊握著岩川的右手，從抓握的律動，傳達她的感受，一回到家，岩川刻意避開游泳池，這已經成了他們共同的創傷。

放乾水的游泳池底，兩位工人正在角落，打算沿著周圍清除表層，以看清防水層究竟有何端倪，岩川居高臨下，專注的看著施工現場，沒有留意尤美已經醒來，她準備起身時，木頭床架響起咿呀聲。

尤美看到了鬱金香，緩緩的抬腳落地，彎身把臉湊近，憔悴的病容擠出一絲笑容，紫色鬱金香，代表忠貞的愛，傳說中，一株鬱金香的長葉、花身與球根，代表三個熱烈求愛的男子，分別是帶著寶劍的騎士、坐擁黃金的富商、繼承皇冠的王子。兩人熱戀時，尤美曾說，岩川是這三人的合體，此刻，他們彼此都相信，這個愛的譬喻仍然留在心中。

岩川攙扶著尤美站起來，在鬱金香花陣前，宛如仙女，尤美看著岩川，單手比劃示意，岩川會意之後遞上紙筆。

「池怎麼了？」

游泳池蓋上了藍色的大防水布，洛杉磯很少下雨，這個舉動不是防止積水，主要還是避免尤美直接看見游泳池。尤美的問題，讓岩川明白她總有明察秋毫的能力，其實，如果不是尤美的傷勢，岩川好想分享事發之後，種種令人難以置信的一切。

「我在台灣的時候，知道了一些父親留下的暗示，游泳池當年施作的防水層，是其中一項線索。」岩川回答。

談游泳池，就必須談到日記本，談日記本，就牽連到郵局紙條、反切碼、墨寶……岩川娓娓道來，自己也覺得經歷一場複雜的推理劇，自己成了主角，核心人物父親因此而犧牲，尤美或許累了，這些高潮迭起的過程，從她的表情看來，沒有太大的起伏，但是當岩川談到刺青時，尤美有了反應。

「？」尤美在紙上畫了個問號。

關於刺青，現在岩川腦中也有同樣的問號。有一年，他受邀擔任一場資訊加密學術研討會的即時口譯，有一位與會者曾經分享，西元前五世紀，古希臘時期米利部的統治者希斯提艾奧斯（Histiaeus）被圍困時，為了聯絡援軍，將一名奴隸的頭髮全部剪掉，在頭皮上以刺青方式寫下訊息，等到奴隸頭髮長出來完全掩蓋訊息後，再派奴隸外出，萬一敵軍捉住奴隸，如果不知道要剃掉奴隸的頭髮，就不會發現他頭髮下暗藏的訊息。然而，理解這個做法與動機無助大局，重點是，同浩頭頂上的訊息代表什麼意義？

岩川也無法回答，尤美顯得有點焦躁，一張白紙上塗塗寫寫，布滿了紛亂交錯的筆跡，窗外游泳池施工的嘈雜聲，恰如兩人現在的心情。最後，岩川提到了失之交臂的第三本日記，以及人在關島喪命的上村，此時，尤美出奇鎮定，她挪出了空間給岩川，兩人在床邊坐著，頭靠著頭。

「父親的遺體，已經拜託 Jennifer 了，現在放在醫院，我們應該和他道別了……」

尤美摟著岩川，不發一語。

「還有上村叔父！」岩川抹了抹眼角，「我決定在同一大向他們倆告別，而且，遵照父親生前的安排，他們兩兄弟要在同一個地點長眠。」

尤美看著岩川，靜靜的聆聽。

「明天父親火葬之後，我們訂最快的飛機回台灣，送他們最後一程。」

尤美感受著岩川心情的頻率，視線穿透窗外，游泳池的上空和過去一樣，幾根電線在樹梢之間穿過，她雖不能言語，心卻澄澈透明。

51

醫院太平間，輪值晚班的老工友和平日一樣輕鬆，他瞄了一眼電腦螢幕，確認今天冰櫃的進駐情形，按照慣例，他要去巡視一下停屍間，順便關閉所有室內燈，然後他就會到值夜班的房間裡小憩片刻，值夜班最沒壓力了，太平間哪會遺失貴重物品，別說笑了。

鋁質的冰櫃面板，就像霧掉的鏡子，人從前面走過，會出現不清楚的顯影，老工友當年報到第一天，曾經被自己的身影嚇到，膽汁差點當場吐出來，這麼多年了，怪事還真的看很多，他的經驗就是要先搞清楚究竟是鬼嚇人，還是人嚇人。

他慢慢走到第一排冰櫃的盡頭，伸手關閉牆上的燈光按鈕，第一排冰櫃走道瞬間陷入漆黑。拐了個彎，一個詭異的情況出現，他看到一只冰櫃滑出，有大約二分之一的長度露在外面，他快步趨前，想確認這只冰櫃是否有存放遺體。

哪有這種事，想透氣？從一米之外的距離，老工友就從露出的半截冰櫃，看見一顆光頭，耳朵旁邊放著一頂咖啡色的厚毛氈帽，陰暗的燈光下，屍體頭頂上詭異的線條，並沒有吸引他的注意，他心中呼喊主耶穌之名，連四下張望也不必，只淡定的使了點力氣，將冰櫃推回。

剛才第一排走道燈熄滅的瞬間，有一個黑影，矯捷的從第二排迅速移動到第一排的前端靠近出入口的位置，一身黑衣，頭上纏著髮髻，隱沒在伸手不見五指的暗處。

2-D，老工友看著冰櫃號碼，這才想起這是主任今天特別交辦的貴賓。第一晚，還住不慣？老工友在心裡開了一個玩笑，伸手關了第二排冰櫃的走道燈。

52

岩川回美的第一夜，因為時差，加上心亂如麻，他決定把樓下的客廳沙發當床，以免輾轉難眠時影響尤美休息。尤美吞服了岩川遞上睡前該吃的藥，給岩川一個淡淡微笑。岩川下樓回到廚房，發現尤美的藥包旁，放著他偶而工作壓力大時會吃的安眠藥，今晚，我太需要了，岩川不必翻箱倒櫃，覺得如獲至寶。游泳池的工作已經接近完成，明天艱難的挑戰又要開始，今天晚上，他確實需要睡個好覺。

凌晨時分，洛杉磯的夏夜，無雲的天空掛著明月，黑衣人站在岩川家的大門口，一部車緩緩駛進，走下來兩名蒙面人，三人走路無聲無息，穿越車庫旁的狹窄通道以避走室內，迅速來到游泳池畔。領頭的黑衣人，理了理頭頂的髮髻，從外面的落地窗朝內向廚房探看，客廳沙發隱約傳來沉沉的鼾聲，隨即回身點頭暗示同伴即刻行動。

藍白相間的帆布被拉開捲起，施工中的池底邊緣，表層已被挖開，怪異的是，黑色的防水層目視僅有約六十公分寬，並沒有覆蓋整個池底，而是整齊的沿著池底的長邊鋪設。

蒙面人站立在池畔，以廣角鏡頭相機拍攝池底，黑衣人沉思後，與蒙面人一陣低語，其中兩人攜帶輕工具躍下池底，打開額頭上的頭燈，分頭在池底的兩個短邊角落開挖。六十公分寬的黑色防水層，極可能覆蓋整個長邊，黑衣人試圖確認短邊的情況，只需鑿六十公分見方。

加裝消音配備的輕機具所發出的聲音，在寧靜的暗夜裡仍悶響著。領頭的黑衣人又來到落地窗前，眼睛朝內凝視著客廳深處沙發的動態，黑暗之中，從淺色的睡袍來辨認躺在沙發上的人形，任何一個移動或翻身，就會啟動B計畫。

就像非洲草原的猛獅盯著羚羊，這一側全神貫注，另一側則加速趕工，過了十分鐘，機具聲稍歇，領頭的黑衣人頭巾濕透，轉身回到池畔。這一幕十足詭異。

閃光燈四起，相機做了制高點與局部的特寫紀錄。

＊＊＊＊＊＊＊＊

下雨閃電？岩川隱約感覺到外頭的亮光，他覺得頭痛欲裂，一陣口乾舌燥，翻身坐起，視線穿過廚房，看著落地窗外的光源方向，洛杉磯的夏天少雨，是恍惚的夢？他走到廚房到了一杯水，看見昨晚臨睡前吃的安眠藥，這藥效還眞強。來到落地窗前，他抬頭瞇著眼睛，看著天空中的滿月。

隨後他躡腳上樓，輕輕推開尤美房門，月光從沒有完全拉攏的窗簾洩入，尤美似乎睡得不太安穩，額頭與鼻尖大量盜汗，岩川拿毛巾輕輕為尤美擦拭，他憐惜尤美所受的苦，他好希望這一切趕快過去，早點回到往日時光，雖然父親已經不在。

岩川緩步來到鬱金香旁，伸手想拉攏窗簾，就在一瞬間，他看見下方游泳池，昨天傍晚收工時，他記得交待工人離開時要蓋上帆布，然而，帆布的位置顯然被移動過，他看見了整個池底。究竟是工人沒有照他的指示，還是夜風吹拂，岩川直覺有點蹊蹺。

昨天收工時，岩川忙著安頓尤美，沒有確認完成進度，從已經掀開的表土看來，沒想到工程比他預期還快速。整個游泳池的長短邊池底，貼著池壁，都做了寬度僅六十公分的防水層。

7

這是數字7？還是字母L？父親想告訴我什麼？

53

一輛賓士 Maybach S600 Pullman 加長型禮車，近 6.5 米的車長，霸氣的佔據了桃園機場入境大廳外的兩根接客柱，這輛豪華的陸上行宮，已經在此等待多時，要給貴客最大的驚喜。

忙碌的入境大廳，塞滿了旅行團的遊客，導遊們拿著不同的旗子，領著剛下機的團員，分據在機場大廳的各角落，做出發前的叮嚀。由於中國與台灣這幾年的政治氛圍友好，交流頻繁，這些團進團出的旅客，多半來自中國，他們操著鄉音，眼神對台灣這塊土地充滿好奇。

拿著一支紅色三角旗，身穿台灣原住民阿美族服飾的導遊，聲嘶力竭的熱烈歡迎，團員中一名身材精壯的中年男子，扶著另一名年邁的老者站了起來，向導遊使了眼色，逕往機場大廳的出口而去。

緊鄰機場出口處，尚里站在醒目的加長型禮車外，西裝筆挺，面帶微笑，打開車門，恭迎代也與利葛兩位貴客進入後艙第三排，他則選擇後艙第二排，與兩位面對面而座。車子一開動，後艙與駕駛艙的私密隔屏玻璃馬上升起，先進的電漿技術，瞬間霧化了玻璃的透明度，展現絕對的私密性。玻璃隔屏中間的大型螢幕也緩緩升起，一場尚里運籌帷幄的簡報大秀即將展開。

車子左轉，很快把機場航站拋在身後，尚里斟上紅酒，舉起高腳杯。

「辛苦了，敬成功的關島之行！」

尚里一飲而盡，代也神情嚴肅，小酌一口，成功兩字格外刺耳，利葛則先發制人。

「這次關島的任務，本來是整個計畫的最終回，但是三人和三本日記，沒有按照原計劃到位，最後是勉強趕鴨子上架。」

尚里回憶起翻車現場，上村與舉目所見的所有物品，火速從山坳送上了救護車，接下來的幾分鐘內，尚里指揮弟兄們翻遍了山坳，就是沒有發現意竹與岩川的蹤影，隨著時間的流逝，清理現場的壓力愈來愈沉重，一通利葛的急電，決定先送走上村。對尚里來說，這是個受迫的決定。

從利葛帶著責怪與惋惜的口氣，尚里判斷上村斷氣之前，並沒有說出令人滿意的答案。

「放下關島吧，執著在意竹、岩川、上村，還有那幾本的日記，只是阻礙我們前進，」尚里嬉皮笑臉的一語帶過代也在關島失手的痛處，「有一個新獵物，會讓我們異常興奮。」

螢幕上出現一張老照片，一名年輕人留著中規中矩的旁分頭，專著筆挺的制服，「意竹、岩川與另外兩本日記，應該在他手裡。」

代也與利葛同時出現的納悶表情，看著照片中的陌生人，尚里繼續說從黑白兩道搜集而來的情報，「他叫葉三鴻，金門人，父母親死於中國歷史上有名的八二三砲戰，當時他只有十歲，於是被親戚收養，後來因為經濟困頓，被送往金門的軍校就讀。敵人讓他成為孤兒，所以他的忠貞度完全不受質疑，一九五五年被選為國家領導人的貼身侍衛，當時稱為七海衛隊，必須接受嚴格的搏擊與武術訓練，八極拳是南方武術適合近戰格鬥的拳種，葉三鴻不但是該梯學員的頂尖高手，甚至在連續五十場不同梯次的盲抽實戰中也未曾落敗，創下七海衛隊隊史上的紀錄。」

尚里眼睛的餘光瞄向窗外，從窗外的景致，估算抵達目的地的時間，這場簡報分秒必爭，「他是單身，與上村是忘年之交，感情有多好？他們連女兒都可以共用……」

螢幕中，出現一名薄唇短髮，冷靜俐落的女子，代也與利葛仔細端詳著，「她叫做意竹，和葉三鴻一樣，也是一名孤兒，孤兒向來是培養特務的不二人選，是吧！她在葉三鴻身邊長大，練就很好的身手，後來則是派駐在上村的莊園裡……」

「派駐？」行雲流水的簡報中，利葛忽然抓住了這兩個字。

尚里不疾不徐的回頭解釋，「這就要先從貼身侍衛與主人的微妙關係說起，當時蔣介石的夫人喜好蒔花養草，葉三鴻請教經營茶花莊園小有名氣的上村，兩人因此認識，而上村剛好就是同浩的親弟弟……」，尚里特別在「剛好」兩個字，加重語氣。

「……所以眼睛所能看到的，大多都是表象！另一個微妙的關鍵是，貼身侍衛都會知道或涉入主人很多私領域的事，這個關鍵，串起了所有表象，我有幾個重要推論。」

螢幕上出現一行字，「1. 祕密行動的關鍵人？」

「同浩在一九四九年的行動，不是個人行為，而是組織化的運作。這必須要安排一個角色，跨越多重的人際節點，甚至要以一種以上的身分，才能掩護機密與配套行動。這個角色，是同浩？上村？岩川？還是意竹？還是……都不是！」

這時螢幕再次出現簡報一開始的那張老照片，「Bond, James Bond.」

長年居住在美國的尚里，玩了一個美國流行文化的梗，這是 007 電影裡，男主角介紹自己的慣用語。從代也與利葛的表情，尚里知道他不需要再做解釋。

「但是，人，是我們要關心的重點嗎？」螢幕馬上又出現一行字，「2. 茶花莊園的祕密？」

「從空照圖判斷，上村的莊園佔地接近兩萬平方公尺，莊園內建築物使用了五分之四的面積，看似提供半日照的茶花栽種空間，但使用的比例頗不尋常，供遊客賞玩的庭院也馬馬虎虎，判斷莊園建築物的內部有龐大的空間！」

畫面出現一張莊園八角亭辦公室的外觀照。

「這裡是上村居住的新竹莊園。一九四九年，崑崙艦在基隆靠岸之後，國寶被送上火車，中停桃園楊梅，然後抵達當時的台中糖廠，從桃園楊梅南下到新竹，或是從台中北上到新竹，都只要五十分鐘。」看似平凡的莊園，蒙上了塵封七十年的神祕。尚里繼續說，「這處在新竹頗有歷史的茶花莊園，同浩隨國寶抵達台灣後幾個月，連同園內的茶花一併購入，並隨即大興土木。」

「知道人，也知道地點，那我們還在等什麼？而且，這個葉三鴻如果是最大的絆腳石，就想辦法搬走！」代也聲如洪鐘。

台北圓山飯店的宮殿建築出現在車窗外，不計路況，大約還有二十分鐘就會抵達代也下榻的寒舍愛美酒店，尚里知道必須把握時間。

「所以，何必在意那三本日記寫了什麼，岩川和意竹現在人在哪裡，根本也不是重點！」，尚里進入最後一個簡報段落，「最好的計畫，是可以好整以暇、以逸待勞，我們不但要甕中捉鱉，而且為了不要再有閃失，還要一網打盡。」尚里繼續心中的沙盤推演，「上村這老傢伙的下場，早就在我們的計劃之中，不是嗎……他不會繼續躺在關島吧！」

螢幕上出現一排密密麻麻的文字資料，「上村必然會躺著回台灣，回台灣之後能去哪？論地緣關係，上村住在新竹，這是台灣新竹與台北所有的公私立墓園與納骨塔。」尚里按下遙控器，文字瞬間放大。

尚里有備而來的簡報，進入另一波高潮，代也躺在豪華座椅裡，兩腿前伸，專注的看著螢幕。

「事情還可以變得更容易，」尚里再度按下遙控器，成串的資料立刻變成三筆。「如果只看可以進行火葬的地點，則只有這幾處，其中以台北、新竹兩地最有可能。」

道長在台灣殯葬業的實力，成就了尚里在代也面前的完美演出。「上村的最後一幕，早就在我們的計劃之中，台灣的殯葬業遲早會等到這名客人。」

畫面最後出現一句話，「掌握死人，鎖定活人！」

這八個字，在黑底反白的螢幕上，像一道光照向代也與利葛，代也以眼神示意，舉起酒杯說，「所有人都會到齊！」

「是的，包括葉三鴻。台灣的殯葬業，對我們來說是一張網，獵物一觸碰，我們就會立刻察覺，」尚里補充，「只有一網打盡，才能找到真正知情的人，也才有機會讓他不得不說出實話！」

「台北市、台北市近郊的三芝、新竹市、新竹市近郊的關西，這四個最有可能的地點，已經部署人力與車輛，保持最高的機動力，橫向聯繫與監控都已經就緒。」

加長型禮車從松仁路轉進艾美寒舍酒店前的圓形廣場，兩名服務生迎上來列隊歡迎。先下車的利葛，牽著代也走進酒店，禮車緩緩駛離。

酒店大廳，一隻四腳站立、下巴點地的不鏽鋼長頸鹿，以逗趣的姿態迎賓，這尊公共藝術，已經成為酒店的地標。利葛看著酒店外離去的禮車，帶著代也朝著電梯廳前的軟沙發而去，利葛把手伸進外套口袋裡。

「老爺，我們從機場過來的這段路上，監視畫面提示不斷，包括第四幕的訊號。」

代也接過手機，先放大神祕的第四幕，看著一張張白色頭皮與游泳池底的照片，洋蔥已經一層層撥開，但卻刺鼻嗆眼，代也喃喃自語，「你剛才在車上聽的，覺得如何？」沒等利葛回答，代也繼續說，「擒賊先擒王」。

加長型禮車從台北信義計畫區，朝著高速公路的方向前進，尚里嘴角泛著微笑，撥打手機，「嗯……很好，還要一具空棺木。」

54

距離茶花莊園三公里處，葉三鴻把車停在山邊，脫下斗笠，換上漁夫帽，脖子上掛個一條白毛巾，下車步行，太陽已經逐漸靠近西邊，遊客下山的車輛變多，葉三鴻往上山的方向走去，逆向觀察每一部車子。

從莊園圍籬看進去，茶花依舊滿園盛開，雖然不是週末，仍然吸引遊客前來，領班阿寶與工人依舊辛勤的照顧茶花與接待遊客，他們不知道這座莊園已經失去了主人。葉三鴻看著多年老友一手打造的莊園，有強烈的唏噓，他無法預見莊園的未來。

葉三鴻在莊園外面，沿著圍籬走了一圈，最後決定把一處緩坡上的茄苳樹，當做目視莊園的制高點，他靜靜的看著莊園裡的每一位遊客、進出與經過莊園的每一部車輛，直到太陽西下、夜幕低垂。

過了營業時間的莊園，大門緊閉，茶花園僅留幾盞照明燈，唯一住在莊園內的阿寶，房間在八角窗辦公室隔壁棟三樓，聞鈴聲響起，從監視器畫面看見似曾相識的人影，決定下樓應門。

「老爺是不是出事了……」，阿寶劈頭即問。

葉三鴻隨著阿寶走向八角窗辦公室時，絕口不提上村的噩耗。

「我打了好幾通電話，都沒找到人……」，阿寶追問。
葉三鴻轉移話題，「前幾天送台北的茶花，半路出了點事，您就與客人商量一下，擇日再補送。」
「喔……茶花出門之後，音訊全無，後來我好不容易和大小姐聯絡上了，他也沒說清楚究竟發生了什麼事，還好對方是位老客人，可以說上話。」阿寶回應葉三鴻，只是納悶這麼大一台車，究竟出了啥事，連車內的茶花都憑空消失。
「不過，老爺和小姐……應該……還好吧？」阿寶還是不放棄。
葉三鴻回，「吉人自有天相。」黑夜隱匿了葉三鴻的情緒，「對了，我回來的原因，是要拿上村交代的一些私人物品，會在這裡借宿一晚，或是隨時會離開，我走的時候會把門帶上，您就別招呼我了。」
阿寶領著葉三鴻進入八角窗辦公室，即使心裡仍有著千萬個納悶，但仍舊帶上門，轉身離去。
葉三鴻看著室內的擺設睹物思人，他不但對莊園的一草一木都很熟悉，甚至機關暗門也一清二楚。
走了幾步路，手機忽然震動，螢幕顯示一長串數字，看起來是國際電話。
「我看到第三本日記了。」意竹的聲音沙啞。
「喔，我剛抵達莊園，你說說你看到了什麼？」
「乾爹把日記整頁撕下來，用海水浸濕，整個吞進嘴裡，沒有咀嚼，嘴裡還含著一大口沙。」
「嗯。」一團揉捏的紙張，撕裂口腔與喉嚨，身為上村的莫逆之交，葉三鴻瞭解上村臨死的果決，他為好友的遭遇湧起一陣悲痛。

「因為卡在喉嚨與食道，所以還沒有受到胃酸破壞，他想保留日記的訊息給我們，」此時意竹的口氣有些起伏，「我看完關島警方拍攝的照片，字面上看起來實在毫無頭緒，我傳給您，乾爹的遺體準備火化了，我明天就回台灣，後天我乾爹他們兩兄弟的骨灰，就可以團圓了……」

電話掛斷，幾秒鐘之後，手機收到幾張影像檔，濕透的紙上，有一些字因為紙張皺摺看不清楚，但是大部分原子筆寫的字跡都仍可辨認。

我從來沒有打電話到美國給同浩，一方面是電話費很貴，二來是我們兄弟之間心靈相通，從來不靠言語敘舊，今天是第一次，也是我人生第一次打越洋電話，因爲今天我的姪子岩川要完成終身大事，我要越洋祝福這對新人。

紅色囍帖竟然今天才寄達，我知道同浩並沒有預期我會長途飛行，從台灣到洛杉磯參與這場婚禮。喜帖裡所附的照片，我看著我美麗的弟媳，聽說他是來自中國的留學生，名叫尤美，我很高興岩川終於找到他的人生伴侶。

說來好笑，我那滴酒不沾的哥哥，竟然會喝到近乎不省人事，電話撥通的時候，本來以爲喜宴現場應該很熱鬧，但他的四周竟然出奇的安靜，他說他喝醉了，回到房間休息，我恭喜他在異鄉家裡多了一名新成員，他沒說話，不斷地謝謝我，說他喝醉了，明天再說。

我永遠無法理會，有媳婦是什麼感覺，對岩川來說是新的人生，對同浩何嘗不是？我預期他很開心，但眞的沒料到他會喝醉，總之，隔著太平洋，獻上我遙遠的祝福。

守護祕密，是送別好友最好的溫暖，葉三鴻細細思索字字句句，岩川正在美國，試著解開前兩本日記的謎，這第三本日記唯一透露的訊息，是岩川的婚姻大事，根據上村在日記中的描述，當時同浩疑似酒醉不太清醒，所以內心的真正想法不明。葉三鴻閉眼沉思，忽然，他再度打開手機裡的照片檔，重看日記的其中一行。

「……我恭喜他在異鄉，家裡多了一名新成員，他沒說話，不斷地謝謝我，說他喝醉了，明天再說。」

明天再說！葉三鴻確認日記照片的開頭所標註的日期……

931231

豈能放棄任何線索！葉三鴻走到清明上河圖前，手掌滑過虹橋上一千年前汴京市集的熱鬧人群，全圖立刻一分為二，通往地下密室的門打開，葉三鴻快步而下，從第一排架子上的日記，很快掌握擺放的邏輯順序，在書架間快速移動，就在原來第三本日記，93年12月31日陳放處的隔壁走道，他抽出了一本日記，封面寫著94。

明天再說！

葉三鴻知道，擁有訊息最好的方式不是帶走，而是放在腦海裡。於是，他翻開日記的第一頁。

9411

今天是新年第一天，放假日，茶花莊園人潮很多，幾乎忙不過來，中午左右，接到同浩從美國來電，我才想起，昨晚他喝醉的時候，隨口講了一句「明天再說」，原來是當眞的，回想他移民去美國之後，我們倆還從來沒有連續兩天都通電話，眞是很特別的經驗啊。

因爲這麼難得，所以我放下手邊的工作，在辦公室裡想聽聽他娶媳婦的心情，不過，這又是一通聽完沒有頭緒的電話。他問我有沒有聽過「川島芳子」這個人，這四個字我連寫也不知道怎麼寫，他情緒忽然變得非常激動，咒罵的字眼全部出籠，我甚至懷疑他是不是還在宿醉，他一再重複了「漢奸」兩個字，和對不起中國人等等的話。關於對中國的民族意識，同浩心裡有常人罕見的情操，「川島芳子」聽起來像日本人的名字，他一定有一些作爲，踩到了同浩的紅線。

最後，我還是沒有聽到他娶媳婦的心情，隔著太平洋，很多訊息都斷了，我也只能在遙遠的台灣祝福他們。

這一天日記共有三段，葉三鴻反覆看第二段，他知道「川島芳子」這號人物，在中國歷史上，他是有名的漢奸，最後被槍決，遺體還公開示眾。大囍之日的隔一天，同浩來電說了這段毫不相干的史事，真的費人疑猜，毫不相干，葉三鴻心裡暫存著疑惑。

55

三分鐘前，隆介把震動中的手機貼緊褲管，看著旁邊頭戴著耳機、閉目養神的伸郎，從監視器前的座位站起，直到步出房門外才接聽，這通電話是一件私下的指派，事情表面上很單純，達成輕而易舉。過去幾天，在道長的穿針引線下，他統籌殯葬人力的布建，把一群烏合之眾進行組織管理，新增的神祕任務，對他來說只是舉手之勞。

「快來看！」伸郎摘掉耳機，挺身坐起，盯著其中一個監視畫面大喊，隆介聞聲，掛掉電話回到室內。

夕陽餘暉下，茶花莊園的入口出現一個人影，大門應聲開啟，由另一人領著走向八角窗辦公室，人影交錯在陽光斜射的陰暗面，忽隱忽現。

「你覺得他是誰？」

「剛從九份回來沒多久，怎麼會不認得……」隆介把雙手交叉在胸前，「還有其他人嗎？」

伸郎控制鏡頭的方向，檢查暗色樹影與圍籬，沒有發現任何動靜。

「看起來是一個人，嗯，離開九份，回到莊園，你覺得他想幹嘛？」伸郎神祕一笑。

「嘿嘿，這是個有趣而且意外的發現，說不定因此會挖到寶呢，既然訊號已經在畫面播送，就不必等交辦……莊園附近還有人嗎？」

「我這兩天支援你點交殯葬相關計劃的車輛，感覺你的人力應該很緊了吧，軍國大事可別逞強，這條線我來處理就行。」伸郎回應，「依我看，他應該不會留在莊園裡太久，所以人手要馬上就位。」

伸郎順手抓起控制台上的手機，解開螢幕鎖，有一秒的時間，隆介撇見了伸郎手機上的四分割螢幕。

56

牆上時鐘的滴答聲，忽然變成巨響，宛如鬧鐘，葉三鴻提醒自己，必須趕快結束這段插曲。

墨寶是所有線索的源頭

葉三鴻重新專注於此行回莊園的目的，他上樓來到燈光昏黃的八角窗辦公室，依照岩川的描述，發現斜靠在牆邊角落的墨寶，一角的木框卡榫已經脫離，趨近一看，所有謎團的關鍵節點——墨寶——就在眼前。葉三鴻仔細看著上面的筆畫與墨跡、怪異的字體與落款，腦海裡對照著岩川曾經告訴他的事。

墨寶木框上面的紋路吸引他的注意。菱形方格以固定間隔排列，中間有一條波浪形的弧線，每一段圓弧，還有兩條線段與之垂直交疊，線段的首尾帶分岔，看起來有點像是爬蟲類動物，與菱形方格重複刻滿了整個木框四邊。

葉三鴻胸口一陣顫慄，我看過這紋路。

葉三鴻從七海衛隊退役的前幾年，有一名黃姓建築師的設計團隊要來總統官邸，類似的拜會行程很常見，但侍衛長特別交辦，基於元首安全考量，有一件隨團到訪的物品要事先送到內衛檢查哨，當時葉三鴻在核心內衛的資歷最深，負責主要查驗。拜會前一天，有人親自送來一只盒子，葉三鴻打開層層包裹的防撞墊，看見一塊深褐色的磁磚，正中央有一排用很特殊字體所寫的字，四個角落有雙菱形的格紋，怪異的弧線夾在菱形格紋中間。

隔天，葉三鴻在元首旁擔任貼身的安全護衛工作，全程聽到了這場簡報，來訪者是台北故宮博物院的設計團隊，這塊磁磚是當天的報告重點之一。當時設計中的故宮正殿臺基，計畫要鑲嵌這塊上釉琉璃面磚，設計師介紹了磁磚的燒製方式還有上面的圖案，圖案分成三部分，左右兩側有漢代青磚的雙菱形祥紋，中間是稱為「蟠螭」的祥獸，蟠螭就是俗稱的四腳蛇，一般民間稱為壁虎，喜歡附著在牆面上，抗拒地心引力、堅決向上攀升。面磚中間是以小篆書寫的「中華民國五十六年造」字樣。葉三鴻旁聽了那場簡報，認識了所謂小篆體，這種字體與正楷有相當大的差距，比較不容易辨識，因為不同的字有不同的筆畫結構，一般人經常必須從上下文字來分辨究竟是什麼字。

眼前這幅墨寶木框的紋路，勾起了多年前的往事，葉三鴻打開手機照明，沿著木框，看著不斷重複出現的符號，上面沒有夾雜任何字或符碼，這透露著什麼？葉三鴻陷入僵局，他晃動了一下手機，光線打照亮了書法字跡，小篆體！墨寶的四十個字，以兩種字形書寫，第二段的三十個字，就是小篆體。

四周的祥獸為木框紋路，中間的書法文字以小篆體書寫，整個結構與台北故宮外牆的琉璃面磚如出一轍，這是自己的穿鑿附會？還是同浩的故布疑陣？

同浩一輩子守護的祕密，在台北故宮？

57

台北的天空飄著綿綿細雨，岩川打開酒店的窗簾，心情也跟著陰鬱了起來，唯一欣喜的是，尤美的狀況似乎好很多，回台的班機上，曾嘗試發出簡單的喉音，抵台的第一晚，感覺睡得很好。今天是個重要的日子，兩人都已經準備好要送父親同浩最後一程。

十分鐘後，岩川輕扶著尤美，出現在一樓大廳，岩川一身黑西裝，尤美戴著黑框太陽眼鏡，遮掩憔悴的面容，身上的黑色長裙，顯得十分肅穆，負責殯葬的禮儀公司，早已派車到門口等待接送，一名穿著黑色禮服，帶著白色手套的禮儀公司代表迎向兩人，彎身鞠躬。

「我叫小斯，今天負責協助與陪伴兩位。」

小斯遞上兩只十字架項鍊，「這是我特別為兩位準備的，感謝主保守今天的任務圓滿。」尤美立刻接過項鍊，掛在胸前，岩川見狀也把項鍊套上脖子。小斯轉身打開車門，禮貌的護送兩人上車。

前一天晚上，上村與同浩的骨灰，分別從關島與洛杉磯送抵台灣，在禮儀公司安排下，暫放在台北三芝一處知名的墓園大廳，從下榻的飯店出發，車程要四十分鐘才抵達，車子從市區轉進山路，目的地的墓園建築物，聳立在地勢起伏的山林之間，隨著蜿蜒的山路，由遠而近，在視線範圍內愈來愈清楚。這處墓園座落在山巔已經超過二十年，可遠眺整個大台北山系，崎嶇的山路，讓尤美覺得暈眩，幾度俯身乾嘔，岩川一手輕拍著尤美的背，目視遠山的距離，另一手輕輕握住項鍊下方的十字架，不斷禱告著。司機發現尤美身體不適，主動回頭遞送涼糖。

岩川低頭看著手機，惦記著意竹，九份一別之後，即將於靈骨塔再次相見，手機簡訊提示音忽然響起，岩川輕觸銀幕。

「誰啊，有急事？」尤美專注看著窗外的景色，分心詢問。

「是葉三鴻，記得嗎？我在美國的時候向你說過的意竹義父。」

「哦……等一下就會見到他了吧？」

「是，」車子緩速經過一處髮夾彎，墓園建築又隱身在林間，「他與上村叔父是生死之交，是不會缺席的，不過……」

尤美靜靜的轉頭，看著岩川。

「他說要先去故宮一趟。」

尤美把頭轉回窗外，輕闔上眼，微弱低語，把身上的大衣裹得緊緊，十字架項鍊垂掛在外。岩川心裡納悶，想不透葉三鴻為何有突如其來的故宮行程。

抵達墓園大廳時，上村與同浩的靈堂擺滿了鮮花，兩人的照片掛在正中央十字架的兩側，倍感莊嚴，黑底白字的輓聯一字排開，從天花板上垂掛而下。一名身穿黑色褲裝的女子，早就抵達靈堂等待多時，他在椅子上不發一語，靜靜的看著靈堂裡的擺設，脖子上也掛著一條識別家屬的十字架項鍊。

岩川一眼就看見這名女子的背影，馬上帶著尤美趨前。

「這是意竹。」岩川為尤美介紹，意竹沒想到第一次見到尤美，會在這個場合。

「大嫂，幸會。」意竹伸出手，剛剛飽受暈車之苦的尤美，蒼白的臉上勉強擠出一絲笑容，點頭致意之後，很快把視線離開了意竹，此時，現場的管風琴聲揚起，岩川連忙攙扶著尤美坐下。

墨鏡遮蓋意竹悲淒的面容，儀式即將開始，岩川抬頭看著靈堂上懸掛的輓聯，每一個字都是好友們為往生者的一生所下的註腳或是最後的祝福。輓聯上的署名，多半來自台灣文化界或茶花界，說明了上村與同浩兩人生前的行跡。岩川的視線在眾多輓聯的一筆一畫裡緩慢遊走，肅穆追憶父親的一生。忽然，一張飄動的輓聯上，有四個字吸引他的注意。

淨業悟生

中華安清協會

淨業是佛教用語，原句來自「三世諸佛，淨業正因」，意思是過去、現在、未來要孝養父母、奉事師長、慈心不殺，以體認人生正道，修得善果。這出現在基督教告別式的場合有點突兀，但有一個字不知何故、猛然躍起，衝擊著岩川視線。

「悟」，一心五口[30]。

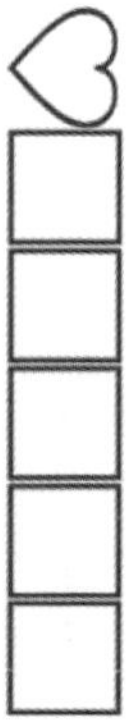

同浩頭頂上的怪異刺青，一個心型、五個正方形的符號瞬間閃過腦海。

岩川緊閉眼睛、身體晃動，他不知道這突如其來的電光石火，究竟是雜念？還是豁然開朗？他覺得此刻，很需要讓腦筋空白。

告別儀式現場的擴音喇叭，牧師正在講述父親護送國寶遷徙的事蹟，一生奉獻給中華文物的執著，但岩川腦中卻被複雜的思緒深深地糾纏著。「中華安清協會」與中國祕密結社青幫有極深的淵源，在民間結社法制化之後，走出神祕的陰影，向台灣政府登記為社團組織，而有了「安清」之名。

儀式結束，岩川與意竹分別捧著同浩與上村的骨灰罈準備「晉塔」，尤美與小斯、其他禮儀工作人員跟在後頭，岩川發現尤美的臉益發蒼白，舉步維艱，走了幾步之後，彎下腰，手撐著膝蓋，他低聲告訴意竹，先讓上村的骨灰罈入塔，回身扶著尤美，在通道的椅子上稍事休息。

意竹環視整個告別式會場，仍然不見葉三鴻的蹤影。上村骨灰進塔在即，故友卻來不及送最後一程。小斯領著意竹走在前頭，沒留意到左顧右盼的意竹，直接搭電梯登上靈骨塔主建築六樓，基

30 「悟」字的文字結構，是由左邊的「忄」、右上的「五」、右下的「口」共同組成，「忄」與「心」意義相同。故「悟」字，可拆解爲「一心五口」。

督教徒不必擇日進行儀式，這一天靈骨塔所在的樓層空空蕩蕩，沒有其他喪葬家屬在場，舉目所及，精緻的琉璃門龕沿著牆面整齊排列，在明亮的燈光下更顯肅穆。領頭的禮儀人員停了下來，轉身面向意竹，伸出戴著白手套的手指，向意竹示意，停頓幾秒之後，隨即打開門龕。

這就是上村的長眠之地了，意竹轉身，捧著骨灰罈在打開的門龕前閉目靜立，告別如同親生父親的上村，非常悲痛與不捨，一道琉璃門龕，即將隔出陰陽，即使日後再來探望，也是最遙遠的距離。周遭十分肅靜，小斯與隨同的禮儀人員在這個時刻，都退到一旁，留給家屬在心中默念最後告別的話語。

最後時刻，葉三鴻仍未現身，意竹睜開眼，捧著骨灰罈的手輕輕上提，舉到門龕高度時，從門龕望進放置骨灰罈的方寸之室，有件異物的陰影引起他的注意，她單手托住骨灰罈，空出另一支手取出異物。

意竹以自己的身體擋住後方禮儀人員的視線，這是一張對折無數次的紙，從縫隙看，紙張上面印的是密密麻麻的街道，地圖！紙張的背面，有個粗黑的手寫字跡突兀的出現在上面。

L801

同浩的筆跡？加密的訊息？

「怎麼了嗎？」小斯靠近詢問。

意竹的手握著紙片，「我父親生前有來過這裡嗎？」

「哦，訂購人有來過，好像是叫做……」

「陳同浩？」

「對，就是這位陳先生，他……」

「他也是今天晉塔。」

「嗯，是……」小斯也察覺這個巧合。

「當時是您接待的嗎？」

「哦……是，是我本人，我們的服務是從一而終的。」

「當時他一個人來看嗎？有沒有做什麼？」意竹悄悄地把地圖放入外套口袋。

「嗯……」小斯狀似認真回想，「他很特別，因為一次訂了兩個，這兩個塔位，他都打開門龕很仔細的看，喔，對了，因為他看得很認真，所以我有提醒他，因為他訂的塔位尺寸稍微大了一些，所以有一個附加的服務，就是家屬可以放置親人的遺物。」

「嗯，我明白了。」意竹聽了小斯的長串說明之後，把骨灰罈平穩的推入，關上門龕，門龕上的編號出現在意竹眼前。

L108

這已經不是一個尋常的編號了，口袋裡那張地圖背面的字跡，數字順序是完全相反的，不只如此，意竹的思緒還忽然跳接至郵局的記憶，郵政信箱 108 號。覺得事有蹊蹺。

「L是這個樓層？」

「是的，陳小姐。」

「L801 晉塔了沒？」意竹覺得他正在冒冷汗，他所等待的回答，必定讓他晴天霹靂。

小斯覺得，雙塔位進塔的家屬知道編號是必然的。

「哦，家屬還沒上來。」

同浩的塔位在 L801！這果眞是同浩的佈局！意竹的手在發抖。

「我要先看一下 L801。」

「要不要等家屬上來？」

「我就是家屬！」意竹轉身看著小斯。

小斯覺得意竹的目光詭異，隨即接話，「好……請跟我來。」

意竹跟著小斯走在後頭，看著兩側納骨塔位門龕上的編號，還沒弄清楚塔位的編碼邏輯時，小斯忽然站定，距離剛才上村的塔位只差一個走道。

「就是這裡，陳小姐。」

意竹看著一模一樣的門龕上，寫著 L801，「幫我打開。」

小斯遲疑了一下，再次與意竹堅定的眼神對接之後，才打開門龕，意竹刻意半掩著龕門朝裡面瞧，陰暗的空間裡，有一個金屬物閃動著沉沉的光，意竹的眼睛餘光撇見身後的小斯，自然地移動身體擋住龕門，伸手取出金屬物，指尖感覺到有個尖銳的方角，冰涼的觸感從手心穿透了手臂，鑰匙！

鑰匙握在手心，手臂下垂貼著外套口袋，意竹感覺此刻，身上有舉不起來的重量。耳朵裡傳來的腳步聲漸漸靠近然後停歇，她一抬頭，看見岩川，手裡捧著骨灰罈。

58

葉三鴻步下計程車，從外雙溪的幹道仰望台北故宮正殿，視線順著中軸線，穿越六柱五間的「天下為公」石牌坊與中央步道，以青山為背的正殿在盡頭巍峨而立，非常大器莊重。

遙望黃色正脊和綠色琉璃瓦盝頂式的台北故宮，這裡藏著同浩的祕密？葉三鴻如果成功揭開同浩一生守護的謎底，再走進上村的靈堂，這將是獻給好友最大的臨別贈禮。他很清楚時間不多，幾分鐘前，他在岩川手機簡短留言，告知將先來故宮一探究竟，隨後將趕赴參加告別式。

葉三鴻寬鬆的白色唐裝與黑色棉褲，在和風吹拂下顯得悠閒飄逸，他腳尖著地爬上兩段各十九級的階梯，輕盈的平底鞋無聲無息來到中央步道入口。兩座石獅連同台基高達五米，守護在步道左右兩側，葉三鴻以平穩的速度與姿態，沿著兩旁植滿松樹的中央步道，接近故宮正殿，風捎來的每一個聲響，都進入他的感官，不論是身後的腳步聲，還是擦身而過的低語。

湛藍的天空下，點綴著白色的雲朵，配上米黃色石英質無釉面磚外牆，台北故宮博物院的建築意象，深植世人心中，排名一直高居世界前十大，每年都吸引為數可觀的人潮。

來到正殿入口前的廣場，一群觀光客依著領隊的指揮，擺出各種姿勢合影，葉三鴻避開人潮，向右轉往東側停車場，一步步靠進正殿台基，米黃色釉面磚下方，是一大片深褐色的磁磚貼面。葉三鴻一腳跨入入台基外牆前面的草皮，伸手輕觸琉璃面磚，往日的記憶浮現腦海，當年他只看過一塊面磚，如今眼前是一大面琉璃面磚牆。

琉璃面磚上，彎曲的祥獸、四角的菱紋、小篆體文字，在陽光下依然透亮。中華民國五十六年，一九六七年，上一次如此近距離的看著面磚，已經是五十年前的事了，台北故宮在一九六五年啟用之後，歷經五次擴建，有人批評，台北故宮最初設計的一些文化細節已不復見，光是這琉璃面磚，就出現了好幾個不同年代的版本，甚至，晚近完成的面磚，已非琉璃材質，樣貌與當年大相逕庭。

葉三鴻腦海裡浮現墨寶的木框，不論祥獸的曲線與四角菱紋，與眼前的琉璃面磚完全相同，在故宮？可能嗎？同浩想說什麼？葉三鴻繞過台基轉角，在日照的陰暗面下思索著，這件事如果與故宮有關，應該是靠近台北故宮落成啟用的年代，特別是一九六五年後到現在仍然沒有改變的部分，葉三鴻看著琉璃面磚上的小篆體。

葉三鴻所在的位置，已經在東側停車場，後山的山壁已經近在咫尺，往山上的車道路面，漆上「外車勿入」四個大字，故宮鑿山而建的後山庫房就在不遠之處。台北故宮的後山庫房，是一條一百八十公尺深的祕洞，位於標高五十公尺的半山腰，全部以鋼筋水泥澆築，厚達七十公分，加上二十多公尺厚的山壁土石包覆，可以禁得起轟炸。宋、明、清三代皇帝的瓷、玉器等收藏，就靜靜的躺在裡面。山洞庫房重重防護、戒備森嚴，必須同時有兩位同仁分持密碼與鑰匙才能開啟多道門進入，葉三鴻判斷山洞庫房應與同浩所留的線索沒有任何關聯。

星期四的早上十點，故宮東側停車場的車輛稀疏，有部藍色的 BMW，沒有停在停車格裡，頭戴深黑色棒球帽的男子，站在車外，靠在駕駛座的車門，悠悠的吐著煙，手機貼在耳朵旁竊竊低語。

從臉的朝向與被太陽眼鏡遮住的眼睛角度，感覺並沒有試圖與葉三鴻接觸，兩人雖然相隔二十公尺的距離，葉三鴻卻覺得空氣中的煙味愈來愈濃烈。

他回身看著台北故宮的主體建築，黃綠相間的巍峨正殿，在耀眼的陽光下屹立，正殿應該是最可能保留當年落成原貌之處了，打量了四周，葉三鴻朝故宮正殿入口處移動，想尋找更多靈感。進入人聲鼎沸的大廳，天花板透出的米黃色間接光源，映照在大片明亮的地磚上，現代感的氛圍，和館外大相逕庭。團體遊客在大廳集合整隊，高聲吆喝談笑，博物館該有的優雅與沉靜減了幾分，葉三鴻買了入場票，穿過萬頭鑽動的人群，走進入口，登上包覆紅毯的紅色樓梯通往二樓。樓梯空間採挑高設計，站在二樓樓面上俯視與瞭望，三樓走道玻璃圍牆與一樓入口處一覽無遺，滿目盡是現代感的風格，葉三鴻實在無法從中找到任何元素，與同浩的年代相關連。

迎面而來的二樓展間主題告示，沒有吸引葉三鴻的注意，他來到故宮，並非欣賞展品，轉個彎，隨步登上三樓，右轉後，大廳嘈雜的人聲隨著步伐的前進漸漸隱去，他沒有目標的繼續緩步向前，眼前的一切，從天花板、牆面、地磚等空間元素，實在與腦中的線索，沒有任何連結，他仍然不太肯定，故宮與整件事的關聯是什麼。

「敬天格物：院藏玉器精華展」

葉三鴻看著展覽主題，順著動線來到 308 展廳，怪異的是，地上卻先標示著出口，入口在哪？幾公尺外有一個 306 展廳，展覽主題不變，卻標示著入口。走進 306，裡面燈光昏暗，葉三鴻轉身朝外面一探，好特別的格局設計，入口與出口，竟然如此靠近。

展廳裡玻璃櫃一字排開，各朝代的典藏品華陳述著輝煌的歷史。忽然，一個人影出現在走廊入口，進入葉三鴻的視線範圍，定睛一看，太陽眼鏡架在黑色棒球帽上，是剛才在停車場的男子。

葉三鴻隱身在展櫃之間，藉展廳內間接照明的死角觀察動態，男子來回踱步，行動電話仍未離手，只聽不說，感覺就是一個尋常的觀光客。約莫過了一分鐘，葉三鴻提醒自己，應該更專注在此行的目的，於是從展廳內部朝著 308 出口的方向而去。

距離 308 展廳出口三公尺處，一只透亮狹長型的大玻璃展櫃裡，陳列一座大型的深褐色木雕，高約兩米，由八塊透雕木片組成，花瓣狀的蜷曲紋路，刻工極為繁複，六塊碧綠色的玉鑲嵌其中。葉三鴻趨前貼近玻璃窗，說明牌上面有簡短的文字：

民國

碧玉屏風

Green Jade Screen

中日戰爭期間汪精衛贈日本天皇，戰後歸還

汪精衛！葉三鴻當年在七海衛隊培訓時所上的忠貞課程，曾討論他的事蹟。在國共內戰的時代，汪精衛在南京成立偽政府，主張不抵抗日本侵略，甘為附庸，因此而種下漢奸的稱號。另外一樁與此屏風有關的軼事是，一九四九年，國民黨第三次以軍艦運送大批故宮國寶來台灣時，當時軍艦已經滿載，在啟航前一刻，又送來了四大箱文物，最後拆除了官兵寢室內的辦公桌椅，才得以送上船，這屏風當時就是四大箱文物之一。

屏風來台的歷史葉三鴻聽上村說過，現在讀來格外有感觸，崑崙艦，當時同浩就在現場，不過今天能看到這屏風，真是巧合，因為台北故宮的藏品，向來是不定期的輪流展出，誰也無法事先預測藏品未來的展出期間。

葉三鴻在玻璃展櫃的轉角駐足良久，一件巧奪天工的藝術品，說明牌上的文字卻寫著與創作本身無關的政治描述，對這件藝術品來說，歷史只不過是顆塵埃。

團體客蜂擁而入，展櫃前的人潮忽然聚攏，玻璃映照出交疊的人影，忽然，有一口熱氣讓玻璃出現大片的霧濛。

「真是可惡的漢奸哪，把這麼棒的國家寶藏獻給民族的敵人。」

葉三鴻從眼睛餘光中，發現黑色棒球帽男子緊鄰而站，對著展櫃喃喃自語，長長的帽簷頂著玻璃展櫃，剛才那一口熱氣，顯然是刻意從口中呼出。在臂長可及的距離，男子修飾得極為整齊的鬢角清晰可見，葉三鴻以敵不動我不動的應變姿勢雙手抱胸，從玻璃反射判斷，男子正移往他的身後，以武術對陣來說，這個空門太大，葉三鴻馬上挪步過彎，來到展櫃的另一側，見男子嘴角上揚，離開展櫃，轉身朝著出口而去，消失在明亮的走廊裡。

葉三鴻決定化被動為主動，在後尾隨，來到走廊之後，左右張望，308 出口與緊鄰的 306 入口，已經沒有棒球帽男子的蹤影。此時，隔著十公尺左右，正前方的 304 展廳內，似有閃動的人影，葉三鴻一個箭步進入，待眼睛適應黑暗，發現展廳內只有寥寥數人，他順著展櫃繞行，不放過任何一個角落，不久又回到剛才同一個入口，304 展廳出口與入口是同一個！故宮內部的特殊格局，讓葉三鴻覺得非常特別。

從樓梯的挑高空間向下看，沒有棒球帽男子的蹤跡。朝出口樓梯移動時，忽然看到牆上有張故宮館內平面圖，最外緣曲曲折折的線條，構成正殿的建築外觀，狀似一只形狀怪異的器皿。

難道這就是台北故宮剛落成時的原始樣貌？

葉三鴻好像感覺捕捉到了什麼，急急來到正殿外，從入口旁的兩處階梯，登上正殿上方的一處大露台。這是另一處禁止通行入口，因為視野良好，許多遊客喜歡來此拍照。此時太陽已經逼近頭頂，葉三鴻提醒自己，這裡是不是有同浩暗示的訊息？他必須理智清醒、心無旁騖。

隨著光線移轉，正殿立面的米黃色面磚紋理，出現了東方綢緞的意象，葉三鴻抬頭看著有些斑駁的「中山博物院」匾額，與黃

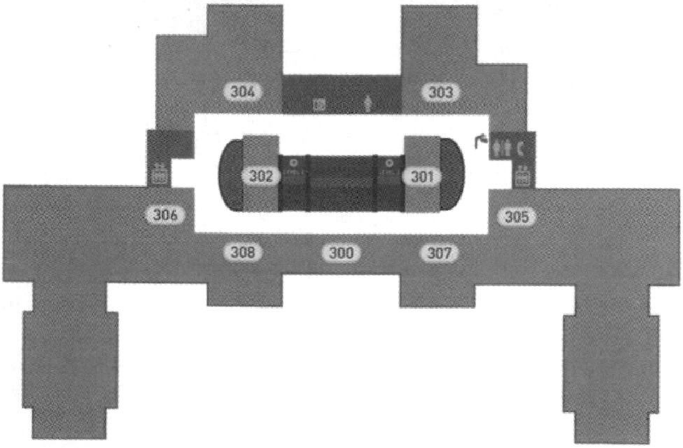

頂綠瓦的正殿天際線，這景象很難與怪異器皿的輪廓線條連在一起。台北故宮正殿的立面，有兩個方形構築一左一右向外延伸，兩個方型之間，正殿內縮，以突顯氣勢，而方形構築的內部，就是剛才葉三鴻所參觀的展廳。

困惑仍難解，葉三鴻掏出手機，Google 搜尋「台北故宮建築」，結果出現將近八百萬筆資料。利用「圖片」檢索，各式遠近特寫的台北故宮照片目不暇給，其中有一張正殿的鳥瞰空照圖，吸引了葉三鴻的目光，原來中央正殿是展覽大廳，上下左右的四個角落，規劃為四個展廳，呈現中國文字「器」的外觀。點入此圖片的連結網頁，是當年台北故宮興建時，選址與國際競圖的部分祕辛，在頁面有個連結，指向一篇學術論文：

> 台北故宮從執政當局所採納的設計案到展覽內容之規劃，其實是一組透過國寶、建築、儀式、詮釋者共同完成的精密歷史計畫……
>
> ……博物館既是一種現代性的計畫，也是一個支持國家文化展示的權力機構……博物館的內核以「器字形」平面空間格局爲基礎，將平面形式模擬爲「古代五室制之明堂」……
>
> ……「明堂」建築作爲市民中心與宮殿建築之胚胎。孟子曰：「夫明堂者，王者之堂也，王欲行王政，則勿毀之矣。」

「王欲行王政」這句話，勾起了葉三鴻七海衛隊的記憶，有人曾用「禁衛軍」來稱呼他們，這語彙充滿了封建帝王的思維，沒想到台北故宮博物院興建時期的諸多波折，也有類似的脈絡。葉三鴻進一步搜尋「明堂」，結果令他震驚。

當年誰拍板讓故宮這「明堂」選在台北外雙溪落腳？而「天子」最可能直接指涉誰？葉三鴻不確定這些是不是同浩想隱瞞或試著說出的真相，他背對著正殿，站在中軸線上，抬頭看著正前方，想像自己是當朝的君王，在大臣隨侍、笙樂飄揚中禮天祭祖。

葉三鴻回望故宮，想像這是一座天子祭祀的廟堂，墨寶第四句「泥金化龍藏 才德惟孝莊」，直指鎮館之寶「龍藏經」。天子祭祀，殿內本應供奉神祇，龍藏經在藏傳佛教的地位崇高，是佛、法、僧三寶之一的「法寶」，代表佛的法身舍利，是信徒頂禮供養的對象與日常修行的依據，整部經典分為「甘珠爾」和「丹珠爾」兩大部，這兩個名詞都是藏文的音譯，「甘」是佛陀親說的法語，「丹」是信徒們註解的釋文，「珠爾」是翻譯的意思。在祭祀殿中奉祀一部佛教盛典，意義不言可喻。

葉三鴻背對故宮，想起無數次在民間廟宇祭拜祈福，信眾都會先背對著廟宇，以祭祀玉皇大帝，做為所有禮佛程序的開始。他的視線穿越故宮大道「天下為公」的石牌坊，天下共一門，墨寶首句浮現在葉三鴻的腦海，此刻他正以君臨天下之姿，極目遠眺，但一座山頭環抱著一棟現代化住宅，卻硬生生的攔下了他的思緒。

台北故宮剛落成的前十年，周遭是禁建區，數十年後，禁令漸除，外雙溪寶地開始有隨處可見的民宅高樓，無疑讓一國之君，舉行重要的朝廷儀典時，少了點恢宏的氣勢。

天地之大，不應受限於舉目之遙，葉三鴻忽然有神來之想，他倚著故宮正殿前的白色欄杆，打開手機 Google map 定位，找到自己目前的所在位置，快速縮小比例，從地圖上看，故宮正前方，有座山稱為「劍南山」，海拔高度僅約一百三十公尺，在台北故宮剛落成的時候，曾經是軍事管制區，隨著政治解禁，已經完全滲入了城市的繁榮。鑿角中軸線，墨寶第一段第二句，帶著葉三鴻的視線往南走，劍南山南邊有基隆河流過，越河之後是松山機場，再往南是一整片繁華熱鬧的市中心區，棋盤狀的道路，和眾多的尋常商家，實在看不出任何端倪。

廟堂在身後，天子祭祀之所，葉三鴻的視線守著源自故宮正殿的筆直中軸線越過基隆河，台北松山機場，這個啟用於一九三六年的軍用機場，是世界少見出現在市中心區的都會機場，他想不出來有何關聯，台北市立第二殯儀館，上村火化之處，也沒有激起他任何靈感，沿著中軸線繼續向南，仙跡岩，這個位在台北市南邊，岩石上有疑似神仙的腳印而得名，葉三鴻覺得這個地點相當特別，但一時也說不上來有何關聯，一直到了台北盆地南邊的山區，大片深淺的綠色，代表地形的起伏，最醒目的特徵就是藍色的大台北地區水源地——南勢溪、新店溪、與翡翠水庫的引流，形成三川交會。

中國北京有世界上現存最長的城市中軸線，歷朝歷代長短不一，但最長都在十公里以內，台北市從北邊到南邊，垂直距離已經超過二十公里，葉三鴻不禁對自己虛擬的這條中軸線開始有點懷疑，忽然，在大台北地區最南端的台九線公路旁，發現一個文字標示：龜山。

龜山！葉三鴻心裡暗忖著，台灣桃園附近也有一座龜山，怎會有如此巧合的地名。烏龜在中國文化裡，有多重的含義，幾千年前的商朝，帝王拿龜殼祭祀占卜，烏龜是地表唯一比人類長壽的動物，所以也做為長壽祈福的象徵，就在龜山的正下方，兩個字進入葉三鴻的眼睛，他覺得身體的血液瞬間翻騰。

文園是一座存放黃金的金庫，隸屬於台灣政府的中央銀行，位於新店通往烏來，一處不起眼的軍營裡，占地二萬多坪，長年有派駐一百名武裝憲兵駐守。一九六一年間，以人工開鑿隧道式山洞，想進入要打開厚重的鐵門、經過三道鎖，再通過隧道內的三道門，才能進入黃金庫房。一九四九年國民黨的政權從中國大陸遷來台灣，入庫的黃金有一百零八萬英兩，作為穩定當時台灣金融與經濟建設之用。

北故宮，南文園，這兩個在一九六〇年代的台灣，全都因政治考量而落腳的地點，在大台北盆地南北遙遙相對，不偏不倚的連成一條中軸線。葉三鴻進一步查看經緯度座標，兩地的直線距離相隔二十四點六四公里，但經度竟然分毫不差，都是一二一點五四度。

這難道是巧合？熟悉一九四九年中國歷史的人都知道，當年台北故宮與新店文園的選址，均由少數人所決定。葉三鴻腦海中浮現了一個場景：想像身著龍袍的一國之君，主持祭祀大典，背有佛經為靠、轉向行禮祭天、前有龜山祈福與黃金獻貢。

這是一個什麼奇怪的局？風水？作法？葉三鴻拿起電話，試著撥號給意竹。

59

晉塔儀式進行時，岩川兩手捧著同浩的骨灰罈，尤美站在左後方，身軀微微搖晃，二十分鐘前，意竹已經完成上村骨灰的晉塔，現在就站在岩川身後，向同浩告別。

「願主帶領，阿門。」岩川結束禱告祈福語，把同浩的骨灰罈輕輕推入，闔上龕門，雙手合十向父親做最後的告別。意竹發現尤美的身體擺動幅度愈來愈大，下一秒，她一個箭步衝向尤美，攔住倒下的身軀，岩川驚愕的回頭。

突發狀況引來現場一陣騷亂，禮儀小斯指揮若定，「一樓大廳是家屬的休息區，請跟我來。」岩川與意竹扶著尤美，跟在小斯後面進了電梯。

電梯內一片靜默，岩川幫忙意竹撐著虛脫的尤美，看著樓層燈號規律的閃爍，意竹口袋裡的手機悶悶作響，她無暇接聽。電梯門開，小斯首先跨出，領著三人走向大廳內一處安靜的角落。岩川與尤美落座之後，接待人員端來茶水，岩川扶著尤美半躺臥歇息，並為她拭汗，以緩解她的不適。

看著焦頭爛額的岩川，意竹很想告訴他在塔位裡的發現，可是現在時機實在不妥。口袋裡的震動又起，她掏出手機一看，竟有六通未接來電，外加兩則訊息，她低聲示意小斯，要暫時離開到大廳外的露台。

意竹迫不及待打開第一則訊息，是來自葉三鴻手機上Google map的截圖。兩個綠色的點分別標示A台北故宮與B新店文園，在圖片中分居上下，垂直相對。他點開第二則文字訊息，內容實在讓她費解。晉塔儀式正在進行，葉三鴻卻遲遲未出現，意竹覺得事有蹊蹺。

> 台北故宮，是博物館，也是天子祭祀之地，整個台北，從北到南，構成了一個奇怪的布陣，如圖。或許這是我的奇想，說不定這就是同浩的指引，究竟意何所指，尚未得解。

意竹對文字訊息內容覺得毫無頭緒，他想釐清線索，也想告訴葉三鴻靈骨塔位內的發現，他回撥葉三鴻的電話好幾次，但一直未能接通。她確認周遭無閒雜人等後，小心翼翼的拿出地圖與鑰匙。

L形鑰匙的外觀，其實更像是一根九十度的金屬板手，但它又不像一般常見有六角或八角，而是尋常無奇的四角，比較特別的是，九十度的轉角處並不平整，短邊突出於長邊之外。整根板手因為布滿了髮絲紋，所以收斂起金屬的亮澤，細小的十字線刻紋，多了些粗糙手感，觸感與做工十分精緻。意竹把L型板手重新放回口袋，然後小心翼翼的攤開地圖。

因為保存年代久遠，地圖打開時有油墨沾黏的現象，意竹仔細的撕開排除，全部展開之後，是一張台北地圖，尺寸大約只有一張A3大小，上面有密密麻麻的黑點，標示出景點，甚至是商店的名稱。

意竹非常仔細的檢視圖面，所有字體並沒有標示特別的任何顏色，或以字體大小來區分註記，大台北地區的重要景點，包括總統府、大稻埕、龍山寺、西門行人徒步區、台北車站、松山機場、保安宮、花博公園、師大夜市、仙跡岩、台北市立動物園、永樂市場、迪化街、台北101……都一一列出。葉三鴻的發現與這張同浩地圖，有沒有關聯呢？就意竹對台北的了解，這些景點的標示很詳細，不只是包括一線的熱門景點，似乎也納進了一些二線的景點，整張地圖最特別的是，沒有任何一條街道被標示出路名，僅有密密麻麻的線條。他的思緒陷入文字叢林，甚至去拼湊每一個地名的首字有沒有出現「藏頭」的線索。

意竹苦於無法破解，陷入茫茫不安，忽然，她想起葉三鴻傳給他的照片檔案，她在地圖的北邊找到台北故宮，然後立刻找尋地圖的南邊，在稀疏的景點標示中，赫然出現「新店文園」！新店文園不是旅遊景點，這代表這張地圖，絕對不能從旅遊景點的角度看待。

「你還好吧？」

岩川忽然出現在露台上，意竹連忙起身，從玻璃窗望向大廳找尋尤美的蹤跡。

「她睡了，」岩川讓意竹安心，「所以我出來看你一下。」

「好，我正想告訴你一件事。」意竹拉著岩川的手，一邊留意身後是否有閒雜人士。她把兩個塔位裡發現的鑰匙與地圖、葉三鴻重回莊園時看見墨寶的新發現、與台北地貌一南一北的巧合，一五一十的告訴了岩川。

「我想看看這兩件東西。」岩川說，意竹從岩川的表情，看出很不捨父親肩上所受的承擔。

非常不起眼的手繪地圖，岩川卻注視良久，仔細的看過地圖上的每一處地名，一邊把玩著L型板手。

「這裡面的某個地點藏著寶藏？」岩川看著地圖，然後舉起掌心的L型板手，「然後這是打開藏寶地的鑰匙？」

「你有什麼不一樣的想法？」意竹期待與岩川的討論有新的發現。

「這張地圖上面，總共有八十二處地名，靠目前掌握的線索，要指出國寶藏在地圖上的其中一地，這有多難？」岩川說。

「如此煞費苦心的把鑰匙與地圖，分藏在同一處靈骨塔位的不同門龕裡，表示這兩件物品缺一不可，對解開國寶最終去處一定有關鍵性的影響，照這個道理來推演……」意竹邊說邊思考，「這張地圖裡面確實有某一個地點藏著國寶，而這把鑰匙，可以在那個地點，打開某間或某個藏著國寶的密室或櫃子，只有這樣解釋，這鑰匙與地圖才具有十足的關鍵性，才值得這樣大費周章啊！」

岩川說，「這地圖裡大多數的地點都動輒幾百平方畝，而且很多是公共場所、公園、私人大樓……等，就算知道地點，例如在車站裡，這把鑰匙要去打開哪道鎖？光想像就是大海撈針。」

「難道，我們漏掉了或誤解了什麼線索？」意竹顯得有點懊惱。

游泳池底的發現！

岩川從美國回到台灣之後，一直還沒與意竹分享，難以解釋的是，眼前的事實竟然會與美國的記憶瞬間對接。「我忽然想起來……我回美國追查日記的祕密時，在洛杉磯家裡游泳池的池底，也發現同樣的記號……」岩川舉起L型板手，意竹的臉上出現驚愕的表情，「如果說它純粹只是一把功能性的鑰匙，實在有點牽強，況且，到目前為止的解碼，父親一直在單一的線索上附加一種以上的訊息，所以我大膽假設，L，有沒有可能只是一個符號，或是，有沒有可能是……是……只是一支比例尺呢？總之，這奇怪的金屬，要套上什麼意涵，加上這張地圖，才能產生關鍵性的連結呢？」

意竹看著茶几上的L型板手，一時之間也想不起來怎麼會毫無懷疑的把它當成鑰匙，期待著岩川能進一步解開同浩設下的謎團。

岩川抬起頭，看著露台旁的樹梢在風中搖曳，或許他應該上樓，站在同浩的塔位前懇求指引，忽然，身邊出現人影，小斯正在注視著他們。

「喝點水吧。」小斯端著托盤，上面放著兩瓶氣泡礦泉水，不過，他的眼神卻停在茶几上的地圖。岩川觀察著小斯不尋常的神色。

意竹盯著不速之客小斯，但這並沒有讓他的目光移開，幾秒之內，意竹伸手將地圖對折，正色的說，「請把水放在茶几就好！」

直到轉身離開，小斯的注意力始終在地圖上。看著小斯不尋常的舉動，意竹貼著透明的落地玻璃窗，目送小斯遠離，也打量整個大廳或站或坐的工作人員與賓客，看起來並沒有異常，最反常的竟是岩川一句突如其來的話。

「你的信仰是什麼？」

「什麼？」意竹轉頭，發現岩川正盯著她掛在脖子上的十字架，同一時間，她發現岩川脖子上，也有一模一樣的項鍊。兩人四目接觸，很有默契的同時移動，隱身到落地玻璃窗之間的水泥間隔處。

「也許透過禱告，主耶穌可以帶領我們走出困頓。」岩川使了個眼色，取下脖子上的項鍊，意竹也跟進，然後低頭端詳。光滑的十字架，看起來沒有什麼異常，白金鍊環扣住十字的長邊頂端，長邊與短邊的接合處有點不平整，意竹嚴肅的抬起頭，岩川正以急迫的眼神看著她。

「主啊，求您的聖靈保守我們，」岩川繼續他的禱告，「走過道路的崎嶇，帶領我們發現父親最真的心靈，發現他的……」

意竹的食指與拇指，扭開分離了長邊與短邊，十字架是空心的，露出裡面的微型電路板與發射器。

「……發現他的智慧，感受他遺留在人間的指引，阿門！」岩川的禱告沒停，把自己的十字項鍊放在意竹的手中，意竹把兩瓶氣泡礦泉水打開，蹲低身子，把水全部灑在露台上，兩只十字架分別放入瓶中，旋緊蓋子，放在露台角落，兩人很有默契的離開水泥遮蔽物，他們知道，時間所剩不多，必須把焦點放在L型板手與地圖。

符號？比例尺？鑰匙與地圖的連結？

岩川把L型板手貼在地圖上，不自主的移動，一陣強風吹來，細小的落葉紛飛，岩川連忙按住差點飛走的地圖，風停的時候，一片葉子停在在地圖上，葉尖和葉柄不偏不倚的指著地圖上的兩處地點。

風捎來了新的聯想！

岩川輕輕拂走樹葉，手按著地圖上的L型板手，「葉三鴻叔叔傳來的訊息，有兩個地點……」兩個人剎那間有電光石火的感應，台北故宮與新店文園。

岩川按住L型板手，在地圖上快速移動，L型長邊的頂端，指向台北北邊的故宮，L型的短邊推入台北南邊的新店文園，發現L型板手的長邊與短邊，一南一北、不偏不倚的對準台北故宮與新店文園，分毫不差，岩川緩緩抬頭，看著意竹，兩人的眼神驚覺有大發現。

「這是巧合嗎？」意竹低聲說。

岩川的手一動也不動，嘴唇微動，「不只這樣，你看！」

岩川的手抬高，露出整張地圖，意竹發現L型長短邊交會的垂直角，正不偏不倚的指向另一個地名。

60

新莊地藏庵

岩川覺得這個地名好陌生。但L型板手垂直角的周邊區域，完全沒有其他標示的地名。

「這是巧合？所以這玩意兒，真的不只是開啟藏寶地的鑰匙！而是……標示！」意竹驚訝於情況的演變。

「事情或許比想像得複雜許多。」岩川掏出手機，鍵入「新莊地藏庵」。

根據網頁上的資料描述，新莊是台灣北部開發最早的古城，草創於清朝的康熙雍正年間，極盛於乾隆時期，闢埠已有二百七十餘年歷史。西元一七五七年，一位當地住民捐出濫葬的墓地來蓋地藏庵，相傳最初僅奉祀文武大眾老爺，最後才供奉地藏王菩薩。根據亞洲閩南地區的信仰，大眾爺是無主孤魂中的鬼酋，主管陰間的刑事職務，仲張正義，受一般庶民所崇奉，而地藏王菩薩為佛教五大菩薩之一，「地藏十輪經」稱祂「安忍不動如大地，靜慮深密如祕藏」，因此得「地藏」之名，世人尊稱為幽冥教主，專司人間善惡，主管冥界，「地藏菩薩」及「大眾老爺」為天理道德見證的表徵，新莊地藏庵已經是北台灣香火鼎盛的廟宇之一。

意竹留意到新莊地藏庵的網頁上，有一張突兀的黑白照片，照片的左下方，依稀看出「六十七年十二月」的字樣，顯然是標示拍攝日期，廟宇的飛簷前面，站著七個人，前排有三位身著黑西裝，最左邊戴眼鏡的，是大部分台灣人很熟悉的已故台灣的領導人「蔣經國」，他的父親就是十九世紀初，中國內戰時期的要角，也是一九四九年在台灣延續政權的風雲人物「蔣介石」。

弔詭的是，網頁上卻找不到任何一個字是有關這張照片的圖說，從照片上判斷，當年這幾位政府首長，似乎是參與地藏庵重建落成，或是參加重大節慶祭典，但不管怎麼看，這張照片的出現，就是與網頁內容格格不入。

民國六十七年，也就是西元一九七八年，照片主角的父親已經過世！早年在台灣受過教育的人都知道，照片中蔣經國的父親蔣介石，在一九七五年因病去世，當時電視以黑白播出，報紙成篇懷念領袖，宛如國殤。六十五萬件國寶的落腳處，與一百零八萬兩黃金存放地點的關鍵決定者與世長辭，三年多之後，繼任者蔣經國出現在這處廟宇，這是一張透露著廟方政治淵源的線索。

一名失去江山、跑到台灣延續政權的人，無所不用其極的想再成為中國唯一的法統，這名篤信基督教的領導者，野史記載是一名迷信的人，在台北地貌以寶物進行大型佈陣，在政治失勢的當下，成了很重要的心理救贖。

「難道地藏庵就是答案！」意竹凝視著L型的垂直角所指向的地點，「我必須盡快把這個發現告訴他。」葉三鴻在故宮的發現，確實成了解碼最關鍵的一步。

岩川沒有接話，他從落地玻璃窗看見尤美翻動身體，似乎正在找最舒服的姿勢。禮儀小斯忽然走近尤美，在空茶杯斟滿了水，短暫耳語後離去。岩川決定離開露台進入大廳。

「在這兩個十字架項鍊還沒被發現躺在瓶子裡之前，我想你應該與葉叔叔立刻趕去地藏庵，」岩川指著氣泡水瓶說，「我們會是最接近祕密的人，但是我必須先送尤美回飯店，再過去地藏庵，事不宜遲，我們必須分頭行動。」

意竹看著岩川疾走入大廳的背影，想像一介書生變得如此果決，她轉身把氣泡水瓶藏在植栽圍籬中，從落地玻璃窗看見岩川扶著尤美站起，一群禮儀公司的人員，採眾星拱月之勢簇擁著兩人快速移動，走在最後面壓陣的人，手握著行動電話，是小斯，意竹驚覺不妙。

61

意竹從露台奔入大廳，整個賓客休息大廳空盪盪，只剩一名皮膚黝黑，目光深奧難測的男子，獨坐在最靠近電梯廳出口的圓桌邊，白色的襯衫沒有加制服外套，不太像禮儀公司人員，他的凝視充滿敵意，但卻沒有任何動作，偌大的廳室，短暫的瞬間，兩人隔空對峙，不過，意竹決定朝著出口而去。

意竹很快在心裡盤算發生在此地的每一幕，從進塔開始，她專注於儀式，沒有特別留意四周的情況，或許，她在兩處塔位的移動，和從塔室裡取出同浩刻意遺留的地圖與鑰匙，都已經完全被人掌握。無論如何，她必須護送口袋裡的祕密安全離開，如今，她最靠近國寶的終極祕密，謎底將會因她而解開！

意竹眼睛的餘光盯著男子，繼續朝著出口而去。詭異的是，男子還是沒有動作，反而目送意竹離開大廳。意竹最後在與男子相距約一米處，信步走過，直接走入電梯廳，三部電梯有兩部上樓，一部下樓，意竹看著跳動的樓層顯示燈，把手伸向電梯面板，指尖快要觸及按鈕時，燈光瞬間熄滅，另外兩部上樓電梯的樓層指示燈號，也全都消失，幾秒鐘之內，電梯降速，運轉聲歸於沉寂，身後雜沓的腳步聲取而代之，意竹在轉身的一剎那，原本照明充足的電梯廳也陷入一片漆黑，剛才桌邊的位置，已經空無一人。

微弱的燈，從後方的賓客休息區透進，六名大漢的背光身形清晰可辨，幾乎塞滿了整個電梯廳，剛才那名黝黑男子，移動到電梯廳外的不遠處，靜靜的旁觀。

「交出來，讓你走。」為首的一名大漢向前一步，聲如洪鐘。

意竹想起師傅葉三鴻曾經說過，如果身形與腳步能做到輕巧的變換與移動，就算敵人再多，事實上形同只與一人交手，適合近身肉搏的八極拳，就有這樣的特點。然而，如果要只挑一個人交手，這個人應該是誰？他必須是發號施令的領頭羊，或是急於表現的出頭者，在同夥面前，如果他變得極為淒慘與狼狽，整體挑釁的士氣才能土崩瓦解。

意竹雙足靜立，四周聞不到任何聲響，黑暗中，大漢快速接近，身體周遭的空氣開始流動，感覺有一堵密不透風的牆迎面壓上來，意竹順勢後退一小步，拉開對陣距離，單手從下勢而起，拉住那隻已經逼近眼前的手臂。

帶頭大漢不但沒有遭逢預期的阻擋，反而被一股力道拉扯向前，幾步之後，大漢的心窩一陣劇痛，伴隨著哀嚎，雙膝曲蹲失去重心，他感覺必須站起來，否則自己的體重，恐怕會撕裂被扣住的右手腕，但他完全無力掙脫持續的劇痛，身體也開始不聽使喚，控制他肢體的一方，隱隱地傳來一股巨大的力道壓制了他，他的身體不自主地向前傾、向左移、向右擺、向後倒，不斷的搖晃，讓他身邊的同夥們，完全找不到空隙出手，甚至憋腳的撞在一塊，大漢覺得自己變成了肉墊，制住他的力量，彷彿超過一人。

意竹單手擒拿住大漢的身軀，靈活的腳步控制著身形，再也沒有第二個人能近身，一個哀嚎扭動的身軀，阻擋與化解其他的攻擊，梟首示眾，意竹知道，這是瓦解敵人最好的方式。

意竹的另一隻手，砍向大漢的鼻樑，慘叫聲迴盪在電梯間，黑暗中，幾顆不知從何而來的拳頭揮舞而來，意竹一個閃身，這些拳頭結結實實的落在大漢的下巴、胸口和肚子上，意竹靈動轉換的身形，繼續在電梯廳裡快速迴旋，其他大漢們陣腳全無，只能跟著團團轉。每隔幾秒，就聽見響亮的拍擊，伴著痛苦的慘叫，意竹的手，沉沉的拍打在大漢的臉頰，速度愈來愈快，叫聲已經脫離了拍打的節奏，成了一長聲的哀嚎，周遭的大漢人影，動作全都慢了下來，意竹感覺拍擊的手有些溼潤，從休息廳透過來的微弱光線，發現幾乎趴在他身上的大漢，滿臉鮮血，難辨五官，已經動彈不得。

眼前的幾名大漢進退失據、躊躇不前，意竹看不見他們的眼神，但空氣中已經聞不到肅殺之氣。光是求饒是不夠的，徹底摧毀敵人的意志，在心理上完全繳械與投降，是對陣的最高標準。此刻，大漢連他自己的手都無法留下，更別提意竹口袋裡的鑰匙與地圖了。

意竹瞬間加重了反扣著手腕的力道，清楚的喀噠聲之後，是淒厲的嚎哭，大漢應聲墜落地面，右手像是一根軟弱的絲線，不協調地垂掛在身軀上。

62

幾分鐘前，岩川被告知電梯突然故障，必須走逃生的樓梯，他無奈在大批禮儀公司人員護送下來到一樓大廳，尤美搭在他肩膀的手，似乎已經鬆軟，岩川看見牆邊有張座椅，想讓尤美歇息一會，尤美卻指向走道旁邊洗手間的標示。

岩川站在女廁門口等待時，樓上電梯廳隱隱傳來間歇的呼喊，伴隨著淒厲的尖叫，自己剛剛經歷了生離死別，他對這樣的痛特別感同身受，以深刻的同理心，他靜靜的祈求每位往生者，都能在另一個世界喜樂停駐。

時間彷彿靜止，進去洗手間許久的尤美仍無動靜，岩川心裡開始著急，他抬頭看著洗手間的女性標誌，裹足不前，而禮儀公司的人，在最需要幫忙的時刻，竟然全都消失無蹤，他左顧右盼，發現這洗手間的位置不算隱蔽，但似乎沒有太多人經過。於是岩川決定自己一探究竟，他走到洗手間門口，雙腳站在外面，頭朝內張望，裡面八間廁所的門全都緊閉。

「尤美……尤美……」岩川刻意壓低聲量，輕輕的呼喚。

沒有任何回應，岩川的耳朵，沒有放過裡面的任何聲響，發現有隱隱約約的窸窣聲，聽起來像是人聲的交談。

「尤美……尤美……」岩川有點焦急了，也顧不了是否會影響廁所內其他人，他甚至愈來愈有衝進去的念頭。

「我在……」廁所裡的微弱的聲響應答。

岩川鬆了一口氣，「你還好嗎？」，廁所裡變得好安靜，剛才的窸窣聲不見了，岩川甚至還聽得見自己說話的回音。

「你等我一下，我馬上出來。」

這時，岩川感覺身後有個人影，轉頭一看，有位大嬸眼睛直視著他。

「先生，你擋到路了，而且這裡是女生廁所呢！」

岩川連忙道歉，退出洗手間，迎面而來的是禮儀公司的人員。

「陳先生，夫人的身體好像不太舒服，所以我們有安排一部車，可以送你們回飯店。」

岩川還沒回應，聽見身後尤美已經走出洗手間，「請你們派兩部車！」尤美代替岩川回答。

「兩……兩部……？」禮儀公司的人，看起來面有難色。

尤美看起來好很多，臉上恢復了血色，幾乎和剛才判若兩人，「有問題嗎？」

「好，我們來想辦法。」

「我來告訴你辦法。」尤美馬上脫口而出，「你說你要安排，那表示不會有問題，所以我就坐你原本要安排的車離開，至於我先生，就我所知，你們有禮儀車，早上從第二殯儀館開過來三芝這裡，這個時間，也必須回到第二殯儀館繼續待命，所以回到市區是順路的，一旦到了市區，我先生會自己處理。」

這是尤美平常該有的條理，但最讓岩川訝異的，是他很久沒有聽尤美說過這麼多話，而且搭運送遺體的禮儀車離開，這想法實在非比尋常。

「你必須盡快離開這裡。」尤美看著岩川，不知哪來的堅持，「還有，不必擔心我，謝謝您對我的照顧。」

尤美握著岩川的手，岩川忽然覺得陌生，他心裡試著去解釋：整件事情已經到了關鍵時刻，尤美正盡全力，協助他挺過最後一哩路。

63

十分鐘後，岩川在地下停車場，向尤美乘坐的賓士車揮手，黑玻璃車窗沒有搖下，高速駛向停車場出口，最後消失在視線裡，岩川在心裡自忖著：尤美不想成為他的牽絆。

「該上車了，先生。」禮儀人員換了一張新面孔，站在加長型禮車旁邊對岩川說。

岩川看著這台運送棺木的大型禮車，心理浮現一股不安的感覺，他不信鬼神、無所忌諱，但從沒想過會如此將就搭乘這樣的便車。

副駕駛座的車門已經打開，岩川坐進車內，車子內部竟然比預期寬敞許多，駕駛座以外的空間，足足還可以坐三名成年人，岩川往車後一看，一個龐然大物擋住了視線，他大吃一驚，是一副深褐色的棺木，側面釘有閃亮的銅條邊飾，外觀閃閃發亮。

戴著白手套的駕駛就座，關上沉重的門，側臉看著欲言又止的客人。

「這……這……」岩川的眼神看著車廂後面。

司機蹙著眉，「哦！沒辦法，回頭車，你忍耐一下，你是重量級的貴賓，不然，這車除了載家屬，就是載不能呼吸的，你剛好兩種都不是。」

「所以……」岩川的視線仍然沒有離開，司機已經轉頭發動車子。

「哦，那裡面是空的，」司機突然理解岩川的掛慮，指著棺木說，「調度出了點狀況，本來從這裡回程的車子，不可能會載棺木了。」

岩川回身坐正，暫時鬆了一口氣，車子駛出停車場，刺眼的陽光讓岩川覺得好疲累。他把臉轉向駕駛側，看見司機戴著白手套的左手，靠近手腕處露出一截刺青。

「這車程到新莊地藏庵需要多久？」

地藏庵？司機嗅聞到這是個有趣的問題，他下意識的拉一下白手套蓋住刺青，一個專屬於尚里的圖騰。

尚里對台北並不熟悉，地藏庵聽起來是座廟，他知道這與岩川家族的基督教信仰並不符合。

「嗯，地藏庵，」尚里機警的接話，「我正要問您想去哪兒呢，上面有交代，你是特別的客人，所以，車程要多久都沒問題的啊。我聽過，個華人的習俗，華人辦完親人喪事到廟裡參拜，是淨身祈福。」

「我是基督徒。」

「所以……你很急嗎？你知道，棺木車……通常……不會開太快的，可是如果你趕時間，我的駕駛技術還行，你是可以放心的。」

長長的車身，行駛在彎曲的山路，眼前馬上來了個一百八十度的髮夾彎，尚里並未減速，離心力讓岩川倒抽了一口氣，頭腦一陣暈眩。岩川想著，這台載運棺木的加長型禮車，如果開到地藏庵，必定引人側目，去地藏庵還是低調點比較好。

「行了，」岩川緊抓著副駕駛座的扶手，「這樣吧，我到台北市區就好，然後我自己換計程車吧。」

過了半晌，司機口氣有異，「你確定？」

岩川側著臉看著司機。

「我不同意！」司機說。

這句話的語調完全喪失了服務的熱情，字句極為冷酷嚴峻，令岩川感覺十分錯愕。司機轉頭和他四目交接。

此時，電話聲響起，暫時解除了眼神的對峙，但車內的氣氛明顯降至冰點。尚里脫下手套迅速接聽。

「什麼，你們幾個人，六個，六個耶，這樣對付不了一個女的！幸好我加派了人手，不然我看你現在也沒命打這電話了吧！」

岩川看著司機拿著聽筒的手在顫抖，手腕上的刺青，宛如一頭正要撲殺獵物的野獸，司機又提高了音量。

「你們現在還有幾個人能動，告訴我？」

「好，讓那個女的知道，人現在在我們手上，她心裡很清楚，不是沒死過人，把東西給我交出來，不然就來收屍。」

電話瞬間重摔在排檔桿上，岩川感覺整個人往前直衝，額頭快要撞到擋風玻璃，身體卻動彈不得，被安全帶緊緊縛住，緊急煞車，岩川抬頭，前方是空蕩蕩的山間小徑，不見特殊路況，車內的氣氛急速變得詭異，他轉頭，再度與司機四目相接，這次，他看到一雙充滿敵意的眼神。

岩川連思考一秒鐘的時間都沒有，後車廂突然伸出一隻強壯的胳膊，勒住了他的脖子，後腦撞在座椅的頭墊上，愈黏愈緊，完全無法動彈，他以兩手扣住臂膀試圖掙脫，卻絲毫無法撼動巨大的力道，感覺似乎被鋼索牢牢銬住，他張大了嘴巴，吸不到氧氣，終於，一股窒息感吞沒了他。

64

一名右手被廢、滿臉血肉模糊的男子趴在地上，四周的人呆若木雞，意竹的視線，搜尋著那名一開始就全程觀戰的黝黑男子，他消失了，身後的電梯依然一片漆黑，她轉身衝進一旁的安全梯，飛奔的腳步，不再有人跟隨。意竹開始擔心被禮儀公司護送離開的岩川與尤美，來到一樓與地下停車場的連通道上，她拿出手機打給岩川，瘋狂撥打，卻無人接聽。

來到地下停車場，停靠在牆邊的停車格是空的，意竹很清楚他停在這個位置，她觀察四周，停車場的車輛稀疏，視線所及的每一部車，車內都空無一人，最後，她發現她的停車格，地上貼了一張紙。

「交物、贖人。」

短短四個字如同晴天霹靂，意竹轉身，掃視著沒有任何動靜的停車場，她幾乎確定岩川與尤美也置身危險之中，她感覺不可避免的傷亡又再度逼近，拿起手機，就近至一台車的車尾蹲下掩護，她必須告訴葉三鴻。

此時，停車場內響起震天的引擎聲，節奏狂爆，接二連三、成群結隊，彷彿要吞沒整個停車場。電話無人接聽，意竹決定把靈骨塔發生的一切，以語音留言來傳送，隨著怒吼的引擎聲快速逼近，她必須提高音量說話。說完最後一個字，意竹接下來的任務，就是帶著口袋裡的祕密，殺出重圍。

從掩身的車子後面緩緩站起，有五輛重型機車出現在視線之內，以她為中心，從左前方到右前方，車手頭戴全罩式安全帽、身上包覆緊身的黑色風衣，呈現圍堵的態勢。意竹移步到轎車前方，她看不見安全帽裡的眼神，但嗅出一股強烈的敵意，空氣中瀰漫著愈來愈濃的廢氣，引擎嘶吼聲不斷推高分貝。

忽然，一輛重型機車呼嘯而出，全力加速，朝著意竹直奔而來，幾秒之間就快速逼近，仍絲毫沒有減速跡象，撞擊！意竹心裡倒數默念，等到安全帽裡的眼睛浮現時，她縱身一躍，騰空的雙腳閃過車頭把手，右腳順勢踩入面罩，重機與身後的轎車對撞，車手一陣哀嚎，跌落車底，意竹的雙腳收回，藉撞擊的反作用力，落在轎車的引擎蓋上，保持身體的平衡，另一輛重機已經以雷霆萬鈞之姿，從另一個角度襲來，意竹單腳支撐，一轉身，後腳不知從何處竄出，只聽見面罩的碎裂聲，瞬間人車倒地。

從引擎蓋跳至地面，另一輛重機高速接近，意竹一個閃身，重機的撞擊撲空，但車過人不過，重機騎士已經不在騎乘座位上，衣領被意竹一把攫住，從空中重摔落地，所騎的重機往前衝了一段距離後歪斜倒地。看著躺在地上打滾的騎士，意竹主動迎向另外兩部向她高速移動的車手，同伴的慘狀，讓僅剩的兩部重機隨機變陣，從直奔而來的意竹身旁交叉而過、急停調頭，其中一輛率先起步，以低速圍著意竹繞行，做為分散對陣注意力的誘餌，另一輛快速轉換角度，瞄準露出的繞行缺口，帶著如猛獅的引擎聲直奔而來，準備做最後的撲殺。

攻擊重機全速衝刺，計算著誘餌重機的相對位置，愈來愈靠進意竹時，卻仍找不到攻擊缺口，誘餌重機似乎失去了繞行的節奏，始終擋在意竹身前。高速接近的最後五米距離，意竹滑步移位，刻意暴露視線範圍給攻擊車手，只見誘餌車手被五爪鎖喉，深不見指尖，左半身已經失去控制能力，完全被制伏，意竹快速迴旋轉身，攻擊重機應變不及，下一秒是與誘餌重機的驚天對撞。

意竹彈跳兩公尺之外，看著這兩台車頭歪斜、車身凹陷的重機，無視倒地打滾的車手，她從五部重機挑選其中一部，扶正跨坐，腳踩離合器，扭動油門，朝著停車場內唯一的亮光處呼嘯而出。

65

時間過了正午，頭頂上的陽光，從左上方撒向故宮正殿，在黃色屋瓦下方帶出了長長的斜角陰影，午後正殿的上層平台，炙熱的太陽驅走了人潮，葉三鴻驚覺時間的流逝，他想，他應該已經錯過了上村的告別式。忽然間，左側階梯閃過一個正在下樓的人影。

葉三鴻快速靠近白色欄杆，探頭朝下望，黑色棒球帽順著樓梯的台階起伏向下移動，但帽下的身形卻被欄杆擋住，他想快步移動一看究竟，卻被身旁白色欄杆上附著的異物所吸引。

白色信封上，寫著大大的「葉」字，葉三鴻取下，信封沒有封口，他抽出裡面的便簽紙。

「贖人，(982-124-485」。

贖誰？岩川、意竹、尤美的臉孔一一掠過腦海，從白色欄杆向下望，正殿入口平台，大部分的人潮都是往入館方向前進，或是往左右停車場移動，葉三鴻很快分辨正在逆向而行的人，如鷹的眼光，攫住那頂即將隱沒在白色欄杆的棒球帽。

正殿上層與入口平台間有三十級階梯，中間被一短台階隔開，葉三鴻從上一躍而下，僅以腳點地三次，即來到靠近正殿入口前方，正準備進入故宮朝聖的一群大媽們見狀一陣驚呼，張大眼睛看著反向而去的腳步，這麼急著看國寶，入口在哪也得先搞清楚呀，大媽們竊竊私語著。

葉三鴻快速穿越兩道之字形樓梯，來到迎賓步道的制高點上俯望，超過三米的巨松左右夾道，延伸到最遠處「天下為公」的漢白玉石牌坊，這範圍內每一個移動中的人影他都沒放過，但是銳利眼神所見，盡是緩步悠閒。

整條迎賓道超過一百米，長跑選手全力衝刺至少也要十來秒，葉三鴻盤算奔跑速度與時間，判斷迎賓道不可能是棒球帽男子離去的動線，他把注意力移往兩排巨松後方的草皮，忽然在左側第一株松樹旁，發現一道不起眼的小徑，向內探去，彎曲的小徑通往一道圓形石門，門上有一塊木匾，上面刻著青色的書法字。

「至善園小徑」

「至善園」是故宮博物院的內院庭園，佔地一萬八千八百平方米，格局仿照大約九百年前的中國宋朝庭園，設計藍圖有八大勝景：蘭亭、籠鵝、曲水流觴、松風閣、碧橋西水榭、洗筆池、華表招鶴、柳岸聽鶯，取材自一千六百年前中國東晉的大書法家王羲之最負盛名的作品、號稱天下第一行書〈蘭亭集序〉，再點綴王羲之的其他典故而成，充分表現中國庭院的造景藝術。

進入至善園小徑的圓形石門，有一道旋轉柵欄，遊客需自主投幣進入。「週一休園」的告示立在柵欄前，柵欄的另一頭，是一道彎曲的尖頂木造迴廊，通往江南園林深處。放眼望去，滿園綠意，中式灰色的飛簷屋瓦錯落其中，沒有人跡。卡在至善園這個半封閉的自助式門禁前，葉三鴻判斷這可能是棒球帽男子離去的動線，忽然，蟬鳴聲起起落落的短暫間隔，有疑似人聲低語，從林間傳來。

葉三鴻以手撐住不鏽鋼柵欄，整個身體離地騰空一躍而入，順著迴廊，腳步無聲的迅速前進，很快來到左邊第一個景點。

「松風閣」是一棟兩層的閣樓，內部的樑柱盤踞著龍鳳吉獸，葉三鴻在行進間，從幾公尺外打量，發現閣樓內部空蕩蕩，且沒有樓梯可登上二樓，他再仔細辨別人聲的來源，繞過松風閣，來到一處浮在水面的陸洲，往左一看，有一座水上亭台。

這個亭台名為「碧橋西水榭」，出自南宋詩人吳琚「橋畔垂楊下碧溪」的詩句，葉三鴻站立的陸洲，就在橫跨水面的六曲橋入口，可以直入亭台。午後的暖陽照射入質樸的古亭，一切都顯得靜謐，一男子端坐在亭內樑柱間的座椅上，靜靜凝視著波光粼粼的水面。

男子的棒球帽，已經換成貝雷帽，斯文的五官，配搭著時髦眼鏡，這不是同一名男子！葉三鴻覺得詭譎，他清楚看見男子蠕動的嘴唇意識到，這是一場等著他的局！

六曲橋入口的對面，是至善園內另一個景點「龍池」，三名男子藏在綠蔭之後，終於聽到耳機傳來的指示，他們跨出隱身之所，守著橋面入口。

葉三鴻聽著吹過樹梢的微風與間歇的蟬鳴，還有來自身後的窸窣聲，聲音一出，眼神即到，身後不遠處，站著三名掛著通訊耳機的大漢，仍然不見剛才的棒球帽男子。這時，葉三鴻的口袋傳來震動，打斷了他的屏氣凝神，他掏出手機，撇見了訊息來源：意竹，他需要接聽來話。

最靠近橋面的大漢，看著葉三鴻的舉動，打電話求助？這倒是始料未及的事，耳機裡傳來應變指示，狀況不能複雜化，大漢向身邊其他兩名同夥使了使眼色，三人快步魚貫進入橋面，耳聞這個人身手不凡，如果不是任務受命，大漢很想和他來場一對一的對決。

「您已經進入語音留言信箱。」

葉三鴻發現三名大漢快速靠進，亭內貝雷帽男子已經站起，投射出宛如獵鷹的眼神。

意竹的聲音，非常罕見的急促，整段語音的背景聲，從頭到尾都十分嘈雜，高分貝的引擎聲時而蓋過意竹的聲嘶力竭，他不可能再反覆重聽，但是他知道，他確定錯過了好友的告別式，整個局面也到了面臨傷亡的關鍵時刻。

66

從碧波水岸的金雞湖畔私宅，來到現代奢靡的都會汽車旅館，代也打量著這時下年輕人的產物，他記得當初決定以此為根據地，著重的是不受干擾的隱私，到目前為止，這個地點確實是上上之選。

整個監控室，只有一名平頭男留守，三個監控螢幕畫面，分別停留在線索的斷點：晴空下的台北故宮、池底朝天的游泳池、顏色慘白的頭皮刺青。這三個畫面對利葛來說，是即將繞道而過的瓶頸。

「尚里人呢？」利葛問。

「應該是路上耽擱了。」平頭男隨口應答，雙手俐落操控著複雜的面板，眼前三個監控螢幕瞬間合而為一，出現示波圖畫面，「好了，這是您稍早交辦的待命連線，訊號隨時可以送進來」。

代也坐在高背椅上，眼睛直盯著螢幕，儀表板上的燈號閃爍著，映照著利葛的臉，他從來沒想過需要親自坐鎮，也好，時刻已到！

「你過來！」代也突然聽到利葛大聲喝令。只見平頭男一轉頭，就被利葛一把揪住衣領。

「這是什麼？」利葛指著監視器牆的後方，手指因為極度使力而顫抖。

監視器後方連接成排的線路，落地之後直通房間內的一只五斗櫃，利葛揪著平頭男往前走。

「打開！」

房內所有線路全部匯集在此，靠牆的五斗櫃，巧妙遮住牆上一扇通氣窗，內側的隔板拆除，一只碟型天線，與一具燈號全亮的微波發射器相連，筆直的對準窗外的天空。

「聽著，我只問你一次！」

67

岩川睜開酸澀的眼睛，口鼻之間還殘存著刺鼻的化學氣味，一股噁心的嘔吐感翻攪著胃，他的額頭兩公分處有一面軟墊，左右肩膀的空間相當侷促，他踢了踢雙腳，完全伸展不開，我在棺木裡。

他拼湊著剛才的記憶，他與司機的對話、緊急煞車、被一隻強壯的胳膊勒住然後不省人事，我被挾持了。同浩與上村的遭遇歷歷在目，他覺得他會是下一個，從棺木的晃動，他判斷車子還在行駛中，他努力的想聽清楚隱隱傳來的對話。

「你打電話告訴排焚化爐的小央，一定有空檔的。」

「那是自己的兄弟，火葬時間是他在排的，好幾年資歷囉，從小小助理變成一把手，不過，二殯裡面還有其他人，案件多的時候，比較不好處理。」

「沒有那麼急，先放在車上，我看至少還要再等兩天。」

岩川開始意識到，他已經逐步接近死亡。

68

利葛一個回身飛踢，踹得平頭男表情扭曲踉蹌倒地，利葛立刻追擊，把腳重重踩在他臉上。

「說，這個訊號送到哪裡？」利葛的腳又使了勁，代也冷冷坐在一側旁觀。

平頭男心窩才挨了一陣劇痛，好像著了火，覺得再不回應，這股力道將會粉碎他的顴骨。

「古堡傳奇。」

「什麼？」

「古堡傳奇，隔壁。」

代也一時之間臉上充滿疑惑，利葛則飆罵脫口而出。

「這狗娘養的，還真大膽。」

利葛拿起話筒，直接打電話到櫃台，沉悶的響聲無人應答，增添了利葛的怒火。

「喂……櫃台您好，請問……」

利葛的口氣和表情不太符合，「我是『浪漫地中海』房的房客，我們在『古堡傳奇』房的夥伴竟然睡死了，你幫個忙，開一下車庫門，我進去當一下鬧鐘啊……」

「您說……古堡傳奇……」

「是，您一定看見了，訂房的姓名不同，你是不是看見陳尚里……」

其實利葛也不確定，他很希望不要再被迫採用其他作法。

電話另一頭沉默半晌，「我看一下哦……」。

十秒鐘過後，利葛提高了音量，「聽著，我是中午過後，才搭計程車進來的那一位，講白一點，我是付這五十天房費的真正老闆，你最好……」

「嗯……是……陳尚里。」

利葛止住了接下來的連珠炮，百密一疏，利葛判斷這次任務，尚里的身邊，並沒有太多可信任的強將。

「我馬上幫你開。」

「不，請一分鐘之後再開。」利葛轉身看著代也。

「我也一起過去。」代也顫顫的站起來，臉色鐵青。

「是，老爺，不過，我要先掛電話！」利葛把話筒指向平頭男，一股強大的寸勁，半截話筒已經插入平頭男的太陽穴。

利葛與代也迅速下樓，按下牆面的按鈕開啟車庫捲門，心裡默念一分鐘倒數讀秒，車庫捲門升至半個人高度的時候，利葛示意代也彎腰蹲下鑽出，九旬的代也展現堅強的意志，俯身照做。

利葛輕搭著代也，出了車庫迅速左轉，隔鄰「古堡傳奇」的招牌燈，在陰暗的車道亮起，他希望櫃台小姐辦事牢靠些。兩人抵達車庫門口，幾乎在同一時間，鐵捲門應聲而啟。兩人快速進入後，利葛轉身立刻按下牆上的關閉按鈕，身後開啟中的鐵捲門急停，開始反向關閉。

利葛回身看了代也，眼神取得默契，他們必須無聲無息的上樓。觸摸著冰冷的門把，輕輕推出一道窄門縫，一股煙味夾著熱門音樂聲迎面而來，等著眼睛適應裡面昏暗的燈光之後，兩人閃身進入房內。三排監看螢幕，陳列方式與「浪漫地中海」房內完全相同，一名戴著耳機的男子，坐在舒適的旋轉椅上，隨著音樂盡興的搖頭晃腦，利葛的腳步，貼著鬆軟的地毯，慢慢的接近男子。

兩個動作幾乎同一時間發生，男子脫下耳機，眼睛大如銅鈴，轉身看著一前一後的兩人，利葛的重拳已經來到男子的腦門，耳機男失去重心、踉蹌後仰，雙手向前抓扶著監控台想維持平衡，檯面的咖啡濺出，噴灑了一地，還沒坐穩，利葛滑步追擊來到眼前，雙手鎖住咽喉，一個轉身把男子扣倒在地，第二波攻擊迅雷不及掩耳，沒有太多掙扎。

利葛鬆開手，男子的頭滑落在地毯上，一動也不動。

「他們什麼事都做得出來啊。」代也看著監控螢幕，口氣憤怒。

尚里一手複製的第二監控室，與第一監控室訊號共用，架接兩套一模一樣的儀器，這個暗中發展的密謀，究竟有何不為人知的發展，讓代也有點焦慮。

「你看！」

站在監視螢幕前的代也呼喚著利葛，盯著其中一個畫面。畫面停格，傳送時因為人物的激烈動作導致影像模糊，一只長方形的大木櫃依稀可辨，幾乎塞滿了整個畫面。櫃子的上蓋，被一名男子打開，裡面躺了另一名似乎已經失去意識的男子，五官輪廓看起來有點熟悉。

利葛覺得事情不妙，「是岩川，尚里挾持了岩川！」

利葛的雙手，飛快在鍵盤上輸入，打翻的咖啡，滲入他的指縫，他從控制台的小螢幕上，試著找出這段畫面傳送進來的精確時間。

「三小時前，已經三小時了。」

「有沒有辦法知道位置？」代也問。利葛迅速打開手機，點開任務APP。

「從台北三芝出發，過了淡水，已經進入台北市區……」

「你怎麼會知道他的行蹤？」

「我請伸郎在每部車子放了追蹤器。」

「伸郎！」

「我們的人……」利葛轉頭給代也一個堅定的眼神，他想迅速扭轉這個房間所帶來的衝擊，安撫代也的心，「他已經是我們的人，現在是我們作莊發牌，完全掌控全局，所有人都只是陪客，包括尚里。」

代也的嘴角微揚，「快告訴我台北故宮的情況，絕對不能失手！事情如果到了最關鍵的時刻，我會有最好的安排。」

69

葉三鴻掛掉電話，逼近的人影仍在移動中，他腦海快速拆解局勢：岩川與尤美下落不明，意竹身上帶著關鍵祕密，但似乎陷入危機，這是一場博弈，兵臨城下之際，盤點可用之將，不入虎穴，焉得虎子，他沒有別的路可走。

「交出你的手機！」大漢的手伸到葉三鴻面前，他身材高大，足足比葉三鴻高出一個頭，細小的眼睛，塞在有稜有角的國字臉上，上手臂的二頭肌緊連著寬闊的胸膛，聲如洪鐘，氣勢如泰山壓頂。

葉三鴻已經決定入虎穴，他把手機高舉，「請你保管好，如果我不高興，我隨時會拿回來，弄丟了，我看你是賠不起！」

大個兒瞪眼挑眉，然後怒視冷笑，一把接過手機，轉身遞給另一名刺青男，並把眼光投向葉三鴻身後。

腳步聲逐漸接近，「這邊請！」貝雷帽男子冷冷從葉三鴻後方擦身而過，繼續向前走，頭也不回。

大個兒領著葉三鴻走在前頭，兩名同夥殿後，其中一名穿著緊身T恤，露出完美的肌肉線條，另一名的手肘布滿祥雲紋路的刺青，兩人的手插入鼓起的褲袋與腰間，一行人步出六曲橋後左轉，走在「龍池」與「碧橋西水榭」中間的步道上，右前方出現一座橫跨在水面上的弧形拱橋。

拱橋離地高度約五米，是至善園的另一個景點「洗筆池」，典故是東漢書法家臨池作畫，在池中洗筆，把清澈的池水染成黑色。一行人沒有停頓，走上拱橋然後左轉，繼續順著洗筆池畔前行，除了腳步聲，棒球帽男子與三名大漢耳際的通訊裝置仍在，但卻沒有任何對話，從行進速度判斷，葉三鴻認為這一切早有充分的演練與安排，幾分鐘後，來到至善園位於大馬路旁的主要入口，一部九人座的廂型車沒有熄火，貝雷帽男子迅速進入副駕駛座，同時，車側自動門應聲開啟。大個兒轉身搭著葉三鴻的肩，示意他上車。

葉三鴻坐進中間排的座位，左右兩側與正後方，共有三人包夾。坐在副駕駛座的貝雷帽男子催促開車，窗外的台北故宮，迅速被街景的燈火吞沒。

葉三鴻的肩膀，被兩名魁梧的大漢左右頂著，他的視線穿越駕駛座與副駕駛座，落在汽車儀表板中間的導航螢幕。車子啟動之後，司機偷瞄導航比留意路況的時間多，導航的語音廣播系統關閉，讓路況不熟的司機很沒有安全感。

葉三鴻早年服務七海侍衛隊時，足跡遍及台北市，尤其是北邊，當年總統居住的士林官邸，距離台北故宮大約只有五分鐘車程。故宮正前方是劍南山與內湖金面山系的延伸，平均高度不到二百公尺，聯外道路有兩條，一條是經過自強隧道前往台北市東邊的內湖、或從大直進入市中心區，另一條則是由中山北路直接進入台北市的心臟地帶。這裡的地貌，葉三鴻瞭若指掌。

「歡迎上車，你很識時務，所以我們雙方才能在美麗的至善園裡，從頭到尾都保持優雅的舉止。」貝雷帽男子的臉朝著擋風玻璃，開啟了對話。

葉三鴻回道，「你如果看出我是自願跟著你們上車，也一定知道，我也可以隨時下車！」

葉三鴻的自信，聽在左右兩側大漢的耳裡是種挑釁，右側大漢搓揉的拳頭，左側大漢故意擺動身體，柔軟著筋骨，回應對葉三鴻的不滿。

「老大，」聲音從最後排的座位傳來、戴著耳機的刺青男高聲說，「這通語音留言，你應該有興趣聽聽。」

刺青男負責保管葉三鴻的手機，從上車起就一直在檢查通聯紀錄，原來第一時間扣留手機的主要目的，不只是中斷葉三鴻與外界的聯繫，這倒是葉三鴻始料未及。

「好，開擴音，放出聲音來。」貝雷帽男子從副駕駛座向後吆喝。

「您現在已經進入葉三鴻的語音信箱。」聲音警示之後，意竹的聲音，聲嘶力竭，夾在強烈的轟隆作響的引擎聲之中。

「岩川和尤美被抓走了，要……想辦法趕快救他們，我在同浩塔位裡發現藏寶鑰匙和地圖，他們抓人，一定就是要換這兩樣東西，我和岩川判斷藏寶地點在新莊地藏庵，我們改到那裡會合。」

這段錄音，讓車內的氣氛騷動起來，葉三鴻觀察這語音訊息所帶來的變化。

貝雷帽男子立刻神情嚴肅的撥了電話，此時車子正從至善路左轉故宮路，直行進入自強隧道，隧道內的黃燈照明，隨著車子的行進，間歇的閃爍著，葉三鴻一直看著貝雷帽男子忽明忽滅、貼著手機的側臉。

「是，老闆，已經在車上了，但是……」貝雷帽男子接下來的口氣有點異樣，聽起來不太像回報最新資訊。「你知道岩川的事情嗎？」

話筒裡的聲音外溢，但不太容易辨識。

「啊！剛剛才知道？」貝雷帽男子忽然爆氣，「這不是擺明了在搞黑吃黑嗎！」

坐在車內的人，竟然不知道岩川被俘，這讓葉三鴻大感驚愕！那麼，究竟誰綁架了岩川？

「他一定有方法知道，我打賭他和我們一樣，正在前往同一個地方……要快，在新莊地藏庵！」

貝雷帽男子結束通話時，葉三鴻看向窗外，此時天色已黑，他閉上眼睛冷靜的盤算著：顯然有兩股勢力，正在這件事情上面角力，既然車上的人，不知道岩川被俘，那麼，葉三鴻忽然想起在故宮正殿外留電話給他的人，他沒上車！他是誰？是否與岩川被俘有關？葉三鴻立刻決定要進行一場豪賭！

「現在地藏庵已經關門了，借個電話，我來打給地藏庵，住持我熟。」

「你認為我們會在意門禁嗎？」貝雷帽男子回應。

「你想要事情節外生枝，那就是誰擋你，你就幹掉誰，但地藏庵是信仰聖地，而且不論在政治或地方都有勢力和淵源，來硬的只是自找麻煩。」

「你們應該知道我是誰吧？」葉三鴻即興發揮，「當年我們保護國家元首去地藏庵，當然必須和廟方有往來啊，我不只和住持熟，連地藏庵哪裡有個坑洞，閉著眼睛都能閃過。」

貝雷帽男子怔了一下，幾秒之後，把自己的手機掏出來遞給葉三鴻。

「開擴音講，你耍不出什麼花招的。」

葉三鴻接過電話，在按鍵中輸入已經背在腦子裡的號碼。

0982-124-485

他祈禱對方不要接聽電話。

70

「我知道你不方便說話，我是葉三鴻，好久不見，離開七海衛隊之後，我接任總統府侍衛的訓練官，今天晚上，我要帶領幾名新的學員，模擬當年政府官員訪問地藏庵的推演，代號『國寶行動』，這項訓練來得有點突然，很抱歉這麼晚才通知您，為了不影響您回家的時間，您可以把廟門側邊的鑰匙留給我即可，對了，地藏庵的停車場有十二生肖柱，我和接受訓練的學員，會把車停在靠近戲台，十二生肖柱的羊柱旁，您可以把鑰匙留在羊柱的燈罩裡，今晚離開時，我會放回羊柱裡，不情之請，再請您成全。」

薇閣汽車旅館的監控房內，代也聽到這段清晰的語音，兩腳不自主的抖動，利葛看著老爺七十年的等待，終於快要走到終點，這個結局是甜美的，但是眼前是否還有阻礙，利葛必須先確認。

利葛打開行車定位監控裝置，盯著螢幕上一顆不斷閃爍、沒有移動的紅點，循跡系統顯示這部車移動的路徑。

「老爺，尚里現在的位置在……臺北市的中間偏南，您放心，從現在起，這個房間的訊息只有我們知道，我們勝利在望。」

代也出現難得一見的爽朗笑聲，「關鍵時刻，我還是相信我的王牌，她畢竟是我培養了好幾十年的祕密武器哪！」

利葛也報告整個計畫的最後安排，「老爺，我真的很替你高興，稍早之前，有一輛車已經在門口等待，隨時等您做進一步的差遣。」

「很好，把我的電話拿來。」

****

一輛棺木車，從下午開始，就停在台北第二殯儀館旁邊，坐在駕駛座的尚里，幾分鐘前打電話回薇閣，沒有人接聽，覺得非常納悶，手機也一直無法登入本任務的 APP，他心裡浮現不祥的預感，現在，他包包裡那一支從未啟用的備用手機，似乎是他最後的機會。

今天下午成功挾持岩川，人質是關鍵的交涉籌碼，尚里接受隆介的提議，給葉三鴻一個機會，交出國寶下落，岩川可免一死，尚里也可避免傷害性的對壘。尚里懷疑，在同浩與上村相繼犧牲後，岩川與葉三鴻是否願意再以生命來守護國寶的祕密，這手機現在已經被賦予了最後關頭的特殊任務。當然，如果最後必須正面對決，他也有調兵遣將的方案。

尚里摸出包包裡的手機，按下電源鍵，開機之後，螢幕閃動語音訊息的提示，事情就是如此巧合。

「我知道你不方便說話，我是葉三鴻，好久不見……」

尚里默不作聲，字字句句的仔細聽完，這是一通打給地藏庵的電話！葉三鴻究竟有何難言之隱？

尚里反覆重聽，他知道最後一擊就在眼前。

71

這段高速狂飆，始自黃昏時刻，重機的引擎轉速指針，一直定在儀表板的右側，從濃密綠蔭的鄉間公路，直入高速飛掠的大樓街景，外露在全罩安全帽外的修長髮尾，規律甩動，一路切開呼嘯狂暴的風，向前挺進。

意竹抵達地藏庵時，已經接近晚上九點，他把重機停在「中正路」邊，循著夜色遁入地藏庵聯外小徑旁的一處公園，這處公園是進入地藏庵的必經之地，可以清楚看到每一部進入地藏庵的車，小徑的盡頭，就是地藏庵的停車場。停車場以十二根石柱為界，與外部道路隔開，每一個石柱的頂端，都刻有不同的動物造型，代表中國人最耳熟能詳的十二生肖，石柱之間有鐵鍊相連。停車場緊鄰著酬神的戲台。

意竹走在小徑上，思考如何進入已經關閉廟門的地藏庵，她納悶葉三鴻不但沒有回電、電話還關機，不但如此，尤美與岩川還徹底失聯，難道葉三鴻被控制，或是面臨危險？意竹覺得這個可能性實在太低，她現在的身手，完全師承葉三鴻，她很清楚，不論多少人，對葉三鴻來說，都只是個小場面。

忽然，聯外小徑出現了三部車輛，其中一部車的車頂裝載著攝影高塔，意竹驚覺他打電話告知葉三鴻的地點竟然外洩，葉三鴻真的被控制了，局面應該比他想像的複雜。意竹在公園裡迅速移動至最靠近停車場的綠樹做隱蔽，黑暗中，他緊盯著每部車的動態，敵明我暗，意竹盤算著她的下一步。

這三部車通過聯外道路，來到地藏庵的停車場，無數黑衣人下車迅速躍上停車場旁邊的戲台，隱沒在黑暗中，三部車輛立刻駛離，整個過程不到一秒鐘，現場又恢復原狀。意竹覺得納悶，分批抵達是唯一的解釋，但為何感覺是種埋伏？她決定先靜觀其變。

片刻過後，一部廂型車出現在聯外道路上，車窗貼著無法透視的隔熱紙，以極為緩慢、近乎走走停停的速度駛入停車場。

司機搖下車窗，探頭盯著石柱。

「是兔子耶！」

車輛加快移動，司機心中默念著生肖。

「到了！到了！在這裡。」

兩人下車，蹲在羊柱旁邊查看，羊柱大約只有中等身材成人的小腿高，羊首在頂端，下方有一網狀燈罩，已過開放時間的地藏庵，停車場只有幾盞路燈照明，下車的兩人摸黑試著卸下燈罩，卻無從下手。

「全部下車！」車上有人大聲喝令。

廂型車的兩側車門開啟，陸續下來了五名男子，其中一名明顯被包夾。

「閃開。」領頭的男子走進羊柱，大聲喝令，旋即飛起一腳，踢向羊柱燈罩，碎裂聲迴盪在空曠的停車場。

葉三鴻下車後，冷靜的觀察四周，羊柱只是障眼法，當所有人都站定在羊柱旁邊時，他看見戲台上一陣黑影集結晃動，並躍下戲台，朝羊柱無聲前進，燈罩碎裂時，黑影已經潛行抵達身後，與哀嚎聲的銜接恰到好處，葉三鴻看著周遭的人一一倒下，發動攻擊的這一幫人身手俐落，下手的位置都在重要的經絡部位，被攻擊的人無力做太多反抗，瞬間被擺平，接下來幾分鐘的時間，剛才下車的人，已經全部被塞回車上，羊柱下方，燈罩碎片散落一地，燈罩內空空如也。

突然間，葉三鴻脖子被金屬物抵著，是槍，眼睛餘光告訴他，這名持槍者剛才並沒有坐在車內，他盤算著接下來的硬仗。

不遠處，另一部重機出現在地藏庵的聯外道路上，逐步靠近時，熄火滑行。

72

葉三鴻在人影簇擁下，來到地藏庵廟門旁，大門緊閉，但一截便梯已經掛在廟門右側的牆上，幾個人影迅速攀登，消失在牆的頂端，葉三鴻站在梯子前，脖子被槍口頂了一下，被迫登上便梯，從最高處俯視黑暗中的地藏庵，視力所見，一棟極為森嚴。地藏庵有前殿、正殿、北殿與南殿，各廟廳由外一直朝著最深處分布，總計供奉數十個神祇，這麼大的廟，國寶藏匿在此？

不過，國寶不是最讓葉三鴻掛心的，他跳下便梯，雙腳落定在地藏庵之內，馬上開口說。

「岩川在哪兒？」

槍口離開了脖子，從後方移動至前面，但依然瞄準著葉三鴻，原來持槍者是在故宮戴棒球帽的男子，他冷冷的回應。

「國寶在哪兒？」

這個條件對價很明確，但葉三鴻此時心裡沒有頭緒，他只能故作鎮定。

「人質沒有活著，怎麼交付贖金呢？」

空氣凝結了半晌，有一股低沉的聲音，從頭頂傳來，「帶他上三樓。」

葉三鴻看見二樓石雕欄杆處，有個黑影探出。槍口再度抵上脖子，一行人摸黑上樓，走在前方的人，以小型手電筒引路，樓梯間斑駁的牆上貼著告示：三寶佛堂。

葉三鴻在左右簇擁之下擠上狹窄的樓梯，說不上來為什麼，「三寶佛堂」幾個字吸引著他，他忽然想起了墨寶。

天下共一門　鑿角漢滿蒙
乞顏部舉賢　馬鬃納謀士
日月見三寶　明君現八方
泥金化龍藏　才德惟孝莊

日月見三寶！葉三鴻對如此直白的揭露有點心驚。一行人在侷促的空間裡登上二樓，三寶佛堂就在右側，但大隊人馬卻擠過一處狹窄的走道，走到陽台外面的一處鐘鼓樓才停下來。這座廢棄的鐘鼓樓，用途已不可考，矗立在二樓頂，八角造型向天際延伸，點綴了地藏庵的外觀。此時，手電筒的光線射向鐘鼓樓內，斑駁鏤空的水泥窗框內，依稀有一人影，葉三鴻把眼睛湊近狹小的窗框，看見眼睛被蓋上白布的岩川，獨坐在鐘鼓樓內的正中央，手腳被綑綁在椅子上。

「岩川！岩川！」葉三鴻低聲呼喊著，旋即被槍口抵住喝令噤聲。

「國寶在哪，快說！」

「我沒有鑰匙，知道在哪有何用呢？」

「你覺得我們需要鑰匙嗎？」一雙凌厲的眼神湊近葉三鴻，他感覺槍口即將要爆裂。
「就在二樓！跟我來！」葉三鴻急中生智，轉身走向「三寶佛堂」。

73

從發現尚里心懷二心開始，利葛就準備迎接逆轉勝，然後帶著等待了七十年的結果回到中國。代也被安排在薇閣的監控室內歇息兼指揮，利葛私下交代，監控銀幕只報喜不報憂。

可是現在的情勢有點麻煩，電話不知撥了幾次，從速撥鍵到逐碼輸入，利葛電話撥得有點心煩，他調集人手前往地藏庵，整車人最後一次回報已經抵達，隨後竟然全部失聯。他以採買為藉口向代也告假，決定驅車前往地藏庵一探究竟。

聯外道路一片漆黑，不遠處的地藏庵，在深藍色的天空下只見黑色的屋宇飛簷，為了避免打草驚蛇，利葛要求計程車司機關掉頭燈，緩慢前行，司機想抗拒這怪異的要求，轉頭看見一疊鈔票，便一聲不響照辦。

來到照明亮度有限的停車場，車子停在碎片散落一地的羊柱旁，利葛下車，看著一片狼籍，環顧四周，停車場旁有空礦的戲台，他掏出手機，點亮手電筒，確認戲台內空無一人，戲台上的兩根紅柱，上書對聯：

世事如棋舉步留神常多勝算

人生似戲上台盡分自有佳評

對聯的字義閃過利葛的腦際，他現在已經隨著代也站上了戲台，毫無退路，他必須相信自己勝券在握！不過，事實卻不然，高舉的手機，光線射向戲台後方，陰暗的角落裡，竟有一個龐然大物。

利葛快步向前，是一部廂型車，來到車旁，手機探照空的駕駛座，後座的玻璃漆黑，但隱約可見人形，利葛抓住滑門的把手，竟然應聲開啟，只見七人被貼住口鼻，手腳被五花大綁，不但兩兩被緊緊縛住，還被牢牢固定在後座，完全失去知覺。

利葛心裡一驚，覺得大事不妙，這起逆襲反撲，讓他想起尚里，他打開手機追蹤定位的棺木車，糟了，利葛暗驚，車輛的定位點就在地藏庵。

如此險峻複雜的關頭，利葛看著大門深鎖的地藏庵，他沒有花太多時間就下了決定。

74

鐘鼓樓距離北殿三寶佛堂，只有幾步的距離，葉三鴻脖子被槍口抵住的地方有些疼痛感，每一個跨步，他都在盤算出手的時機，算算時間，意竹也應該抵達地藏庵了。

來到三寶佛堂內，葉三鴻無法想像，這樣的斗室，竟是國寶落腳之處。佛龕上奉祀釋迦牟尼佛、阿彌陀佛、藥師佛，寺廟常常將這三佛同祀，稱為三寶佛，左右兩個牆面，共有十八尊羅漢鑲嵌在岩石洞中，護衛三寶佛。佛龕前的佛桌上，三根佛香已經燃燒過半，煙頭紅熾，輕煙飄散空中。三寶佛堂的空間十分狹小，整個佛龕，佔去了大部分的空間，是什麼支撐三寶佛神像的重量？葉三鴻稍微挪動了身子，低調轉頭探看，望向佛桌後方、神龕下面，是一道門，目測大約有一米見方，門內深度幾乎是整個三寶佛堂的面寬，門上面有一個外凸的鎖孔，葉三鴻大驚，難道就在那裡！

歷經千辛萬苦，距離國寶真的只有幾步之遙？葉三鴻心裡湧起莫名的激動，只不過現在周圍布滿了各方覬覦的勢力，他必須故作鎮定。忽然，喀噠的腳步聲，從剛才鐘鼓樓的方向傳來。

「你倒說說，為何是這裡？別耍花招！」

葉三鴻直到對方走進，才看清尚里的臉。

「你就是一直隱身幕後的主使者？」

「這你就不用管了，我想告訴你，過了今天晚上，有用的人才會留下，對整件事一無所知的人，看不到明天的太陽。」

「只要你一開始就參與，就會知道有一幅墨寶……」

「哦，那幅墨寶，呵呵，我千里迢迢在洛杉磯解決了同浩，你知道嗎……即使殺人，我的手法就像是藝術品，人體身上的完美傑作，這個國家叛徒，到死也不透露一點口風，他死得可真毫無冤枉，你說的墨寶，是他嚥下最後一口氣之前留下的訊息，到現在為止，我都覺得這是一條無關緊要的線索……」

「日月見三寶，這已經是明示了。」

尚里看著葉三鴻，默不作聲，墨寶在他心中，早就可以倒背如流，只是他從沒想過，裡面竟然直接明示地點。他開始打量著三寶佛堂，葉三鴻則緊盯著尚里的眼球，一旦他注意到神龕下方，一場不可避免的廝殺就要被迫展開。

「岩川如果再犧牲，那代價就太大了，是吧，」尚里說，眼球仍在到處打轉，「至於意竹，她掌握著鑰匙與地圖，究竟現在人在何方？這三寶佛堂內，有哪一處需要鑰匙開啟呢？你說的日月見三寶，恐怕……」

站在一旁的隆介，眼睛忽然瞄向神龕下方，引起了尚里的注意，葉三鴻覺得時機已到，他計算著反手扣住手槍、撂倒尚里之後，接下來對戰隆介與其他跟班的距離與時間，就在此刻，他發現隆介的腦門出現一顆紅點，尚里的太陽穴上，紅點也非常醒目。

紅外線瞄準，紅點的來源，穿過一片漆黑的天井中庭，來自十米之外、「三寶佛堂」正對面的「觀音殿」，一名若隱若現的黑衣人手持雙槍。

「大哥，危險！」跟班們出聲提醒尚里。

就在半秒之間，尚里回頭，看到了隆介後腦的紅點，驚覺自己也成了獵物，他看向紅點的來源，視線與光源垂直，完全看不見持槍者，這成了尚里最後所見的影像。

葉三鴻只聽見一聲悶響，兩顆子彈分別穿過消音器，從觀音殿直奔三寶佛堂，尚里與隆介應聲倒地，其他人見狀，立刻彎身躲避，卻逃不過紅點的閃電追擊，每一次悶響都緊跟著紅點在腦頸間的彈跳，這個韻律，很快歸於平靜，三寶佛堂內僅剩葉三鴻站立。

寂靜比黑暗更可怕，葉三鴻感受到自己身上的紅點，這時候，他聽見熟悉的聲音。

「好了，一切到此為止！」意竹忽然現身在三寶佛堂內，與葉三鴻遙遙相對，手上高舉著一只透明塑膠袋，裡面的地圖與L形板手依稀可見。她的表情疲憊、口氣堅決，葉三鴻不明白意竹真正的意圖。

「放掉岩川！」意竹吼著。

此時，黑衣人已經走進三寶佛堂，原來是利葛，他戴著墨鏡，手上的雙槍已經瞄準了意竹。

「這件事惹來這麼多人犧牲，也夠了，是吧，我們等待了七十年，總是有誠意的……」利葛朝鐘鼓樓的方向揮了揮手，「把人帶上來。」

戴著頭套的岩川，被一名男子撐著，出現在鐘鼓樓旁的走道上，舉步維艱，狀似虛弱得抬不起頭來，葉三鴻與意竹很難認出是岩川本人。

意竹想衝上前攙扶，被大聲喝止，紅點在她身上不停地晃動，岩川與男子站定之後，攙扶的男子不待指示，瞬間拉開頭套。

岩川濕黏的頭髮掛在額頭上，下巴低垂，失神的眼睛半開半闔，上身微微搖晃，嘴巴貼著膠帶。攙扶的男子放下頭套，立刻伸手撕除膠帶，一秒之間，岩川痛得回神，彎身失去平衡，被一把接住。

意竹看著這一幕，嘴角忍不住抽動。

「我還可以加碼，馬上把東西交出來！」利葛轉身示意，跟班們又押出另外一人。

75

葉三鴻與意竹看著被押出的人，同感驚駭，她雙手被反綁，表情卻異常堅定。原來一張天羅地網早就灑向他們，從靈骨塔打算回飯店休息的尤美，也難逃當人質的命運。

「尤美！」意竹的呼喊，似乎真的喚醒了岩川。岩川睜開眼，抬起頭看向尤美，開始有了激動的反應。

「好有誠意的加碼，是不是？」利葛說，「夫妻團圓，家人也不必再犧牲，上一代的糾葛，就到今晚為止，多麼好的結局。」

利葛說著，眼睛一直盯著意竹。

尤美一出現，岩川顯得激動，「我已經失去了父親，也連累了妳，從小陪妳長大、最愛妳的上村叔父，他離開的時候……好慘……我不想要有任何最愛的人，再離開我們身邊了。」

尤美出奇的靜默，黑暗中難以捕捉她的表情。不過，意竹發現岩川的話，一字一句是說給她聽的。她望著葉三鴻，她唯一的長輩，希望這個時刻，能給她一些指引。然而，葉三鴻的眼神，讓她想起八歲那年，他因為受不了艱苦的武術訓練而鬧脾氣，在葉三鴻面前不顧師道，怒摔訓練兵器，葉三鴻一語不發，靜靜的看著她，然後說了一句：妳決定要怎樣，我都不會有意見。葉三鴻當時說話的眼神，就和現在一模一樣。

意竹收到了這個無聲的暗示，看著站在葉三鴻五步之外的利葛，仍拿槍指著葉三鴻，這個動作現在看來真是滑稽，意竹忽然理解，這畫面其實已經告訴了她答案。葉三鴻畢生所受的訓練，不就是在解決他自己所面臨的現狀？一個巧妙的滑步就可近身，反扣肘讓對手後仰失去重心，逼迫其後退，並將之摺倒，再以膝蓋壓制，這過程只需兩秒，但整個晚上，葉三鴻竟然就這樣一直站著。

黑暗中，一個物體拋向佛堂內的佛桌上，清楚地聽見金屬與木頭桌面的敲擊聲。

「太好了，終於想通了，這真是識時務的決定。」利葛說。

此時，尤美的身體忽然移動，感覺不自主的跨步走向佛桌，在身邊控制她行動的男子，不但沒有制止，也沒有任何動作。這個舉動，整個三寶佛堂內，只有意竹與岩川最驚駭。

尤美攤開佛桌上的地圖，只看了一眼，就拿起L型鑰匙，朝著神龕下方走去。此時，葉三鴻的聲音響起。

「第三本日記，日期是93年12月31日，當天同浩並沒有說什麼，但是，94年1月1日，同浩又從美國打電話給上村，提到了『川島芳子』這個人。」此時尤美停下了腳步，所有人注視著葉三鴻接下來要說什麼。

葉三鴻沒有解釋「川島芳子」，但他相信岩川一定知道，整個三寶佛堂內，最需要知道的只有岩川一人。

「同浩說了一句話，上村很納悶，他說：我無法阻止尤美成為我的媳婦！」

尤美快速轉身，怒視著葉三鴻。岩川的身體抽動著，耳邊響起葉三鴻最後的話語。

「岩川，你們家最大的不幸，就是你的枕邊人！」

岩川整個人跪倒在地，頭埋在兩臂之間抬不起來，他再度聽見熟悉的聲音，中氣十足，大聲的喝斥。

「我背叛了家庭，背叛了我的愛情，我唯一忠心的是我的國家，你們這些到處流竄的竊國賊，十惡不赦的民族叛徒……」尤美高聲怒斥，一面走向葉三鴻。

岩川驚愕地看著尤美，「是真的嗎？是真的嗎？」

尤美沒有回答，白色罩衫飛起，露出裡面所穿的黑色緊身衣，從胸口抽出迷你掌心雷手槍時，手臂上的鳳凰標誌，狀似即將展翅。槍聲響起，意竹早已閃電起腳，一個箭步來到尤美側面，以手刀揮砍尤美持槍的手腕，並拉住扣扳機的手指扭動，手槍應聲掉落地面。

第二聲槍聲又響起，意竹下意識的理解，槍聲是來自葉三鴻的方向。忽然，一個飛踢迎面而來，意竹轉身蹲低，判斷尤美另一隻站立腳的方向，立刻以掃堂腿反擊踢向她的膝蓋。

岩川的頭抬起來，看著眼前這幅景象，身材壯碩的利葛，手肘被反扣，失去重心搖搖欲墜，剛才連續擊發的兩彈完全射偏，葉三鴻的右手從下勢攻擊利葛的上勢，食指與中指已經插入他的眼窩，他還在向後倒，急遽下墜，手已經握不住兩把槍，人與槍同時應聲墜地，槍在地面上滑行，停在岩川面前。

另一方面，尤美的身形，既熟悉又陌生，飄動的白色罩衫，罩不住黑色緊身衣，他從未看過尤美這身打扮，令他更驚訝的是，尤美的飛踢既沉重又俐落，單腳騰空而起，閃避意竹的回擊。這等身手，他只在電影裡看過，難以置信這是和他共枕幾十年的尤美，但是再令人讚嘆的武打招式，都難掩岩川心中的震懾、痛心與失望。

騰空的尤美，飛身攫住意竹的長髮，中國武術的生死對陣，不但充分利用地形地物，任何可以變成交戰弱點的，都會是對手拿來運用的招數。意竹順著被拉動的頭髮，巧妙地移動重心向後退，後退的速度，甚至比拉動頭髮的速度快上好幾倍，一瞬間就與尤美近身，冷不防朝尤美的臉直撞，尤美閃避不及挨個正著，重心偏移，意竹一個回身，發現尤美空門大開，唯獨左手死命的握緊L型板手。

意竹手掌揮向尤美的臉，讓她身體的重心更加偏移，近身格鬥是師承葉三鴻的強項，眼前的對手，完全暴露身上的要害，這場戰鬥馬上就會分出高下。

「這是真的嗎？」，岩川失控嘶吼的聲音，穿過激烈的打鬥，飄進意竹的耳朵裡。意竹知道一雙含淚的眼睛正在注視著這場打鬥，岩川對尤美的愛還有幾分？如果仍有殘存，讓岩川看見尤美倒在自己手上，是何其殘忍！

「意竹！意竹！」這好像是葉三鴻的呼喊，下一秒，一時分心失神的意竹聽見自己骨頭碎裂的聲音。

意竹發現尤美看著她，自己卻在下墜，膝蓋傳來一陣強烈的劇痛，尤美握著L型板手的拳迎面而來，拳的後方，是一雙眼神，帶著強烈的恨意，這一拳，與拳心所握，帶著七十年的等待與民族仇恨，意竹認為，她接不住、也躲不了這招，她感覺身後急踏而來的腳步聲，但壓過一切巨響的是槍聲，拳的後方，那雙眼神不見了，爆出一片血紅。

身體重心硬是壓斷了反向扭折的腿，意竹倒臥在地，痛是必然的，但叫不出口，也無法形容，因為從地板望去，她看見一個最痛的表情，臉上布滿淚水，嘴巴張大嘶吼著，手上緊握著剛擊發的槍。岩川不敢相信自己做了什麼，直覺是不太思索的判斷，沒有時間說道理就做出選擇，那是內心深處，自然投射的大是大非，純粹到沒有複雜的情感羈絆。

尤美倒下時，看著槍響的方向，與岩川四目相接，灼熱與冰冷在一瞬間接觸，岩川試著找出一絲過去記憶中的尤美，但他失敗了。當他看到一動也不動的尤美，握緊的拳頭仍沒有鬆開，他知道這是前所未見的堅決，親情也無法融化，穿過了時間，來到了最終的結局。

76

橋上昏黃的照明，隨著車子的移動，一束束射進車窗內，把岩川從半夢之間轟醒。他撐起自己的身體坐著，整個後座只有他一人，計程車司機僵直的握著方向盤，一動也不動，除了車子，這世界彷彿已經停止。

他不完全記得自己如何離開屍體橫陳的地藏庵，那個血腥場面不知最終如何善後，尤美握緊的拳頭，是他最後的記憶，他的愛也凝結在此。他很想知道，父親同浩如何得知尤美的真實身分，他不知道未來要如何回想他與尤美在一起的分分秒秒，此刻，他更心疼父親同浩，為了成全兒子所愛，卻選擇遮掩與躲藏自己人生最珍貴的片段，日復一日與不說破的祕密共存。

強烈的不捨，引發了不安，岩川把身體向後靠，腳向前伸，試著舒緩一些，長褲口袋的長方形異物卻擠得他難受，他伸手取出，是一支手機，完全陌生的手機。

點開畫面，螢幕中央有一個標誌，中國龍紋圖騰，外繞著一圈字，NATIONAL TREASURE PURSUIT，岩川點了圖騰，看見成排的檔案連結，目錄頁，他向上滑，並隨意點了其中一個，是一段影片。

畫面晃動得十分厲害，似乎在水邊，聲音是一男一女的對話。

「他寫這是什麼？」男聲喘著大氣。

「626……」是女聲，但聲音模糊，畫面正在轉向，鏡頭穩定時，看見一串紅色血跡寫下的數字。

「這老傢伙，他撐不住了，再多撐一點就好……」

「好，再想辦法吧，時候不早了，快，游泳池邊的灌木叢……」

熟悉的場景與聲音，沒有走遠的記憶加深了創傷。關閉是最簡單的迴避，岩川停止影片播放，畫面自動回到目錄頁。整齊排列的檔案中，他看見一個小縮圖裡的人形，手指下意識的觸碰，點開了一個圖檔，是一份文件，「極機密」的戳印清晰可見，岩川的視線游走於字裡行間，逐漸模糊……

……

中國人民解放軍外國語學院

……

洛陽外語學院[31]

……情報搜集………

---

31 座落於洛陽的中國人民解放軍外國語學院，與南京國際關係學院，隸屬於中國軍方，是解放軍外語和間諜人才的培育基地，並稱爲中國 007 的搖籃。

文件一角，是一張兩寸彩色照片，照片裡的女子，頭戴墨綠色卷檐帽，兩鬢以上的頭髮梳得平整，這張臉，朝夕陪伴著岩川，照片下方，姓名以毛筆字工整書寫。

李鳳凰

岩川的視線快速模糊，直到抬起頭，才發現車子正在穿越一座橋，他搓著手機，依稀想起葉三鴻把跪在地上的他扶起，取下仍緊握在手的槍，他已經忘了如何走到地藏庵外，上車之前，葉三鴻把手機塞進了他的褲袋裡，即使到了最後的時刻，葉三鴻也堅持把他拉回真相。

他按下電動車窗鈕，窗外的強風吹拂著他的臉，也吹醒他的人生，他睜大眼睛，奮力一擲，一道拋物線飛出了車窗，手機越過車道，朝橋下河面而去。

長夜將盡，天邊微微亮起，岩川凝望天際，想著父親同浩畢生守護的祕密，至此已經不再重要，事實上，新莊地藏庵北殿三寶佛堂內，整晚，沒有一扇櫃子被開啟。

77

桃園機場出境大廳，擠滿了回鄉的遊客，導遊揮舞著旗子，在團員通關前做最後的叮嚀。大面落地窗前的座位上，坐滿了一群體力不支的高齡旅客，其中一名九旬老人低著頭，頭戴著黑色軟皮帽，面覆口罩，咳嗽不止，看似生了重病，身旁一名中年男子，伴著一次又一次的咳嗽聲，無言的坐著，濃黑的墨鏡下，厚厚的紗布蓋住了眼睛。

咳嗽老人的腿上，放著一份當天的報紙，社會版斗大的標題寫著：

「新莊幫派恩怨仇殺火拼　多人中彈死傷」

終曲

半夜，洗衣機裡傳來怪聲，擾得岩川無法入眠，他虛弱無力的下床，看著搖搖晃晃的洗衣機裡，傳出不尋常的碰撞聲，他才入睡不久，今晚實在不能再有任何折騰。他掀起洗衣機的蓋子，手伸向滾筒底部，順時針划了一圈，碰到一枚硬物，拿起一看，是L型板手。地藏庵當晚，他看到倒地的尤美，手仍緊抓不放，父親的遺物儼然成了罪惡的淵藪。*怎麼會出現在這？*岩川想起把手機放入他褲袋的葉三鴻，畢竟這是父親同浩唯一的遺物。

*那地圖呢？*岩川從洗衣滾筒中翻出外褲，小心翼翼的從口袋裡找到那張已經浸水發皺的紙，仔細地翻開，攤在窗台上，但卻已經模糊難辨，岩川懊惱著未能保管好父親的遺物。把衣物扔回洗衣機內，重新啟動按鈕，拿著板手走到床沿坐下來，他靜靜的看著板手，撫摸這精巧的金屬小物。突然，L型板手內側的轉折處，有粗糙的觸感，岩川以拇指來回滑動，似乎是浮凸的小字，他靠近板手，窮盡視力去辨識，是五個英文字母，D—A—L—E—T。他擔任即時口譯多年的文化涉獵，這五個英文字母組成的字，似曾相識，但又說不上來，於是他打開手機的搜尋引擎，鍵入DALET之後，露出不可思議的表情。

ד

DALET，希伯來字母，代表4。

岩川衝到窗台前，把板手放回地圖上，一個頂端對著故宮，另一個頂端對著新店文園，垂直角對著新莊地藏庵，原來，它從來不是L型板手。岩川將板手水平翻轉，故宮與新店文園位置不動，在地圖上，垂直角指向了一處新的地點，依稀有一處標示，但卻看不清楚上面的字跡。

岩川感覺全身發寒，起身穿上衣服，點開手機Google map，輸入台北故宮與新店文園，並以閃動的藍點，標示想去位置，他帶著板手與發皺的地圖，下樓攔了一部計程車。

「往汐止方向開。」

藍點向地圖右方快速移動，岩川看著故宮、文園、藍點三個位置的變化，當藍點移動至幾乎垂直角時，螢幕顯示著「秀峰山」，岩川向窗外一看，是一座寺院，他下車，把Google map改成徒步模式，站在一座寺院開闊的前庭，看見「彌勒內院」幾個大字，手機上的藍點，顯示著還不夠完美的垂直角，他緩步移動，來到寺院旁一條小徑，小徑被兩側的圍牆壓縮到不到兩米寬，且並不筆直，順著地勢一路往上，看不到盡頭，岩川看著藍點，一面順著小徑彎道，走上石階逐級往上，忽然看見圍牆上高掛著一面向前走的箭頭指示牌。

藍點幾乎已經來到九十度的垂直角，小徑旁的土堆，一塊「杜墓界」的石碑從荒煙蔓草間露了出來，岩川看著手機顯示的地名標示，「杜月笙墓園」[32]，岩川知道此人，杜月笙，「悟」字輩青幫大老，上個世紀初，在上海租界是叱吒風雲的人物。同時，岩川腦海中浮現父親同浩頭頂上的刺青，父親同浩甘願把自己的肉體，以古代奴隸的形式來保存國寶密碼，悟字，一心五口。岩川的眼睛穿越「杜墓界」石碑，發現石階仍繼續通往地勢高處。

岩川爬上階梯，盡頭出現一處空曠之地，地上鋪滿著暗紅色的菱形面磚，正中央有具黑色的石棺，石棺後方被一個人高的灰白色大理石環抱，更高的土坡上，立了一座展開式的磁磚牌坊，幾塊黑色大理石牌坊鑲嵌其上，上面有金色的字，寫著「義節率昭」「譽聞永彰」，牌坊下，石棺後，有一座碑，碑文是「顯考杜公月笙府君之墓」。

岩川看著手機，Google map 上筆直的三個點，此時構成完美的 DALET。

ד

盛世符碼，天下共一門，岩川心裏唸著。

---

32 青幫是中國最大的祕密組織之一，創立於清朝，二十世紀初期至中期，在上海的政治與社會活動具有關鍵影響力。青幫曾介入國民黨與共產黨之間的內戰，一九四九年間，也是國民黨蔣介石政權重要的財政支助。青幫組織體系嚴謹，入會幫眾依前二十四代、後二十四代、續二十四代的輩份排列，杜月笙是青幫重量級人物，有「上海青幫三大亨」之稱，排名「悟」字輩，蔣介石政權在上海期間，杜月笙是一股重要的力量。

後記

♄

成吉思汗有黑白兩柄靈旗，是成吉思汗的化身，見旗如見人。根據蒙古族的說法，一柄靈旗，依附著主人的靈魂。成吉思汗亡故之後，這兩柄靈旗成了先祖遺留的聖物，由蒙古後代嚴密看管。俄羅斯史大林主政時代，禁止偶像崇拜，數萬大軍長驅直入蒙古境內，搗毀三萬餘間喇嘛廟，浩劫過後，成吉思汗的黑白靈旗，從此下落成謎……

♄

明朝鄭和七次風光下西洋，耗費大量白銀，經濟空虛，拖垮國家財政，相傳謀劃中的第八次出航，因歷次相關的航海歷史文獻〈鄭和出使水程〉憑空消失，最終而未能成行。鄭和死後二百多年，〈鄭和航海圖〉忽然出現於《武備志》一書的〈海防建設〉章節，但已非真跡，原圖被分割為左右共二十四頁，錄圖二十頁，共四十幅，國內十八幅，國外二十二幅，最後附「過洋牽星圖」二幅。圖前有一百四十二字的序言，對此圖出自何時、何人、抄本還是改寫本，則隻字未提。

《龍藏經》是奉康熙皇帝祖母孝莊太皇太后之命修造，全帙一〇八函，由一百七十一名僧人以藏文泥金，書寫在特製的磁青箋上，極其華貴而法喜充滿，內容包括祕密部、般若部、寶積部、華嚴部、諸經部及戒律部等六大部，相傳親眼看見龍藏經的人，可得七世福報。一九四九年間，《龍藏經》隨六十五萬件國寶在中國內地歷經長途遷徙，最後來到台灣，現存於台北故宮博物院，部分展示於嘉義故宮南院。

台灣政府中央銀行的「文園」金庫，目前總計存放 千三百六十二萬英兩黃金，全球排名第十四名，值新台幣五千億元。

國家圖書館出版品預行編目資料

帝圖（Dalet）／紀彌恩著. --初版.--臺中市：
白象文化，2020.02
面； 公分
ISBN 978-986-358-925-9（平裝）

863.57 108019989

帝圖（Dalet）

作　　者　紀彌恩
校　　對　紀彌恩
封面設計　陳同浩
法律顧問　上林法律事務所
台北市大安區敦化南路二段180號7樓
電話：(02) 2735-1338　傳真：(02) 2735-1335
專案主編　林榮威
出版編印　吳適意、林榮威、林孟侃、陳逸儒、黃麗穎
設計創意　張禮南、何佳諠
經銷推廣　李莉吟、莊博亞、劉育姍、李如玉
經紀企劃　張輝潭、洪怡欣、徐錦淳、黃姿虹
營運管理　林金郎、曾千熏
發 行 人　張輝潭
出版發行　白象文化事業有限公司
412台中市大里區科技路1號8樓之2（台中軟體園區）
出版專線：（04）2496-5995　傳真：（04）2496-9901
401台中市東區和平街228巷44號（經銷部）
購書專線：（04）2220-8589　傳真：（04）2220-8505
印　　刷　普羅文化股份有限公司
初版一刷　2020 年 2 月
二版一刷　2020 年 5 月
定　　價　350 元